高鸿 著

浔商之子
钱江明传奇之路

中国商务出版社
CHINA COMMERCE AND TRADE PRESS

目　录

序章　电梯传奇 >>> 001
1. 电梯的诞生 >>> 001
2. 中国电梯之乡 >>> 003
3. 急流勇进，异军突起 >>> 006

上卷　人生之路

第一章　浴火童年 >>> 003
1. 挣脱命运的羁绊 >>> 003
2. 晨兴夜寐，辛勤劳作 >>> 007
3. 燃糠自照，笃学不倦 >>> 010
4. 辽里往事 >>> 018

第二章　少年壮志 >>> 021
1. 青衿之志，敏而好学 >>> 021
2. 在困难的日子里 >>> 026
3. 工专毕业后，梦想随之破灭 >>> 034

第三章　自强不息 >>> 044
1. 纤夫的故事 >>> 044
2. 五十年后再相聚 >>> 050

第四章　冲云破雾，脱颖而出 >>> 076
1. 木器厂的小工人 >>> 076
2. 民办教师 >>> 080
3. 婚姻大事 >>> 083

4. 大学梦碎 >>> 092

5. 春天的故事 >>> 095

6. 走出辽里村 >>> 100

第五章　艰难跋涉 >>> 109

1. 从农机厂到电梯厂 >>> 109

2. 与电梯结缘 >>> 115

3. 摸着石头过河 >>> 118

4. 星星之火 >>> 127

第六章　峥嵘岁月 >>> 140

1. 萍水相逢 >>> 140

2. 爱的方程式 >>> 146

3. 两情相悦 >>> 152

4. 同舟共济 >>> 160

第七章　自强不息，砥砺前行 >>> 169

1. 穷人的孩子早当家 >>> 169

2. 从泥瓦匠到羊毛衫商人 >>> 175

第八章　销售之道在于心 >>> 186

1. 营销是必要的手段 >>> 186

2. 少年自有青云志，当许天下第一流 >>> 192

3. 用真诚打动客户，与客户做朋友 >>> 198

4. 对客户负责，就是对自己负责 >>> 206

中卷　发展之路

5. 只要你们真正富了，恒达富士电梯就成功了 >>> 217

第九章　创业有方，信用无价 >>> 233
1. 合作共赢，创造价值 >>> 233
2. 逆势增长，赢得全球更多客户 >>> 244
3. 向管理和服务要利润 >>> 249
4. 与时代共成长，与客户共成就 >>> 252

第十章　学会感恩 >>> 260
1. 惜缘、诚信、创新、感恩 >>> 260
2. 让员工得到幸福，让客户得到满意 >>> 262
3. 企业文化是一种隐形品牌 >>> 268
4. 感恩的心 >>> 272

下卷　品牌之路

第十一章　品德、品质、品牌 >>> 277
1. 品质是品牌发展的根本保障 >>> 277
2. 追求品德、品位，构筑金字品牌 >>> 281
3. 市场是试金石 >>> 283
4. 为人之道，执企之根 >>> 288
5. 上阵父子兵 >>> 289

第十二章　只有创新，企业才能走得更远 >>> 295
1. 以科技谋创新，以创新谋发展 >>> 295
2. 我们只做电梯，做好电梯 >>> 304
3. 技术是企业最核心的竞争力 >>> 308

第十三章　精装智造，工匠精神 >>> 315

1. 匠心筑梦 >>> 315

2. 精益求精，锐意创新 >>> 317

第十四章　一起向未来 >>> 323

1. 抓住机遇，再接再厉 >>> 323

2. 专利技术赋能，决胜政采市场 >>> 327

3. 党建引领业务发展，不断提升公司竞争力 >>> 329

4. 聚力驰骋 >>> 333

后记 >>> 344

附录：恒达富士电梯公司大事记 >>> 346

序章　电梯传奇

从历史发展的纵向来看，每一项发明创造都推动着人类社会的进步，不论是中国古代的四大发明，还是两次工业革命期间的许多重大发明创造，都使人类生活有了质的飞跃。可以说，整个人类社会的发展史，实质上是一部光辉的发明创造史。

1. 电梯的诞生

1845年，英国的威廉·汤姆森爵士研制出了一台液压驱动的升降机，但早期升降机多采用卷筒提升、棉麻绳牵引，断绳坠落事故多发，故少用于载人。经过工程师们的不断革新，1852年，美国的E.G.奥的斯发明了一种安全钳，可在吊索断裂时将轿厢锁定在导轨上。于是产生了世界上第一台安全升降机。从此，人类安全攀向高处的梦想得以实现。E.G.奥的斯不仅发明了安全升降机，还建立了世界上第一家电梯公司，开创了电梯工业的先河。

1857年，世界第一台载人电梯问世，为不断升高的高层建筑物提供了重要的垂直运输工具。1887年，奥的斯公司制造出世界上第一台名副其实的电梯，由直流电动机传动。1989年，第一批电梯被装设在纽约德玛利斯大厦。这种古老的电梯，每分钟只能上升10米左右。

当初设计电梯纯粹是为了省力，相较于爬楼梯轻松多了。

1896年，李鸿章去美国访问时下榻的希尔顿酒店就设有电梯。据说李鸿章走进酒店，第一次看见电梯，不知道这是什么，便问了一个令人哭笑不得的问题："你们这个饭店的房间怎么这么小？连个能坐下的椅子都没有？"美国人听后深感诧异，但还是一本正经地将电梯的工作原理讲述给李鸿章听。通过陪同人员的翻译，李鸿章这才明白，这是一台可以让人免于爬楼的设备，名为电梯。李鸿章对电梯的困惑解开了，同时这也深深地触动了他的内心。他感受到西方科技的先进之处，也体会到中西方之间科技的巨大差距。

1900年，由交流电动机传动的电梯问世。1902年，瑞士的迅达公司成功研制出世界上第一台按钮式自动电梯，采用全自动控制的方式，提高了电梯的输送能力和安全性。

随着超高层建筑的出现，电梯的设计、工艺不断地得到提高，电梯的品种也逐渐增多。1900年，美国奥的斯公司制成了世界上第一台电动扶梯；1950年，该公司又制成了安装在高层建筑外面的观光电梯，乘客在电梯运行中就能清楚地观望四周的景色。

中国最早的一部电梯出现在上海外滩19号，是由美国奥的斯公司于1901年安装的。哈尔滨老建筑群中有一家名为"大公馆1903"的酒店除了装修和物件方面很有特色外，这家酒店还有一个非提不可的因素——电梯。这部电梯不是我们现在随处可见的那种，而是同样有着一百多年的"高龄"。它的运行速度很慢，在让人感觉安全的同时，也体验到了稳重和时代感。最有意思的是它的电梯门，还是那种铁栅栏的款式。我们现在用的电梯，都是按完楼层号后电梯自动开关门，但这台电梯门的开和关都是手动的。

随着科学技术的不断创新和发展，19世纪中期出现了液压电梯。1924年，天津利顺德饭店因为采用了美国奥的斯公司生产的电梯而名闻遐迩，这台我国现存最古老的电梯至今还在运转着。

新中国成立后，党中央提出要在天安门安装一台电梯，但这台电梯必须是我国自行设计制造。天津从庆生电机厂接受任务后，仅仅用了4个月时间便完成了使命。改革开放后，我国电梯事业进入高速发展的阶段。随着电梯的不断普及，如今在任何一座城市的楼宇中都能看到高速运行的电梯，给人们的生活带来极大的便利，也为我国现代化的飞速发展提供了强有力的保障。

2. 中国电梯之乡

浙江南浔被誉为"中国电梯之乡"，电梯年产台量占全国的10%，

2012年位于南浔区人瑞路的恒达富士厂区

全省的50%。在当前世界经济增长低迷、国内经济下行压力加大的大背景下，各行业不可避免地受到冲击，但电梯产业却交出了一份令人意外的成绩单。目前南浔区共有63家规上企业，包括整机与配件企业。作为南浔区重点产业，电梯企业近年来紧紧地把握国内外的发展导向，通过开拓市场、打通上下游产业链、加快创新驱动等策略，在市场中逆境突围，急流勇进。

南浔为什么能成为电梯之乡呢？追根溯源，原来早在19世纪末，南浔的辑里丝就名扬天下了。丝业的繁荣成就了大批的富商，也带动了各行业的发展。南浔人极有经商头脑，所涉足的领域几乎都能在全国占有一席地位，如木地板、电机、阀门、轴承等。1978年，吴兴阀门厂与北里农机厂两家机械小厂为求生存而转产电梯。从无资金、无技术、无人才的"三无"条件下起步，四十年后的今天，犹如"星星之火"的小工厂已"燎原"成为有着43家电梯整机制造企业、100多家配套件生产企业、年产值近百亿元的电梯制造业集聚区。

木地板、电梯、电机、电磁线是南浔区的支柱产业，合称"三电一板"。近年来，南浔区紧紧抓住名牌战略对经济发展的推动作用，把名牌战略作为推进"质量强区"的重要抓手，积极培育省、市名牌产品，取得了一定成效。截至目前，南浔区已经有9家企业获得"中国驰名商标"，46家企业的52个产品获得"浙江省名牌"，54家企业的54件商标获得"浙江省著名商标"，拥有"湖州名牌产品"69个，同时拥有1个地理标志证明商标和2个商标品牌基地。如今，南浔质监局又提出将电梯产业作为名牌战略的重要培育对象，企业聚力配合政府打造"中国电梯之都"。

近年来，随着中国经济的持续发展、城镇化建设的加速和房地产业的发展，电梯行业也得到了蓬勃的发展，电梯产业的前景和走势一片光明，电梯的市场需求越来越大。但在电梯需求不断增加的同时，外资企业亦在中国电梯市场深耕，本土电梯企业在技术、设备和经营等方面与国外电梯巨头的差距不断显现出来。在国内市场日益国际化的今天，面对越来越激烈的竞争环境，各电梯巨头如何保持不败地位并最终胜出呢？在生产技术和设备差别不大的前提下，营销战略就成了获胜的决定因素。

在南浔电梯发展的第一个十年里，靠着一个个电梯人的苦心经营，电梯产业渐具规模。20世纪90年代，中国市场经济快速发展，尤其是住房制度的改革助推了商品房建设，与之相应的商住电梯异军突起，这为电梯市场提供了一个极大的发展机会。靠着敏锐的洞察力和技术前瞻性，南浔电梯企业迅速转型，进军商住电梯市场。随后，电梯产业进入快速上升期，新的电梯企业如雨后春笋般不断涌现。在此阶段，湖州电梯总厂（原吴兴电梯厂）在技术、产品、管理和经营等方面发挥了领头羊作用，而湖州第一电梯厂（原北里电梯厂）培养了众多技术、生产、销售方面的专业人才。后来，这些具有丰富经验的行业人才纷纷自立门户，一批由这些行业精英创办的优质电梯企业落地开花。

在南浔开发区，最为吸引眼球的是一座座高耸的电梯试验塔。在电梯行业，拥有自己的试验塔是电梯生产企业整体实力的象征，南浔林立的电梯试验塔从一个侧面展示了其产业高地的形象。如今进入南浔地界，就像走进了全世界密度最大的电梯试验塔群。"恒达富士"高达150米的试验塔脱颖而出，耸立在8座超过百米的林立的试验塔塔群中，形成了一道奇特的景观。经过四十多年的发展，湖州电梯在市场经济的惊涛骇浪中不断成长，从"小米加步枪"式的装备，到如今的现代化标准厂房、国际先进的设备标配，打造了现代制造的智能化产业基地之一——"中国电梯之都"。从只能生产简单的载货电梯，到如今可设计生产的个性十足的高端电梯，它们带着湖州电梯人的骄傲，走进中南海，走进西昌卫星发射中心，走进中国34个省、市、自治区，甚至走出国门，出现在世界五大洲的各个角落……这一切包含了湖州电梯人四十多年不懈的追求和拼搏，包含了不平凡的创业发展之路。

2003年2月，国务院发布决定：电梯的生产许可证管理改为特种设备制造许可证管理。同年9月，为了引导电梯产业健康有序地发展，湖州市组建了一个地级市级别的电梯行业协会——湖州市电梯行业协会，确立了"好电梯、湖州造"的目标，达成了"共同打造区域电梯品牌整体形象"的共识。

2015年，南浔区开始规划建设智能电梯小镇；2016年，入选省级特色小镇培育名单；2018年，被列入浙江省特色小镇创建名单。如今，"智能电梯小镇"已初见雏形，成为南浔电梯产业由"制造"向"智造"加速转变的强大助力。

3. 急流勇进，异军突起

近年来，借助"一带一路""中非合作"的契机，南浔电梯企业加快"走出去"的步伐，对接或整合全球优质资源，在互联互通中与海外客户共享发展机遇，走出了一条独具特色的全球化道路。截至目前，南浔电梯企业在海外市场的保有量已达上万台。湖州市电梯行业协会相关负责人说："从南浔发往中亚地区，现在配货和清关速度都已大幅提升，十几天就能送到客户手里，比以往缩短了一半时间。"在前20年艰难爬坡、后20年顺风前进的历程中，南浔电梯产业犹如一叶小舟，紧随着中国市场经济的浪潮，不断颠簸前行，逐步打造成产业巨轮，成为中国电梯业不可或缺的中坚力量。

19世纪50年代前后，中国出口生丝在国际市场占有主导地位，其中又以来自南浔的辑里湖丝数量最多。如今，南浔电梯人也同祖辈一样，把南浔电梯带向更广的世界舞台。

2005年，湖州恒达电梯有限公司董事长钱江明在日本考察时发现富士FA系统制御株式会社的电器制造技术相当先进，便有了合作的意向。不久后，恒达与富士签下了技术合作的条约。经过三年的磨合，2008年，以钱氏拥有75%、日资占25%的股权比例，恒达正式与富士合资，并更名为"中外合资浙江恒达富士电梯有限公司"。经过十多年的快速发展，如今的"恒达富士"已是一家集设计、研发、制造、销售、安装及维保为一体的现代化专业电梯企业，拥有国家质量总局颁发的电梯制造和安装A级许可证。在面向市场、面向未来、面向世界、面向用户的经营理念与管理制度下，"恒达富士"建立了集CAD（计算机辅助设计）、CAM（计算机辅助制造）、CAPP（计算机工艺设计）、ERP（企业资源计划）、CRM（客户关系管理）为一体的综合网络管理系统，并按ISO 9001国际质量管理体系运作，其电梯品

2017年南浔区练市镇的恒达富士电梯厂房

序章 电梯传奇 007

种涵盖了乘客电梯、载货电梯、病床电梯、住宅电梯、液压电梯、无机房电梯、观光电梯、杂物电梯、电动扶梯、自动人行道等系列。

2017年，恒达富士电梯位于练市镇高新开发区的新工厂竣工。新工厂建设项目是省、市、区的重大产业项目，总投资近8亿元。项目以一次规划、两期供地的方式实施，一期为面积达60000多平方米的主体厂房，二期为18000多平方米的办公楼、研发中心和高度为150米的试验塔，试验塔安装了速度为10米/秒的上下双轿厢电梯。项目投产后，可年产5万台整机、5000套立体停车库以及2万套电梯配件。

新办公楼设计恢弘大气，建筑面积达18000万平方米，具有功能齐全、硬件设施高等特点。其照明灯具全部采用节能高效的LED光源，大面积采用玻璃幕墙、环绕式布局设计，能耗下降达40%。全区覆盖无线网络，为员工提供了现代化、人性化、优质高效的办公环境。新工厂采用集ERP、MES、PLM、CRM为一体的全智能化管理平台。投资上亿元，新引进了一条进口的萨瓦尼尼柔性钣金加工流水线和十几条由KUKA、ABB机器人组成的标准和非标准自动化流水线。这些流水线将互联网、大数据、云计算、物联网等新技术与工业生产相结合，最终实现了智能化生产。以"机器人"为核心的工厂智能制造系统，加上AGV搬运机器人，已将自动化生产与智能物流完美结合，厅门从原材料加工到静电粉末喷涂，再到装箱下线全生产过程实现了全自动化作业。"恒达富士"已成为浙江省规模较大、机器设备十分先进的现代化大型电梯制造基地。一路走来，"恒达富士"的创始人钱江明及其团队一路风雨兼程，筚路蓝缕，急流勇进，创造了南浔企业快速发展的奇迹，展示了"恒达富士"乃至南浔电梯行业从无到有、从弱到强的发展历程，可谓踔厉风发，笃行不息，云程发轫，可歌可泣！

上卷 人生之路

人生之路没有捷径，总是充满荆棘和坎坷，不可能一帆风顺。成功从来都不是一蹴而就的，只有脚踏实地，坚持走好每一小步，方可到达目的地。

第一章　浴火童年

1. 挣脱命运的羁绊

　　南浔是江南名镇，有着悠久的历史。南宋时期，南浔被称为"浔溪"，因为它建在一条名叫浔溪的小河边上。后来，当地一些人因为经营丝绸而发家致富，修建了一座座花园会馆及大宅庭院。因为许多浔商在河的南岸经营商铺，所以此地又称为"南林"。至南宋淳祐年间，人们从浔溪、南林中各取一字，将镇名定为"南浔"，一直沿用至今。

　　1944 年，中国抗战进入全面反攻阶段。南浔炮声隆隆，战火纷飞，许多人被卷入了血与火的洗礼中。九月的南浔还有些闷热，河水绿汪汪的，看起来有些混浊。北里乡的辽里村是个傍河而居的村庄，从这里摇着小船，可以到达四面八方很远的地方。辽里村的人们祖祖辈辈在这片土地上顽强地生活着，劳作着。他们早出晚归，用勤劳的双手侍弄着田地，在简陋的屋舍中哺育儿女，繁衍生息。

　　这一年的农历九月初，辽里村夏家埭村民钱春荣的妻子钱美宝即将临盆。钱美宝是南浔镇的一个木匠的女儿，因为家贫从小就被送给别人做童养媳。美宝初到钱家时还在襁褓中，是吃婆婆的奶长大的。长到 18 岁，钱美宝与钱春荣完婚，两年后怀孕。这是她的第一个孩子，一家人都充满期待。特别是钱春荣，希望妻子能生个儿子，这样家里就有新的劳动力了。对于钱美宝来说,她当然也想生个儿子,赓续钱家的香火。如果生了女儿,可能会和自己一样被送出去,给人家做童养媳。那时候,庄户人家怕儿子长大后娶不起媳妇,都是在孩子年幼时给抱养一个童养媳。生女儿的人家怕多了一张嘴,难以养活,生下女儿就送出去。钱春荣的妹妹就是这样,早早地就被送人了。在那兵荒马乱的年月,活着是最重要的。这样的好处是童养媳自小由公公婆婆养大,与自己的"丈夫"朝夕相处,自然也就有了感情,等到成年后举办婚礼,便是水到渠成的事了。钱美宝自幼在钱家长大,公公婆婆一直把她当亲闺女养,从不偏三向四。最令她欣慰的是自己未来的丈夫钱春荣不仅长得帅气,还非常勤快,心地也很善良。小时候,他俩像亲兄妹一样两小无猜,到了十几岁,美宝渐渐地明白了童养媳的真正内涵——这个每天和自己朝夕相处的哥哥,就是自己未来的丈夫啊!一起下地干活的时候,钱春荣常常照顾她,这让她从心底里生出了一股暖意,对未来的生活充满期待。

婚后两人恩恩爱爱,两年后美宝便有孕了。美宝在心里憧憬着,千万次地想象孩子的模样——如果孩子像他的父亲,应该是眉清目秀的。当然,除了期待,她还有些害怕。听说女人生孩子跟过鬼门关似的,不死也得脱层皮!村里曾有难产而死的女人,样子十分凄惨。她在心中暗暗祈祷,希望自己能够顺产,母子平安。

九月初五的早上,美宝感觉有些异样,肚子一阵阵地往下坠。婆婆叫她不要下田干活了,美宝应了一声,收拾完碗筷便去给猪添草,然后把屋子收拾了一遍。丈夫钱春荣一大早就下地去了。他是个十分勤快的人,每天早出晚归,忙个不停。晚上一家人吃完饭,美宝感觉肚子一阵阵地作痛。婆婆说:"美宝啊,看样子你今晚就要生了,让春荣到那屋去,我夜里跟你一起住。"美宝点了点头,劝丈夫早点休息,劳作了一天,第二天他还要下地呢。钱春荣却说:"不急,你躺到床上去吧,我抽锅烟再走。"

夜色黑漆漆的,远处传来零星的枪炮声。钱春荣说:"该死的日本鬼子,祸害我们七年多了,也该滚蛋了。"这时,外面不知谁家的狗叫了几声。婆婆说:"春荣呀,你去睡吧,这里有我呢。"钱春荣见妻子躺在床上,一脸倦容,似乎已经睡着了,便拿了件衣服上阁楼去了。钱春荣劳作了一天,头一挨枕便打起了呼噜。

丈夫刚走,美宝便感觉一阵阵疼痛袭来,忍不住呻吟起来。婆婆看了看说:"羊水已经破了,应该是快要生了。"她先是让美宝躺平,过了一会儿又扶她起来,跪在床上。这时,疼痛一阵阵加剧,美宝忍不住哭了起来。钱春荣被妻子的哭声惊醒,知道她要生了,急忙跑了回来。婆婆让儿子烧了一盆热水放在地上。钱春荣见妻子满头大汗,知道她疼得厉害,便在床边攥了一下妻子的手,又用毛巾擦了擦她脸上的汗,让她再忍耐一会儿。婆婆说:"生孩子是很痛,但是这种痛是可以忍耐的,而且中间有一点间隙可以让你调整好状态迎接下一次阵痛。"美宝不断地提醒自己忍耐,忍耐……只是她没有想到,任何人任何事都是有个体差异的——美宝的疼痛没有任何间隙,甚至连喘息的时间都没有。疼痛像一只巨兽在一点点地吞噬着她,一阵阵撕裂般的抽搐令她无法忍受。

时间在一点一点地流逝,到了是凌晨时分,外面的鸡开始叫了。连续的疼痛让美宝汗如雨下。她双手抓紧被单、枕头和床沿,仿佛只有抓紧什么东西才不至于那么难受,身体不由自主地蜷缩成一团,衣服已经被汗浸得湿透……钱春荣站在床边,一会儿攥紧妻子的手,一会儿在床前来回踱步,手足无措。鸡叫三遍后天已大亮,可美宝还是没有一点儿要生的迹象。

漫长的等待,无止境的疼痛,没有任何间隙,美宝感觉自己快要痛死了。婆婆和丈夫一直在给她鼓气,让她坚强一些。婆婆说:"美宝呀，实在忍不住就大声哭喊几声，反正是生孩子，又不丢人哩。"美宝大喊了几声，感觉只会白白地耗费力气，于是调整了下情绪，静静地忍受着一波接一波持续不断的疼痛，实在忍不住时才大叫两声。后来，她感觉自己连叫喊的力气也没有了，像一叶飘在河里的浮萍，浑身轻飘飘的，随波逐流。她咬紧牙关，不一会儿便晕了过去……

钱春荣吓坏了，连忙摇晃妻子。婆婆说："你莫要慌，她不过是晕过去了，过一会儿就会醒来。"婆婆嘴里虽这么说，其实心里也没谱。她曾给村里的女人接过生，也遇到过难产的，但都没这么严重。下午的时候，婆婆发现美宝脸色发青，嘴唇发紫，嘴角渗出一缕血丝，像蚯蚓一样蜿蜒而下，一时也慌了手脚。熬到黄昏的时候，美宝气若游丝，脸色显得异常平静，下身的血淌个不停。婆婆喊了声"不好，弄不好会大出血呢，这可如何是好？"村里曾发生过这样的事，最后人就没了。婆婆顿了顿，让自己镇定下来，然后嘱咐儿子出去给美宝置了件寿衣，以防不测。春荣说："要不我去镇上请个郎中吧？"婆婆说："这兵荒马乱的，郎中早就不行医了。"春荣着急地说："那也不能听天由命，眼睁睁地看着她等死吧？"婆婆说："你去喊邻家的阿婆来，我们再想想办法。"阿婆过来后，两人一起用土方法先给美宝止了血。晚上的时候，美宝渐渐地缓了过来，疼痛使她又开始呻吟起来。如此折腾了一夜，等

到鸡叫三遍的时候,"哇哇"的啼哭声刺破拂晓的宁静,一个男婴降生了。

这一天是农历的九月初七,甲申年甲戌月庚申日,这个孩子便是钱江明。多年以后,湖州电梯在他的手上发扬光大,他因此成为南浔电梯业的奠基者和开拓者。

也许是出生时的曲折惊险,使得钱江明的一生大起大落,命运多舛却处变不惊,总能逆流而上,百折不挠,书写出一部与命运抗衡的交响曲。

2. 晨兴夜寐,辛勤劳作

在钱江明的记忆里,父母似乎一年四季都很忙。那时候,一家人除了种水稻,主要是养蚕。蚕有春蚕、夏蚕和秋蚕三种,母亲不知从哪里带回来的蚕纸,上面密密麻麻一层蚕卵,像芝麻粒一样。过了一段时间,这些逐渐变黑的"芝麻粒"里便爬出许多小虫子,来来回回地扭动。母亲和奶奶采了桑叶回来,将其铺在竹篾编成的筛子里,不一会儿,蚕纸上的这些黑色的小虫子便爬到桑叶上开始进食。村子外面有许多桑树。母亲说:"栽桑树,来养蚕,一树桑叶一簇蚕。"年幼的钱江明对这些小虫子充满了好奇,常常趴在那里观察上半天。过了一段时间,虫子开始褪皮,变得通体白白净净,胖乎乎的,看起来十分可爱。母亲说,这就是蚕宝宝。钱江明将蚕放在手心上,感觉它凉丝丝的。长大后的蚕宝宝特别能吃,采回来的桑叶很快就吃完了。每当夜深人静的时候,还能听见蚕吃桑叶的"沙沙"声响。等到长大一些后,钱江明也经常跟着母亲去采桑叶。附近的桑树都被采光了,他们每天需要跑很远,到周边的村庄去找桑树。蚕宝宝渐渐长大,变得越来越肥胖,甚至有些臃肿。到了行动不便的时候,它便开始结茧了。

蚕全部结茧后，白皑皑的像雪，一粒一粒地挂在枝丫上。接下来便是缫丝了。传统的缫丝办法是将蚕茧浸泡在水中加热，再用木棍进行搅拌，找到丝头，将其卷在丝筐之上，这些抽出来的生丝便成了织绸用的原料。那时候，蚕丝是南浔许多庄户人家的主要经济来源。

钱江明的爷爷39岁便过世了，奶奶才36岁，带着两个儿子艰难度日。那时钱江明的父亲15岁，叔叔不到10岁，裹着小脚的奶奶靠帮别人洗衣服养家度日。母亲钱美宝虽然没有文化，但通情达理，"文革"时期，父亲经常被拉出去批斗，回到家里母亲就安慰他。母亲曾在北里乡插秧比赛中获得"插秧能手"的称号，除了在生产队劳动，还是养蚕高手。辽里村距离著名的"辑里湖丝"之乡辑里村不远，家家户户都种桑养蚕。

南浔隶属湖州。湖州则是丝绸文化的发祥地之一，在钱山漾遗址出土的蚕丝织物，是迄今为止发现的世界上历史最悠久的蚕丝织物之一，有4700多年的历史。南浔是湖丝的主要产地，名副其实的"丝绸之府"。自明代正德年间起，湖丝便远销至葡萄牙、西班牙、荷兰等欧洲国家，形成"湖丝遍天下"的局面。1851年，在伦敦举办的首届世博会上，"荣记"辑里湖丝获得金奖，湖丝成为欧洲皇室服装所用的面料。

清末民初，南浔形成了近代中国最大的丝商群体。这个以"四象八牛"为代表的浔商群体，大力兴办现代丝绸企业，并进行了多元化投资，有力地推进了中国经济的历史进程。

钱江明家里除了养蚕，还经营一些副业。父亲钱春荣冬季会去山里砍伐一些比较粗的原木，然后用船运回来，锯开后做成切菜用的砧板，卖给镇上的小饭店。那时候，辽里村的砧板比较有名，在市场上很受欢迎。但由于处在战争年代，小饭店的生意不景气，所以卖砧板也赚不了多少钱。后来钱春荣听说把砧板运到上海能卖个好价钱，不禁动了心思。

据说当年"四象"之首的刘镛就是沿着南浔水路把辑里湖丝运到上海，打开了一条商业之路。辑里湖丝在上海大放异彩，远销海外，获得诸多荣誉，为南浔一地的经济繁荣及浔商的崛起奠定了基础。

刘镛当年之所以能把生丝直接卖到上海，是因为南浔水路的优势。南浔境内水网纵横，早在西晋时期，这里就开通了一条古运河——荻塘，因塘边芦荻丛生而得名。到了唐贞元八年，即公元792年，湖州刺史于頔动员全民大规模修筑河塘，将荻塘加宽加长，自湖州城东迎春桥起，途经升山、织里、南浔，直到江苏的吴江市平望镇与莺脰湖相通，全长60多公里，成为江南地区往来运输的重要通道。百姓感激于頔的功德，将这条塘改名为頔塘。蜿蜒的頔塘流经湖州城区和南浔古镇，最终与京杭大运河汇合。1840年鸦片战争爆发后中国战败，被迫开放了包括上海在内的五个通商口岸。从南浔水路出发，沿頔塘直接到平望镇，再转船进黄浦江，就可以直达上海了。

钱春荣便是沿着这条水路到达上海的。当时，农村人对上海的实际情况了解不多，特别是在兵荒马乱的年月，水路上抢劫之事时有发生，货物被抢劫不说，弄不好人身都会受到伤害，因此浔商们对这条水路"尚视为畏途，到者寥寥"。作为一个农民，钱春荣运货去上海，是需要胆识和勇气的。但为了生活，他决定铤而走险。钱春荣与两个村民一起摇着一条满载砧板的船，沿着頔塘前往上海。这条古老的运河被称为"东方的莱茵河"，可直通黄浦江。南浔人摇船顺流而下，穿过一座又一座的石桥，三天三夜之后，便到了上海十六埔码头。上岸后，他们挑着担子沿街叫卖，或给上海滩的饭店送货，砧板很快便卖完了，价格当然也比在南浔时高了一些。卖一个冬天的砧板，便可以开开心心地过年了。然而这条水路充满了风险，一路上难免风吹雨打，稍不留神便会出事。有一次快过年时，他们最后去一趟上海，谁

钱江明的父亲钱春荣

知快到码头的时候，船遇到风浪后翻入水中，几个人在刺骨的河水中挣扎了好长时间才爬上岸，眼看着那些砧板随波逐流，飘散而去。几个人拼命地把船翻过来，把飘散的砧板捞了上来，衣服都湿透了，在寒风中瑟瑟发抖……后来，村上一户姓沈的人家在上海租了个门店，专门做砧板生意，几年后就发财了。

3. 燃糠自照，笃学不倦

在钱江明的记忆中，农村生活一直都很艰苦，大多数人一日三餐都是"瓜菜代"，饭就是菜，菜就是饭，很少吃米。当时为了填饱肚皮，父亲在家里的自留地上种满了能吃的作物，如豇豆、赤豆、玉米、高粱、山薯和南瓜等。母亲每天早上要先到地里采摘豆类瓜果，然后回来煮了当饭吃，吃不完就晒干存起来。钱江明帮母亲把玉米穗子洗干净，放到锅里蒸，蒸熟后拿起就啃，虽说有些糙口，可吃起来还是津津有味的。

20世纪50年代初，物资十分匮乏，为保证人人能买到基本生活用品，国家对紧俏物资采取发票证的办法。买东西时，人民币和票证缺一不可。票证种类之多、适用范围之广，许多年长者还记忆犹新。当时，用来购买基本生活用品的有粮票、布票、油票、煤票等；用来购买日用品的有肥皂票、卫生纸票、火柴票等；用来购买副食品的有鱼票、肉票、蛋票、豆制品票等；用来购买大件的有自行车票、手表票、缝纫机票等。还有一些物资，货源时多时少，有季节性，无法固定时间与数量，便采用一种从1到100的连号小票，随时公布，如一些水果等。无论何种票证，都有一条硬性规定——过期作废，没有商量的余地。"无粮票没饭吃、无布票没衣穿"，票证在那个年月跟钱的等值的，当然不能让它作废。但由于票证的品种繁多，有效期不一，

钱江明的母亲钱美宝

差错在所难免，特别是对于一些不识字的老人。例如一位农村老太太拿布票到供销社买布，营业员说："布票已经过期了。"老太当即失声痛哭。

那时候是计划经济，一切都是供应制。做衣服要布票，布票每个人一年才2尺7寸，根本做不成衣裳。钱江明家里的布票由母亲掌管，一家几口人一年加起来总共一丈多，她盘算着该给谁添一件衣裳了，就扯布给谁做一件衣裳，她自己却多年不做新衣裳，衣服破了就缝缝补补的，都看不出原来的颜色了。母亲一年还要做几双布鞋，起码是每人一双，过年能穿着新鞋出去。那时候，家家户户每个人的衣裳都有补丁，有的甚至补丁叠补丁，像和尚的百衲衣。不过大家的情况都差不多，所以谁也不笑话谁。

在钱江明的记忆里，家里住的是两层简陋的小木楼——典型的江南水乡民居。钱春荣是兄弟二人。其实母亲共生了五个孩子，他是老大，但老二、老三养活不起送人了，老四十几岁那年得病死了，只剩下他和老五。钱江明有一个姑姑，从小被送到南浔镇的一户人家当童养媳。多年后他去南浔学习、工作，一直住在姑姑家里，算是在城里有一门亲戚。

钱江明自幼聪慧，喜欢听别人讲故事。回到家里，父亲也会给他讲一些生意上的事。父亲说，南浔是丝绸之府，当年一批浔商凭借辑里湖丝进军上海滩，在很短时间内便积累了巨额财富，成为上海滩的风云人物。南浔的富商均以湖丝发家，"四象八牛七十二墩狗"是其中的杰出代表，可谓富甲一方。后来，南浔还涌现出张静江、张石铭、刘承干、刘锦藻、庞元济、顾叔苹等爱国人士，他们为当时的辛亥革命做过巨大的贡献。

七岁那年，父亲送钱江明去学校读书。那时候新中国刚成立两年，百废待兴。辽里村有一所小学设在太平庙里。父亲说："咱们家世代务农，希望你好好学习，长大后能有出息。"钱江明认真地点了点头，以后每天几乎都是第一个到学校。老师讲课，他听得非常仔细，生怕漏掉什么。家门口有一条小河，上面搭建了一条窄窄的小木桥，是他上学的必经之路。小木桥冬天非常湿滑，走在上面时须小心翼翼，因为一不留神便会掉进冰冷的河水中。冬天白昼短，早晨起来时，外面还黑洞洞的。看着又湿又滑的小木桥，钱江明几乎是手脚并用慢慢地爬了过去。后来，母亲剪了两块破毛毡贴在他的鞋上防滑，感觉好了一些。然而遇到天阴下雨、道路泥泞不堪时，鞋子常常陷在泥中拔不出来。钱江明只好将鞋脱下来提在手中，赤脚走回去。回到家里，奶奶见他浑身是泥，脸上也都是泥巴，觉得又心疼又好笑。奶奶让他洗了脸，把脏衣服换下来洗干净，放在火堆上烤干。奶奶说："江明啊，下雨天就别去上学了吧？"钱江明很坚定地说："那可不行！"第二天天不亮，背起书包又走了。

　　为了供钱江明上学，父亲经常去田边割芦苇，晒干后挑到镇上去卖，一担芦苇才能卖几毛钱。由于白天要在生产队上工，父亲割芦苇都是放工以后才去，到田边时往往天已经黑了。家里买不起手电筒，钱江明便挑着灯笼给父亲照路。做数学题没有练习本，钱江明便捡了许多烟盒回来。烟盒拆开后里衬是白色的纸，钱江明让母亲用针线给他装订起来，便成了练习本。钱江明记得那时家里最值钱的物件是一只竹编外壳的暖水瓶。有了这只暖水瓶，一家人随时都能喝上热水，因此暖水瓶对于一家人来说十分宝贝。一天下雨了，钱江明放学后一路小跑回来，衣服被淋得精湿，腿上全是泥，浑身冻得瑟瑟发抖。他喊了一声奶奶，发现她在楼上，就想给自己倒一碗热水，谁知手一哆嗦，暖水瓶便掉在地上，"嘭"的一声闷响，里面的水洒了一地，还冒着腾腾热气。钱江明吓坏了，他忙拿起暖水瓶，发现里面的瓶胆已碎成一片片的亮银。奶奶听到声响从阁楼上下来了，眼前的情景把她也吓坏了，忙问孙子是否烫到了？钱江明木木地摇了摇头。这时，父亲下地回来了，看到暖水瓶碎了一地，抬手便给了儿子一记耳光。钱江明长这么大，父亲还是第一次打他，这也是一生中唯一的一次。

那天晚上，钱江明一直在流泪，晚饭也没吃。母亲说："江明啊，不是你爸爸非要打你，咱家也就这么个值钱的东西。有了暖水瓶，我们就不用喝凉水了。你爸也是一时在气头上，你不要生他的气呀。你爸说了，等明天去镇上卖了芦苇，再添上几毛钱，就去供销社买一个新的回来……"

多年后，钱江明的老父亲有一次不慎摔倒受伤，只能卧床修养。钱江明悉心照料父亲，带他去了最好的医院治疗。一天，父亲突然抓住他的手，说："江明啊，爸爸对不住你。"钱江明感到莫名其妙，微笑着说："你是我爸，有啥对不住的呀？"父亲说："还记得你小时候那次不小心把家里的暖水瓶打碎了，爸爸打了你一巴掌，好长时间我心里都很难过。"钱江明笑了笑，说："这件事你要是不说，我都忘了呀！"父亲说："江明呀，那时候咱们家穷，穷得叮当响。你看现在的生活多好，想要什么随便买。那时候买一个暖水瓶都不容易啊！"

小时候的生活有苦也有乐。钱江明的家里养了猪和鸡鸭，还有湖羊。每天放学回家后，钱江明放下书包便去割草。在他的记忆里，家里一般每年都会养两头猪，过年时杀一头、卖一头，平日里家人很少吃肉。割的草除了喂猪，还要喂羊。五六头羊平时都是圈养，一天要吃很多草。父母在地里干活，没时间做这些事，所以割草的事都是孩子们干的。

那时家里养的是湖羊。湖羊是太湖平原重要的家畜之一，是中国特有的羔皮绵羊品种。在长期人工饲养的环境下，它们养成了有草就吃、没草就叫的习性，因此听到一群羊发出"咩咩"的叫声，大多是因为饥饿，需要赶快喂草。

钱江明的妹妹钱建丽

湖羊喜食夜草。夜间安静、干扰少，羊的食草量很大，当地农民便总结出"白天缺草羊要叫，晚上缺草不长膘"的经验，因此割回来的草一定要够羊吃一个晚上才行。钱江明通常需要往返几个来回，才能割够几只羊要吃的草。等到星期天或不用上学的日子，钱江明便一手挎着草篮，一手牵着母羊往村外走，两只小羊羔跟在后边，一会儿跑一会儿跳，时而钻进母羊肚子下吃几口奶，十分可爱。

夏家埭紧邻河道，沿着河道一直往外走便来到了村外。河水滋润着两岸，春夏秋季，土沃草肥，是羊的乐园。钱江明用长绳把母羊固定在一块草多的地方，让它领着两只小羊羔自由自在地啃草，然后拿着镰刀一边割草一边和小伙伴们玩游戏。那时候，农村孩子也没什么玩具，大家在一起耍，总爱让钱江明出一些点子，因为他特别聪明，常常别出心裁，让大家可以一边干活一边玩耍，并且还玩得十分开心。夏天天气闷热，孩子们便会跳进河里游泳，比赛看谁游得快，游得远。

河岸边长着油草、芦苇以及稻田。芦苇沿着陡峭的河岸边长了一大片，茂密地遮住了水面；芦苇茎秆高直，芦花毛茸茸的，缀在苇稍上，宛似笤帚。风吹拂时，苇丛窸窸窣窣地响，像千万秆芦苇在细语。钱江明喜欢拔出芦花秆玩耍，用它来拂面，感受那一份毛茸茸、痒嗖嗖的感觉。芦苇的嫩芽可以生吃，味道甜丝丝的。稻田的北头有一片水域种着莲藕。夏季里荷叶铺满水面，碧绿地连成一片，扇形的荷叶上常常滚动着一颗颗水珠，偶尔还有青蛙蹲踞在上面。一阵风吹过，送来阵阵的荷香。

因为生产队是大集体干活，除了割草、放羊，小孩子也帮不上什么忙。只有生产队分庄稼后，例如晒稻谷、往家里运番薯和南瓜入窖等活儿，小孩子就可以派上用场了。

钱江明有两个妹妹，一个小他四岁，一个小他八岁。大妹妹长到七岁时一次患病发烧了，身上一阵冷一阵热的，大家以为是感冒了，当时没钱送医，请地方上的郎中把脉，吃一些中草药，总不见好转，病情拖了好几天，后来越来越重，连话都说不出来了。不得已，钱江明的父亲借了一条船，和他的弟弟钱杏荣二人半夜摇船去镇上的医院求医，但是医生说，他们来得太晚了，孩子得的可能是恶性疟疾，没法医治了。就这样，大妹妹不幸夭折了。小妹妹叫钱建丽，小时候身体也不是特别好，不过读书很用功，学习成绩在班里名列前茅，初中毕业考得全班第二名，上完初中又顺利地被录取到南浔高中。但是家里穷，供不起钱建丽再读高中了，当时农村人还是旧思想：女孩子读得再好迟早还不是别人家的人，所以就没有让她去读高中。建丽哭得脸都肿了，但家里真的没钱供她读高中了，她只能回家干农活。后来，她在二十岁时早早地就嫁到离夏家埭十多里路的东迁农民家。好在她嫁的老公有一技之长，是东迁建筑工程队的泥水匠。夫妻两人勤俭地过日子，培养自己的两个女儿。现在，大女儿是吴兴区人民医院办公室主任，二女儿成了湖州市小学教师，一家人生活得其乐融融。

钱江明每天割草回家后，母亲已经把饭做好了，他迅速地填饱肚子，又开始看书。那时候，家家都用的是煤油灯。买煤油要花钱，钱江明家里便用菜油点灯，因为菜油是自家产的，便宜。灯的里面用棉纱做了一个灯芯，忽明忽暗地闪着。后来，父亲见儿子喜欢每天晚上看书，又买了一个亮一些的玻璃罩灯，俗称"燎泡灯"。燎泡灯被放在蚊帐里的一个小矮墩上，钱江明就坐在里面看书、写作业，大半夜才睡。有时天气晴好，在月光如洗的晚上，钱江明也会坐在外面看书。他的学习成绩一直很优秀，是一家人的骄傲。

小时候，钱江明最盼望的事情便是过年。古往今来，春节对于中国人来说意义一直都很重大。从东到西，无论南北，一年之中最隆重的节日便是春节了。许多人在外面忙碌了一年，快到春节的时候便按捺不住内心的激动，千里迢迢地赶回去，与家人团聚。

常言道："吃了腊八饭，赶快把年办。"过了腊八节，家家户户都开始忙碌起来，准备过年的东西。南浔也是如此。南浔的腊月，门上贴"福"字，窗口挂起腊鱼腊肉，门外挂着大红灯笼。过年的气氛随着春节的临近，变得越来越浓重了。

南浔人喜欢在窗沿上挂腊肉，太阳一晒，空气中都是猪肉咸香的味道。除了腊鱼腊肉，钱江明小时候最爱吃的是年糕。刚出笼的年糕又香又甜，咬在嘴里软乎乎的，非常好吃。腊月二十四是掸尘的日子。掸尘即清除灰尘，"尘"与"陈"谐音，于是掸尘又有"除陈迎新"的意思。掸尘不像打年糕、晒年货，全家人都能做。钱江明记得，每年的腊月二十四那天，家里的老老小小都很忙碌：清洗器具，拆洗窗帘，洒扫庭院，掸拂尘垢。等到窗明几净的时候，就拿来早前买好的"福"字贴上，"福"字一定得倒着贴，因为这寓意着"福到了"。

除夕那天各家各户贴春联、放鞭炮，村子里的鞭炮声此起彼伏，小孩子都跑出去看热闹，辽里村洋溢着一派温暖祥和的气氛。

"童年的记忆一直深埋在心，轻轻一碰，故乡的一景一情便立刻浮现在眼前。难忘的是乡恋，难解的是乡愁，最难舍的是乡情。在游子的心中，乡恋如歌，乡情似酒，喝一生，醉一生，忘不了的故乡，丢不掉的乡情！"谈起自己的童年，钱江明深有感触。

钱江明上小学时，给他上课的是过去的私塾老先生。先生教他们写毛笔字，从怎样执笔开始，一撇一捺，要求得很严格。先生的毛笔字写得非常好，逢年过节大家都请他写春联，老先生来者不拒。刚入学的时候，先生上课讲的是《百家姓》《三字经》和《千字文》，要求每个学生都能背诵，其中《百家姓》不但要竖着背，还要横着背：赵冯朱孔齐……背不下来的同学要被打手心。上高小的时候，学校分配来几位受过短期教师培训的年轻老师，开始讲授正规的语文、算术、历史、地理等课程。钱江明还记得当时教的分数乘法的运算法则：分子乘分子，分母乘分母。这些教员白天教他们，晚上便自修一些读物。那时候，师生之间关系非常亲密。有一天，一位老师见钱江明勤奋好学，便对他说："江明，晚上你跟我们一起学习吧。"钱江明于是也加入了进修的行列之中，和老师们一起做习题，自此养成了喜欢做数学题的习惯。

4. 辽里往事

辽里村原属北里乡，1958 年北里乡改为北里人民公社，1983 年又改回北里乡。1986 年 6 月，随着湖州市"撤乡并镇"措施的展开，北里乡与临近的南浔镇合并，成为南浔镇的一部分。

南浔镇原属北里乡的辽里村夏家埭的街道旁，一家小饭馆门头上挂着"北里饭店"的牌匾，看起来已有一定的年头。算了一下，从1986年北里撤乡到现在，已经三十多年过去了。"北里"这个地名，对于现在的年轻人特别是生于1980年之后的南浔人来说是陌生的，也许会听父辈们一遍遍地讲起这个曾经"纵横"于历史舞台上46年的地名，父辈们对它的印象是深刻的，记忆是鲜活的。可以说，对于40岁以上的南浔人来说，北里乡之于南浔镇，犹如河北之于京津，罗马之于梵蒂冈，南非之于莱索托，是环抱整个南浔镇的一个乡。近代以来，南浔因丝业而富甲天下，原材料则全依赖周边北里乡的农民辛勤劳作。20世纪70年代，这里诞生了湖州第一个电梯厂——北里电梯厂，北里成为南浔电梯业的摇篮。北里电梯厂是在1978年由原北里公社的一个农机修造厂改造而来，当时是在社办企业的基础上创新产品制造电梯。该厂的第一台电梯于1979年10月出厂，自此，南浔的电梯产业起步了。

"如今在南浔镇，北里乡的遗迹已经荡然无存，但是许多当地的中年人不会忘记，在南浔曾经有过这么一个乡，这么一个公社。随着时代的变迁，南浔日新月异，许多北里乡的老建筑都拆得差不多了，紧挨着南浔区西边的辽里村，此前是造小船的地方。这个村号称有三湾十八埭，我出生的生产队就叫夏家埭。悠悠岁月，沧海桑田。昔日熟悉的古桥、绿树掩映的河埠、一排排亮眼的江南民居，都渐渐消失了，只有在童年的梦境里时而浮现。"回首往事，钱江明感慨地说。

第二章　少年壮志

1. 青衿之志，敏而好学

初小毕业后，钱江明考进了位于北里乡的"浔东村高级小学"（五、六年级），后来改名为"北里乡高级小学"。浔东小学旁边有个耶稣堂，看起来有些神秘。从入学开始，钱江明就很刻苦。小学毕业后，他又以优异的成绩考进南浔中学。

南浔中学创办于1925年，自建校以来，共培养毕业生两万多名。其中原北大校长张龙翔、著名作家徐迟、我国第一代飞机设计师徐舜寿等均毕业于南浔中学。

初中时期的钱江明

上中学后，钱江明每天从家里带饭，主要是米饭、稀饭、芋头和番薯。学校离家有五六里路，下雨时路上泥泞不堪，十分难走，一不留神就会跌倒在稀泥中。钱江明每天往返上学，春夏秋冬，风雨无阻。

那时候，粮食很紧张，许多人都吃不饱。母亲心疼他在学校读书辛苦，尽量把家里最好的东西都带给他，一家人往往靠野菜等来填饱肚子。由于正处在长身体的年龄，从家里带的东西根本吃不饱，钱江明常常饿得胃里反酸水。

春天来了，野地里突然冒出来的野荸荠，像是老天特意留给人们的一点生路。在那个困难的年月，同学们每天早晨喝一碗稀饭，上到第二节课时，肚子就开始"咕咕"叫起来。有一天上午，第三节课才刚开始，钱江明就听不下去了。陈老师正在黑板上演算代数题，他就从后门溜了出去。因为钱江明听一位同学说，离学校七八里远的小湖边的洼地里有野荸荠，方圆几十里的社员都赶到那里挖野荸荠去了。

钱江明跑回家，从厨房的炉灶旁找到一把铁锹，又向小湖边奔去。那一个个小湖星罗棋布，既能蓄洪水，又能在干旱年份浇灌农作物。每到汛期，为减轻下游洪水的压力，就要破坝蓄水，田间的庄稼被淹得荡然无存，只有野生的水荸荠能存活下来。

在南浔，当地人心目中最难忘的就是野荸荠。许多从南浔走出去的人，都很惦念这份家乡的味道。只要一说起野荸荠，大家脑海中就会生出许多美好的回忆。

钱江明割草时曾见过野荸荠。水面上生长着齐刷刷的荸荠茎苗，像细细的葱管，一尺多深，一片葱绿，一眼望不到边。到了冬天，荸荠苗枯萎了，淹没在湖水里。谁能想到，地下已结满了可供食用的荸荠。

钱江明来到湖边，远远望去，挖野荸荠的人很多，黑压压的一片，足有上百人。湖边还搭有庵棚，看来还有一些离湖区较远、夜不归家的人在此留宿。

钱江明赶到时，能挖着荸荠的地方却被别人占满了，他只能在别人挖过的地方挖。说起来很神奇，尽管别人挖过了，他还是挖到了不少荸荠。

野荸荠不同于家养的荸荠，个头很小，只有孩子玩的玻璃球那么大，但是很结实耐嚼，钱江明挖出第一个，揩掉上面的泥土就往嘴里填，虽汁水不多，但能嚼出一点淀粉，便足以让他兴奋了，于是一边挖一边吃。

钱江明带的铁锹能铲不能挖，工具不得力，所以挖得很少。在他身旁挖荸荠的夫妻俩30多岁，虽然很瘦，但很有力气。男的用一把带锹拐子的锹挖下去，把一两尺深的泥土挖上来，女的只顾用手掰泥巴，将掰出来的荸荠一粒粒不停地往筐里丢，筐里的荸荠足有十来斤，看得人眼馋极了。

有位老人和他的儿子也在旁边挖着，老人感慨道："真是一方水土养一方人，谁能想到这湖底下藏着这么多荸荠，真是救了咱老百姓的命了啊！"

天快黑的时候，钱江明赶紧收拾东西往学校赶，书包里的荸荠除了吃掉的还剩下一斤多。他在离校几百米远的坝子上遇见了一个同学，同学说："钱江明，班主任正找你呢。你的胆子真大，上着课还去挖荸荠，老师可能要批评你了。"

钱江明心里原本就忐忑不安，经这一吓唬，更害怕了。他想着豁出去了，大不了让老师骂上几句，于是硬着头皮朝班主任的宿舍走去。

刚走到门口，钱江明就看到班主任站在那儿，让他进了屋，还为他倒了一杯开水。班主任说："江明，我知道你挖荸荠去了，也知道你饿。但是上着课不辞而别，这是你的错。"说着，他拿出钱江明的作文本批改起来，老师对他的作文评价很高，只指出了两个错别字。钱江明懵懵懂懂的，一句话也没听进去，只想知道老师会怎样处罚他。

作文评讲完，老师拿出一本散文选和一小沓饭票，对他说："这本书对你写文章很有帮助，你拿回去看吧。这几张饭票你可以买几个馒头充充饥，以后可别逃学了。你很聪明，也有天分，说不定将来能考取高中、大学，成为对国家有用的人呢。"

钱江明的泪水忍不住流了下来，他语无伦次地说："老师，我不要你的饭票，你看你的腿肿得……"

在那个年代里，钱江明能坚持到最后并考取中专，多亏了班主任老师的鼓励，才让他有了战胜饥饿的力量。

"说起野荸荠，就会生出许多美好的回忆。百年前南浔有一位姓沈的老板在南浔镇东大街上开了一间茶食南货店，以'野荸荠'为店号，如今它已成了百余年历史的南浔著名的土特产商标。从此野荸荠就成了南浔人送他乡挚友及走亲望戚的必备品。野荸荠食品店做的正宗食品主要有定胜糕、糖年糕、桔红糕、麻酥糖和百果糕。这五种食品已成为南浔的特色礼品，来南浔旅游的四方之客都不会忘记带几盒野荸荠名点让家人品尝。"多年后回忆起那段难忘的经历，钱江明很是感慨说。

钱江明的学习成绩一直很优秀，初中三年的课程他只用了两年时间就学完了。在1958年"大跃进"期间，南浔中学办了一个"跃进班"，把成绩好的学生都抽到这个班里重点培养。在全班54个同学中，钱江明的数学（代数）成绩名列前茅。老师在班里多次强调："每次考试，钱江明就是你们的标准卷，大家要向他看齐。"那时候，学校开设了语文、数学（三角、几何、代数）、化学、物理、政治、体育等课程，钱江明不但数学（代数）成绩特别突出，语文成绩也十分优秀。因为他从小就喜欢看书，不管白话还是文言，只要是书都爱看，且看得如痴如醉。小学时课程不太紧张，他便想方设法借书阅读。有时借到一本好书，白天看不完，晚上就到屋外借着月光看。他常常因看书着迷而忘记了吃饭，母亲喊他多次才恋恋不舍地放下书本。

那时候，农村孩子基本没什么娱乐活动，也很少能看电影。大家唯一能期待的就是皮影戏。有一次，村里来了演皮影戏的，大人们都去了，只有钱江明还静静地拿着一本书在煤油灯下阅读。对于他来说，看书便是他最大的乐趣。钱江明看书很快，像《三国演义》《水浒传》等名著，上下两册只需几天时间便能看完。割草的时候，伙伴们便会凑在一起让他讲故事。他常常讲得天快黑了，草还没割多少，大家听得如痴如醉，不愿让他停下来。上课时，不光数学老师喜欢让他回答问题，语文老师也经常叫他起来背诵课文。钱江明自小聪颖，记忆力特别好。像《武松打虎》《智取生辰纲》等较长的课文，别人花几个小时才能背完，他却可以在短时间内一字不差地背诵下来。同学们都很钦佩他，老师对他也刮目相看。

第一次跨进南浔中学的大门时，钱江明感觉一切都是新奇的。他带着简单的行李，站在南浔中学大门前，看着前辈们书写的"南浔中学"四个金漆招牌，不由得心生敬仰。校园里十分宁静，就像学校的严谨学风一样，每天在熏陶着他们。直到六十多年后的今天，钱江明想起母校，还觉得那样亲切、自豪。在南浔中学求学的许多场景都恍如昨日，历历在目。

进入中学后，钱江明感到多数老师都是极有教学经验的。听他们讲课，犹如在听生动的故事一样，能够全神贯注，时间在不知不觉中就过去了。铃声"当当当"响起的时候，他才发现下课了。老师采用深入浅出的教学方法，把各种概念阐述得清清楚楚。如物理老师在讲牛顿三大定律之作用力与反作用力时，用鼓掌时两手同时感受力为例，把这一概念说得很透彻；上立体几何课时，老师用各种立体模型帮助学生直观地树立空间概念；在语文课上，不论古文还是现代文，老师都将时代背景、主题、文章特色分析得绘声绘色，令人印象深刻，久久难忘。

"南浔中学严谨的学风还体现在严格的基础训练上。每学期，学校都会发给学生几本印好的平时测验用的白纸薄,每门课每周都要进行几次五分钟左右的小测验,如果不认真及时复习,小测验就会出问题。对于课后作业,老师要求得极为严格例如初一的制图课,老教师要求我们所画的粗细实线、虚线、点划线——粗细必须符合规定要求,图面必须整洁,弧线吻合处不能有衔接不当的地方,否则必须重画;立体几何作业上的插图必须按照标准的画法;物理、化学的试验报告一定要有分析。记得我当时每天做作业都要花很多时间。我们班的同学来自南浔周边的各个乡镇,大部分都住校。学生中多数都是像我一样衣着朴素的穷孩子。那时候买成衣贵,大家都是到商店买布,再找裁缝量身定做。我穿的衣服打了许多补丁。宿舍也很简陋,据说是由昔日的民房改建的。晚上教室里济济一堂,学习气氛很浓厚。这样的基本训练对于我以后的学习、工作都具有极大的帮助。我后来考上了湖州工业学校,每门课的作业不仅解题准确、有条不紊,而且字迹工整,毫无涂改。特别是数学作业条理清晰,得到老师们的一致好评。当时正赶上'大跃进',同学们周末回家还要到处收集废钢铁,来支援国家建设。生活虽然艰苦,但每个人的心里都憧憬着美好的未来,希望通过勤奋学习,成长为对国家有用的人。一晃这么多年过去了,追忆似水流年,发现那些或明媚或忧伤的情感是那么值得珍藏,那些或感动或唏嘘的往事又是那么值得回忆。"再回首往事如烟,钱江明动情地说。

2. 在困难的日子里

南浔中学的住校生大多数是从距学校比较远的农村来的,在食堂吃饭时一般不买菜,或者只买一二分钱的青菜,主要是吃自己从家里带来的菜。大家从自家带的菜五花八门,常见的有咸菜、豆酱(用

湖州工专校门旧址

豆饼料做的那种，只是有一点咸味）、酱黄豆、炒黄豆、咸菜豆腐干，有时甚至是单纯的炒盐，偶尔有鱼，基本上见不到肉类。那时，农村的经济条件都不好，有很多同学被迫中途退学了。

初中毕业后，钱江明回到家中。父亲说："江明啊，你最好能考个中专，毕业后就可以分配工作，有了工作，就不用在地里刨食了。考上高中还要再学三年才能考大学呢。"钱江明的学习成绩一直很优秀，他的理想是上高中，然后考一所名牌大学。然而看到家里的困难状况，他理解父母的那份殷切期待，决定放弃高中，报考了中等专业学校。

1959年，15岁的钱江明以优异的成绩考上了浙江省湖州工业学校。该校是嘉兴地委经过浙江省教委批准成立的公办中专学校，一年后更名为"浙江省湖州工业专科学校"。当时的中专生毕业后由国家统一分配工作，农村籍学生考上后便不用去当农民，而成为国家技术干部。那时候，以"工业"命名的专科学校，一般是以培养工业技术人才、工业管理人才为主，涵盖工业类中等、高等专科学校。

9月1日，钱江明准备去湖州工业学校报到。自从他考上中专后，全家人都非常高兴。钱春荣祖上四代务农，这下子觉得在辽里村夏家埭也能抬起头来了。想起儿子小时候上学时，村里一个干部冷嘲热讽，说钱江明就不是学习的料，念了书也是白念，最终还是要回到农村去的。钱春荣就鼓励儿子努力学习，争一口气。钱江明果然不负家人的期冀，终于考上了。考上中专就意味着跳出了农门，毕业后就能分配工作，成为公家人了。钱春荣觉得自己在辽里村夏家埭也算扬眉吐气了，他让妻子钱美宝给儿子做了一套新衣服，自己又摇着船去镇上买了一只旧木箱，里面除了放衣服，还可以放书。他想：出门在外不比在家里，不能让儿子显得太寒酸！

当时，去湖州坐车两个小时就到了，但车票是八毛钱；如果坐船的话要五六个小时，只须三毛钱就够了。钱江明决定坐船，省下来这五毛钱。对于一个学生来说，这是一笔不小的资金了。因为当时一碗阳春面才八分钱，一根油条三分钱。五毛钱就是六碗面，够他吃几天的呢！

钱江明带着行李来到位于湖州的浙江省湖州工业学校。一个窑洞式大门旁挂着一块白底黑字的牌子，上面就是校名。拱门不宽，仅能容一辆小型车通过。那时候大街上主要是三轮车，很少有汽车行驶。走进去两侧低矮的瓦房连在一起，看起来有些陈旧。学校院子不大，沿着一条胡同走进去，里面红色的铁栅栏门正对着一排高大的瓦房，这便是教室了。

钱江明学的是机械专业。9月份入学，他到校的第一感觉是学校里楼房挺多，可住宿条件比较差。新生就住在解放初期没收来的旧民房里，一排排的双层木床挤在一起，房内光线很差，黑咕隆咚的。

开学典礼非常隆重，洪克刚校长给新生讲话道："在座的新到我们学校来的学生，从你们走进校门的那一天起，你们将是我国工业战线上的一位技术干部。所以你们要努力学习，将来为祖国的发展在工业战线上贡献自己的力量！"洪校长声如洪钟，铿锵有力，令大家群情激昂，在座的新生们掌声如雷。

开学后首先要解决的事是评定粮食等级，有每月27、29、31斤三个级别，钱江明个子较小，给他评了每月27斤大米的最低级。他也十分满意——每日三餐能有三两大米吃，即使是家里的大人也没这个待遇啊！钱江明享受了甲等生助学金，每个月学校发给九块八毛钱作为生活费。

"那时我们还不懂事，根本不清楚为什么国家在最困难的时刻，会给予我们如此优厚的待遇。这种待遇好像持续了一段时间，后来取消了。"钱江明说。

上中学时，钱江明看了许多书，包括《红楼梦》《水浒传》《三国演义》等。他对《水浒传》中宋江的一句话记忆深刻，宋江说："宁可朝廷负我，我忠心不负朝廷。"考上湖州工专后，钱江明将自己的人生信条改成了"我不负朝廷，朝廷就不会负我"。他认为只要自己通过努力学习，成为对国家有用的人才，国家一定不会亏待自己。

十四五岁的男孩子正是长身体的时候，加上活动量大，消化快，虽然在学校一日三餐，但经常会感到饥肠辘辘的。有时晚自习过后，几个同学偷偷地跑到饭馆，几分钱买一碗高粱米饭，不要菜，倒点酱油便吃得不亦乐乎。

钱江明考上湖州工业学校后,家里人都很高兴,认为他终于跳出农门,不用再过父辈们整天面朝土地背朝天的生活了。离开农村这个苦地方,到学校里就可以吃饱饭,不用饿肚皮了。那个年代,谁能找个不饿肚皮的地方,那就是享福的人了。

每天早上,同学们天不亮就起床了。吃早饭是人人期待的事情,一大桶稀饭抬上来,是用玉米糁子熬的粥,香喷喷的,谁都想多喝一口,但是每人都只有一大勺。

20世纪60年代前后,由于天灾人祸,造成粮食极度短缺,全国许多地方都出现了严重的饥荒,后来1959年至1961年被称为"三年困难时期"。实际上,农村的困难时期还要长些,可能有五六年的时间。而且,具体困难的不仅仅是缺少粮食,还涉及农村经济的方方面面。钱江明家在太湖南岸的南浔区,原本是个鱼米之乡,但在困难时期同样也非常穷困,家家户户都穷得叮当响。除了最基本最简单的劳动工具和生活用品之外,钱江明家里可以说是家徒四壁,一贫如洗。

"1958年的春天,农村刮起了大办食堂风,强迫各户把灶头拆了,我们生产队三十来户人家必须办一个食堂。那时候,我还在上初中。队里筹办食堂,把地点选在土地庙里,这是公众场所,又是队里的中心地点,南面北面的社员来食堂都方便。把庙前厅的两间打通,在靠东半间的地方起了一个大灶,安了一口大锅,用来煮饭烧粥,其他地方摆起了方桌,搭起了案板,一口大水缸旁边的空地上摆着洗刷用的木桶木盆。在食堂里工作的七八个人,有烧火的、煮饭的、炒菜的、洗碗的、买菜的、管钱的、管账的、负责的。我有时会帮忙记账,记录来往的账目和社员用饭用菜的情况。当时政府为了鼓励农民生产,喊出了这样一句口号:'鼓足干劲儿搞生产,撑开肚皮吃饱饭!'社员们实行大兵团作战,半军事化管理,吃在一起,睡在一起,没日没夜地蛮干。结果好景不长,到了下半年,粮食显得紧张了。一是无度的挥霍和糟蹋粮食,二是丰年不丰收。1958年那年的年成是好的,风调雨顺,稻子长得也不错。可'大哄隆'生产,大家不爱惜粮食,好像我们已经到了共产主义了,物质丰富得放不下了,丢掉点儿也无所谓。所以,割倒的稻子,随便往田埂上重重一放,往河岸边重重一手,谷子就哗啦啦地掉了下来,弄得满地都是。有些割倒的稻把子被丢在了水田里,没人管了,泡水、发芽、腐烂。田埂上、河岸边、稻田里,到处是洒落的稻谷,一堆堆、一片片的。过不了几天,下一场雨,那些地方就长出了一丛丛、一片片绿色的秧苗,似乎在唤起大家的注意。如果换作是农户自家,割稻收稻时是很小心的,掉下来的稻穗要一穗一穗地捡起来,还要一遍一遍地寻查,直到田里没有一穗稻子。怪不得老人们看到了连说'罪过罪过''作孽作孽'。上了年纪的人都说,到了荒年是会遭报应的。"钱江明回忆起当年的情景,历历在目。

报应很快就来了!半年后,生产队的粮食出现了亏空,而且亏空越来越大,吃饭渐渐成了问题。怎么办?从一天四五顿改回了三顿,再从一稀二干改成二稀一干。到了第二年,也就是1959年,吃饭问题更为严重,社员的口粮更少了,索性改成了三稀。为了填饱社员的肚皮,食堂进行了技术革新,同样的一斤米要烧出更多的粥。烧饭的大师傅就发明了"九滚十八淘"烧粥法:大锅里的粥,烧滚了加上冷水再烧,再加冷水烧,一直烧到能够出粥为止。"淘"就是搅拌,将粥烧开了加上水用木棍不停地搅拌,再烧开、加水、搅拌。这样,一斤米就能烧出七八斤甚至九斤的粥来了。

后来,队里一天的粮食定量不到半斤了,有时甚至只有二三两了,真是到了喝汤也不够的地步。有劳动力的人家还好一点,可以凭出工拿补贴粮,没有劳动力的人家只能靠食堂分的一点粮食过日子。农民开始用菜根、野草和树叶来充饥,如白菜根、球菜根和油菜根,杨树皮、桑树皮、榆树皮,毛苋菜、灰苋菜、南瓜叶和河里的"菱蓬头"。

这些"代食品"吃多了，人就容易得病，得不到及时治疗就会死人。到了1960年，农村严重闹饥荒，连"三七统糠"（稻谷碾米时用米糠和谷壳碾成的混合物，粮管所称"三七统糠"）都吃不到，一般农民家以蔬菜、野菜（草）为食，甚至有吃泥土（高岭土）的。饥饿的感觉是十分难受的，肚子里像是被掏空了，带来一阵阵的刺激和痉挛，想吐又吐不出来，欲死不能。少数条件较好的家庭，留着半升或一升米，当作宝贝似的，逢年过节当作主料炒了，和着大头菜丝做成饭，成为一种享受。

作为农民的儿子，从小在农村长大，钱江明知道农民遭逢饥荒的苦。读中专的时候，他的户口迁到了学校，成了城镇居民户口，吃上了国家供应粮。那时，每周的星期六下午他都要回家一趟，看看父母，拿点菜，星期天下午再返回学校。学校食堂规定，请一天假可以从食堂退伙一天，从食堂领取一斤粮票，这一斤粮票可以到粮站买回一斤米，足以让全家人吃上一顿粥了，如果掺上大头菜什么的，就可以烧一顿饭了——多好的事啊！钱江明想请两天假，领到两斤粮票——当然，这是不可能的事，因为住校生都是星期六下午离校回家，星期天下午返校，离校时间只有一天。学生写的请假条，班主任签个字，批准几天就可以到食堂退伙几天。可明明是一天假的要班主任老师批准两天，那是不可能的事。

那时候每天除了学习，学生还要参加各种校园劳动。因为大炼钢铁要砌炼钢炉，没有砖，老师就让学生出去找。哪里有砖呢？谁也不知道。一位同学说："我们出去寻砖，白手起家吧！"于是大家出了小弄，从高巷到小西街，甚至找到小河头、太平巷、南街等地方，无奈这些地方都没有砖。怎么办？有人提议从建筑上取，于是所有深宅大院都成了他们的进攻目标。几十个同学组成一组，声势浩大地进入别人家的大院，靠墙放上长竹梯，一位同学三下五除二地就爬上了屋顶，然后拆人家的风火墙。下面有人大喊:"不能拆,这是搞破坏啊!"同学们便将一项大帽子压了过去:"你对大办钢铁有意见吗?"吓得那人就不敢说话了。那时候,大炼钢铁是一项政治任务,如果有人胆敢反对,轻则被拉出去批斗,重则要坐牢。一群年少轻狂的学生就这样天天往外跑,到处"寻"砖,结果那些已经有几十年甚至上百年历史的老房子都遭殃了,被拆得面目全非,人家敢怒而不敢言,只能任由他们去折腾。当然,也有遇到坚定的抵抗者的时候。有一次,一群学生从朝阳巷跑到太平巷,发现有一个大玫瑰园,他们爬上去正要拆围墙,园内跳出一位老太太,边骂边往他们身上丢石头。老太太年纪大了,不管不顾的,看样子要和他们拼命。一群学生毕竟也怕整出事儿,于是灰溜溜地离开了。这样,在毫无法制观念的氛围下,一群稚嫩的学生"白手起家",弄了许多砖头回来。多年后,作为学长的陈泽铭回忆起这一段经历,觉得这是很不光彩的事情,甚至可以说很龌龊。但在那个年代和那种情况下,有多少人能独善其身呢?

这样"打游击"不是个办法。后来,老师联系了一家砖厂,每天早晨一起床,老师就带着学生们浩浩荡荡地来到5里外的窑场上背砖,肚子饿,砖块重,麻绳勒得同学们龇牙咧嘴的。来回十多里,回到学校,大家常常累得连说话的力气都没有了。

1961年冬天放寒假时,下起了大雪,离家近的同学都回家了,只有几个离家远的同学被困在学校。

学校食堂已经关门了。一大早,钱江明和几个同学躺在地铺上,饿得前胸贴后背的,动也不想动,缩在被窝里"话"饼充饥:这个说"现在要是有一碗干饭吃该多高兴",那个说"能有个馍吃多幸福"。钱江明嘲笑说:"你们真是做梦娶媳妇——想得美!连稀饭都喝不着,还想吃干饭和馒头?"

说来也凑巧,他们正七嘴八舌地讲着,外面走进一个人,操着外地口音问:"你们可想喝稀饭?""咋不想?"大家异口同声地回答。"想喝就快起来,跟我走。""上哪儿喝?""上大坝工地上喝。"大伙儿对这种天上掉馅饼的事将信将疑,但还是一骨碌地从地铺上爬起来,跟着那个人走了。

原来,这个人是大坝工地上的司务长,这天听说上级要来人检查,数人头发口粮。他来找这些学生充当民工,冒名顶替,好多得口粮。

钱江明和几个同学冒着严寒,踏着积雪往工地上赶去,一心想着喝稀饭,不嫌累也不怕冷了。大家走得飞快,头上冒出的热气在头发梢儿上结成了冰。

走了十多里路赶到了工地,司务长给他们每个人发了一个大黄碗,并再三叮嘱道:"你们只管喝稀饭,上面来人时,千万别吭声。"同学们按照他的吩咐,开始闷着头喝稀饭。

那天的稀饭并不稀,饭里除了有红芋干子,还有豇豆和豆饼,用大锅熬的稀饭又黏又香。大家喝得很起劲儿,盛了一碗又一碗。

钱江明心里犯嘀咕,怕上级来的人看出破绽。那时他才十七岁,看起来又瘦又矮,根本不像一个民工。可是来数人头的只是挨个儿地数了一下,根本没跟他们搭腔。

几个同学各自喝了三四碗稀饭,一个个肚子喝得圆鼓鼓的。事后,大家跑着唱着回到了学校。当天晚上,回家的同学陆续返校了。他们得意地向返校同学炫耀白吃的过程,让大家很是羡慕,甚至后悔因为星期六回家,错过了吃一顿饱饭的机会。

3. 工专毕业后,梦想随之破灭

钱江明被录取的是机械专业,这个专业当时在全国是比较先进的专业,也是湖州工业学校重点发展的专业。湖州专科学校学制三年,那三年时间正是国家最困难的时期。尽管条件十分艰苦，但钱江明还是学到了不少专业知识。

据钱江明的校友陈泽铭回忆，学校初时设在湖州府庙后面的旧房中，学生没有床就睡在地板上，条件十分艰苦。当年学生一入校便要参与生产劳动，制造"蒜氯剂农药"。1959年，湖州工业专科学校（以下简称"湖州工专"）迁至朝阳巷温宅大院后，没有运动场地，学生便挖土挑土，硬是从废墟荒地中建造了两个篮球场。没有集合的场地，就让学生肩扛手提，赤手空拳建造起后来成为朝阳电影院的礼堂。学生们还从潮音桥墩烧铁的废墟上建起了17间简易房屋，后来这里成为湖州工专附属的机械厂，既是学生的实习基地，又可承接对外加工业务，为学校创收。在湖州工专的全盛时期，学校设有机械、化工、电工、机专、技工等专业，共10个班级，学生600余人。后来一些专业不断地调整，统一为"机械制造"专业，当时许多老师的业务水平都很高。钱江明的班主任杨熙敬看似文弱，却透着一股知识分子的风骨。他一边代课一边带学生参加劳动，亲自参与在青年公园前面的空场上砌炼焦炭炉，挥

钱江明上湖州工专时

汗如雨。在那个特殊的年代，知识分子像农民工一样每天参加重体力劳动，风吹日晒，真是难为他们了。那时候的学校，劳动比上课时间多，就连小学生也有校园劳动呢。教语文的张宽老师知识渊博，讲课幽默风趣，引人入胜，学生都喜欢听他的课。政治老师蒋颖慧能把最乏味的课讲得津津有味。她善于深入浅出，条理清晰，先是一、二、三，再是A、B、C，然后上、中、下，简明扼要，层次分明，生动有趣。同学们一点儿也不觉得枯燥，甚至听课成为一种享受。除了语文和政治课，学校还开设了化学、材料力学、公差与技术测量、制图、英语等课程。老师们都很敬业，一丝不苟。方复兴老师留着个大背头，处处以身作则，为人师表，做事从不马虎，毕业实习安排在杭州机床厂，就是他带着学生去的。张仲华老师颇有学究风度，每天穿条走路会拖着地的长裤，宁可裤脚磨破也要保持风度，从不更换。令人印象深刻的是杨正淦老师，有一天他来上课，特意剃了个光头，大家觉得有些莫名其妙。只听杨老师对大家说："我今天摘帽（右派）了，从此洗心革面，可以轻松上课了。"同学们都感到有些心酸。还有一个教"机械夹具"的老师叫周连根，为人非常谦逊，没有架子，同学们私下里都叫他"好人"。因为他授课的时候循循善诱，总是不厌其烦地询问学生是否听懂了，没听懂的地方就详细再讲一遍，很有耐心。周老师认为"机械夹具"是专业知识中必备的，他怕误了大家的前程。可惜这样的好老师只活到40岁，便英年早逝了。临终前，他想去湖州工专再看一眼。当时湖州还没有出租车，只有黄鱼车，四五个健壮的小伙子将周老师抬到准备好的黄鱼车上，车上平放着竹板、席子和棉被。周老师平倚在棉被上，黄鱼车被缓缓地推着，许多乡邻慢慢地跟着，一个奇特的告别仪式在静静地进行着。黄鱼车沿着人民路、红旗路、观凤巷，往朝阳路默默前行，走得很慢。那天，湖州工专的子弟弄里挤满了乡邻，大家都对周老师行了注目礼。车子来到已改名为

"人民中学"的原湖州工专大门口后,已病得脱相的周老师突然举起右手,朝大门行了一个庄严的少先队式的敬礼!周老师深情地望着学校,泪流满面,久久不愿离去,送行的人也跟着默默地流泪。周连根老师便是以这样深情的方式告别了湖州工专,也告别了他的人生。

教化学的奚秋心老师天生丽质,曾是湖州工专的校花。她明眸皓齿,姿态优雅,一颦一笑都让人觉得像从《诗经》里走出来的古典美女:"手如柔荑,肤如凝脂,领如蝤蛴,齿如瓠犀,螓首蛾眉,巧笑倩兮,美目盼兮。"奚秋心老师与生俱来的矜持与端庄,让学生们敬而远之,大家都不敢在她跟前撒野。但同学们毫不吝啬对她的赞美和敬佩,大家都喜欢上她的课。化学公式需要死记硬背,实验则会加深记忆,奚老师一手持量杯,一手拿搅拌棒,变魔术似的使杯中的水变色,甚至变成气体,大家都觉得很神奇,全都记住了。她进教室时必先露齿微笑,真诚示人。微笑是涵养,更是一种力量。同学们听奚老师上课,谁也不会开小差。一学年下来,同学们的各科成绩一比较,一定是化学最优。

当时学校有教职员工数十人,既有从兄弟学校借调的,也有大专院校分配而来的。教材采用当年杭州工业专科学校的五年制大专教本,压缩在四年以内学完。课程既有政治、语文、数学、英语、物理、化学等基础课,又逐步增设了制图、理论力学、材料力学、金属切削机床、刀具原理、夹具设计、公差与技术测量等专业课程。学校十分注重学用结合,勤工俭学,经常组织学生下乡、下基层参加生产劳动,并有计划地实施下厂实习。

"应该说,当年工专也算搞得红红火火,充满新生活力,其事迹经常见诸报端,还是很像一座中等专业学校的。"陈泽铭说。

三年的湖州工专学习,钱江明的成绩一直都很优秀。他憧憬着毕业分配工作后能挣到工资,尽管刚参加工作第一年每月工资才20元,第二年才可以拿到30元，但对于当时的物价来说，20元已经是一笔很高的收入。因为在那个时候，许多物价都是按"分"来计算的，不像现在动辄就是十几元甚至几十元。许多地方农民辛苦干一年活，年底工分分红都不到100元。钱江明幻想着参加工作后领到的第一笔工资，计划先买些棉布给母亲做一件衣服，母亲身上的衣服穿了许多年了，补丁撂补丁，已经看不出原来的模样了。用剩下的钱给父亲买一双解放鞋，胶底的，不怕湿水。父亲几乎一年四季都穿着草鞋，唯一的一双布鞋只有在天冷的时候才拿出来穿，已经破烂不堪，脚趾头都露在外面了。另外，他还想给爷爷奶奶和妹妹每人买一样小礼物，他们一定会非常高兴。钱江明幻想着自己参加工作后的情景。母亲一生要强，父亲在村里常常被人瞧不起，特别是那个队干部，经常无事生非，惹出一些事端。自己有了工作，辽里村的人都会刮目相看，父亲在村里也可以扬眉吐气了。然而令他万万没有想到的事情发生了：学校通知因为国家处于困难时期，湖州工业专科学校的毕业生暂不分配工作，一律回乡务农！

1962年上半年，苦苦支撑了整整四年的湖州工专，在"调整、巩固、充实、提高"党的八字方针贯彻声中关门歇业了。校舍移作他用，教职员工大多做了调动安排，学生则背负"暂时回家，等待分配"的借口，各回各家，从此杳无音讯，自谋生路。一场轰轰烈烈的办学闹剧偃旗息鼓，永远地落下了帷幕，成为至今遥不可及的追忆。年过古稀的陈泽铭回首当年，往事仍历历在目。

一开始，同学们被这个消息惊呆了，感到难以置信。然而现实是残酷的。几天后，消息得到了确认：湖州工专关门了！因为三年自然灾害之后，国家太困难了，实在办不了那么多的学校了，所以下令"调整"，撤掉了一大批学校，缩小了办学规模。湖州工业专科学校一开始想分两步走：先是缩小规模（让农村户籍的同学先精简回乡），留

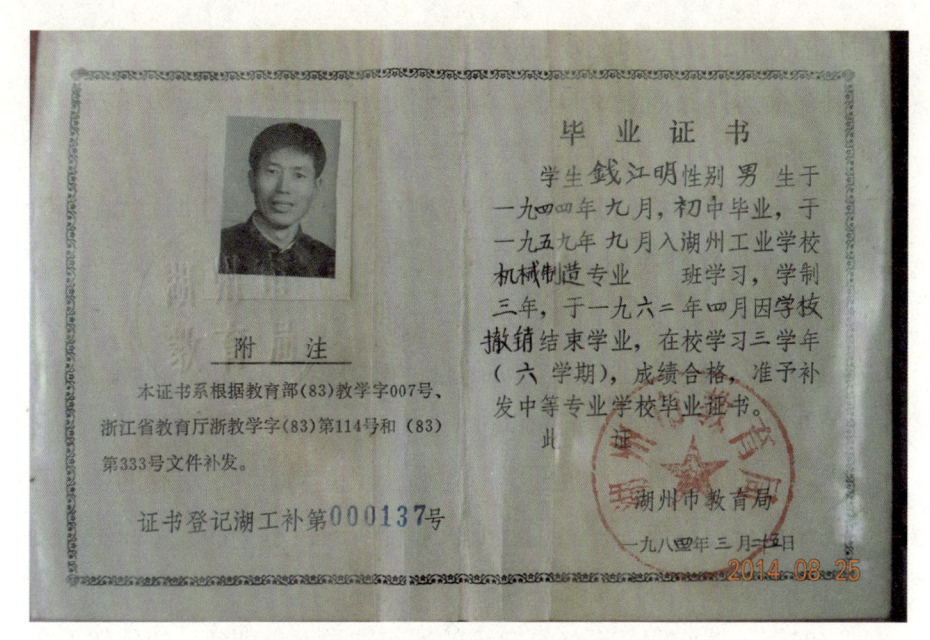

钱江明后来补办的湖州工专的毕业证

下来的并成几个班,目的是想保住学校,等到国家经济好转后东山再起。谁知随着经济大潮的衰落,最后还是关门大吉了。

钱江明刚听到这一消息的时候是不相信的,在那个瞬间,他仿佛听见了全世界崩溃的声音。这个世界如此多彩,给人以美好的期冀;这个世界又如此残酷,不给人任何幻想的机会。经过反复确认后他还是难以置信,并一遍遍地扪心自问:真的吗?农村来的学生真的从哪里来回哪里去吗?家里含辛茹苦地供自己上学三年,结果就这样回去了吗?他彻夜难眠,感觉无颜见江东父老,回到家里也无地自容,这让父母情何以堪啊!

那天晚上,钱江明想了很多。也许一个人从出生的时候结局就已经注定,生在农村长在农村,如同父辈那样,没有一次次选择的纠结,或许会过得简单纯粹,泰然处之。然而现实给了他灿烂的阳光,让他以优异的成绩考上南浔中学,后来又考上了令人羡慕的湖州工专,成为时代的宠儿,最终却又残酷地剥夺了他的希望——就像一个溺水之人不甘被命运摆布而艰难自救,但就要上岸的时候突然岸边塌方,再次被推到激流之中,他内心是多么崩溃绝望啊!

三年前,新生报到那天校长洪克刚在开学典礼上的讲话犹在耳边回响:"在座的新到我们学校来的学生,从你们走进校门的那一天起,你们将是我国工业战线上的一位技术干部。所以你们要努力学习,将来为祖国的发展在工业战线上贡献自己的力量!"当时,群情激荡,在座的新生们掌声如雷。谁知仅过了三年——在这三年时间里,自己刻苦学习,加入共青团,成为学习委员,积极参加学校组织的各种劳动,拼命地努力,成为一名工业战线上合格的技术干部。然而生不逢时,自己要被这个时代抛弃了!

一时间,钱江明甚至怀疑自己的那句"我不负朝廷,朝廷就不会负我"的人生信条了。毕业后不但没有分配工作,连毕业证也没有拿到,这个打击实在是太致命了!

"1961年,因为三年自然灾害,国家经济十分困难,许多学校都无法分配工作,我们的毕业证书都是后来补发的。现在想起来,我是能够理解的。无论如何,我在湖州工专学到了许多专业知识,湖州工专的毕业证也是我能够走到今天的唯一文凭。可以说,没有湖州工专的学习经历,也就没有我钱江明的今天!"多年后面对采访,钱江明感慨地说。

不包分配,就此沉沦吗?做一个平凡的农民,一生守望着那几亩稻田,栉风沐雨,辛勤劳作,男耕女织,生儿育女。在那片苍茫的土地上,收获着小小的希望,然后含辛茹苦地把孩子养大,把期望寄托在他们的身上,风霜雨雪,生生世世,重复父辈们的老路。

其实很多人生的困境,不过都来源于自己走不出对明天的恐惧罢了。真的有那么糟吗?或许未必。人在陷入绝望和逆境中时,他的思维也会陷入困境。在这种时候,他所看到的世界、所思考的事物,就像是坐井观天,只能通过有限的空间看到有限的东西。但任何事情,都是相对的,不能单独存在,好的东西与坏的东西可以互相转化。从另一个角度看,逆境本身就是出路。如果事情无法有改变,有待改变的就是人们看待事情的角度和心态。改变自己的心态,一切都会变得完全不同。

任何事情都有两面性,关键是你选择看哪一面。

怎样看待逆境,决定着人生的意义,生命的意义就在于此。穿越一座高山,挑战一次次的自我,体验人生的波澜壮阔。这样才叫生活,经历过才有意义。生命难得,不要轻易说放弃。每一个人面前都是一座又一座山,跌宕起伏正是人间百态。如果你选择逃避,畏惧坎坷,也就意味着你选择了放弃机会。

是啊,农活都是人干的,中国有那么多农民常年劳作在贫瘠的土地上。许多地方广种薄收,风调雨顺尚可,如遇年馑颗粒无收,辛苦一年食不果腹、衣不蔽体,他们不还是坚守在那块土地上吗?南浔乃江南富庶之地,物华天宝,钟灵毓秀,沃壤千里,春华秋实——父辈们都能长期坚守,自己为何就不能呢?无论如何,自己还是个读书人。钱江明相信,凭借自己的聪明才智,加上勤奋和努力,在农村一定也能过上殷实日子。

回家的那天,许多同学都流泪了。是啊,他们年纪轻轻的,才十几岁就到湖州工专来学习,大家满怀信心和激情,对未来充满了向往和憧憬,如今被遣返回乡,心里却没有丝毫准备。临别的时候,大家虽依依不舍,但也是万般无奈啊!钱江明曾想过等参加工作后找一个城里的姑娘结婚,摆脱世代为农的桎梏。班上不乏漂亮的女生,也有同学在偷偷地谈恋爱。十七八岁的年纪,风华正茂,即使在当时的环境和条件下,男孩子到了这个年纪也情窦初开了。在农村,许多与他年纪相仿的伙伴都结婚了。钱江明性格内向，比较腼腆。看到班上的同学成双成对，心里也很羡慕，无奈，他即使面对自己非常喜欢的姑娘，还是没有勇气去对她说：我爱你！就那样默默地看着，暗自欢喜，让爱情的种子在心中生根发芽，长成一棵大树。当他终于有了足够的勇气准备对姑娘倾诉的时候，却遭到致命的一击——农村来的学生必须回乡务农，没有工作，甚至没有毕业证书！命运与他开了一个超级大的玩笑。钱江明别无选择，只能默默地接受了这样的现实。

"湖州工专当年的洪克刚校长是个好心人。他本想办件好事，让学生多学点专业知识，于是把原定三年制的湖州工专改为四年制大专，本该1961年夏天毕业的同学又多读了一年，结果失去了分配工作的机会。1962年是国家'调整巩固'的困难时期。我们这批同学被要求回家等待分配，结果学校从此关门大吉。大家只好各回各乡，开始了

钱江明向作者回忆当年往事

最为艰辛的人生旅程……"多年以后，湖州工专同学聚会，陈泽铭回首当年的情景，仍不由得唏嘘。

　　也许生活就是这样。当年幸福的日子就像那些漂亮的姑娘、那些优美的歌声，还有宿舍里那些欢乐的兄弟，终会远去。一个人独处的时候，往事便会像放电影似的一幕幕地在脑海中绽放，朴实无华，生动鲜活。日子不可能永远美好，也不会永远暗无天日，漆黑一团。那些生命中陪伴过你的东西，曾经暗淡的、曾经闪光的、曾经潮湿的、曾经温暖的，最终都会离你而去，渐行渐远，值得终生珍藏。就像埋藏在心底的爱情，潮湿的时候便会膨胀，起风的日子就会感到疼痛。

第三章　自强不息

1. 纤夫的故事

　　钱江明背着行李回到了辽里村夏家埭——那个生他养他的地方。坐了几个小时的船，早就饿了，他在厨房里找到番薯吃了，然后拿着镰刀去给羊割草去了。奶奶兴奋地问："是不是毕业了？"钱江明点了点头。奶奶说："毕业后不是就要分配工作吗？你分配到什么地方了？什么时候去上班呢？"钱江明说："暂时还没有分配，让我们回来锻炼一段时间再说。"奶奶若有所思，见孙子的表情很严肃，不像开玩笑的样子，于是就相信了。晚上一家人都回来的时候，父母把奶奶的话又重复了一遍，钱江明还是那样说。他不想让父母过早地知道真相，那样他们会受不了的。他想让时间慢慢地去冲涤、淡化，最后归于平静。

　　钱江明毕业的时候已经18岁了，是一个大小伙子了。他决定去生产队报到，开始挣工分，减轻家庭的沉重负担。村支书姓鲍，年纪和他的父亲相仿，因为家里劳力较多，所以光景在村里过得比较好。鲍支书瞧不起那些好吃懒做的人，他认为只要日子没过好就是因为好吃懒做，没有别的原因。钱江明去的时候，鲍支书意味深长地看着他，说："你回来了。"走在路上的时候，钱江明一直在想，如果鲍支书问他毕业后分配到哪里工作了，该如何回答呢？没想到人家压根儿就没问。按说鲍支书是知道钱江明在湖州工专上学的事的，也知道他已经毕业了。乡里乡亲的，谁家夫妻吵个架第二天整个夏家埭都传开了，何况整个村子就出了钱江明这么一个中专生，鲍支书不可能不关注他的动向。可是他没有问，脸上依然挂着一副轻蔑的表情，用余光睨斜着扫了过来，透着一股傲慢。

"队上准备派几个社员去湖州捻河泥、掏粪，每天记10工分，你去不去？"鲍支书吸了一口烟，喷出一团浓稠的烟雾。

捻河泥、掏粪，钱江明见过。捻河泥是水乡农村体力强度最大的一种农活，就是把水乡地区独有的小河的河底表层河泥挖掘起来，河泥也是肥田地用的一种有机肥料。钱江明在湖州求学三年，他经常能见到大街上有拉粪车经过。那时候，人工手拉车很普遍，大街小巷到处有公厕，虽然镇上有环卫所清扫，但农民为了田地里的庄稼也时不时地去城镇偷偷地掏粪用来肥地，庄稼就会长势旺盛，亩产大增。"庄稼一枝花，全靠肥当家。"乡下的人都知道这句农谚。因为，当时化肥在农村并不普及，种田地的主要是农家肥，因此，才有捻河泥和掏粪的农活。还有，为了肥农田，南浔北里乡专门有相关部门与上海环卫部门联系好，将上海的大粪通过南浔頔塘大运河，用轮拖船十几条船串联再一起运到农村给生产队肥田。去挑粪又是一件又脏又累的苦差事，这种活又脏又臭，一般只有上了年纪的人才会去干，年轻人受不了那种臭气熏天的味道，因此宁愿在地里少挣几分，也不愿意去轮拖船上挑粪或去城里掏粪和捻河泥。

鲍支书见钱江明的脸憋得通红，半天沉默不语，猛地又吸了一口烟，脸上露出一丝轻蔑的笑容。鲍支书家的孩子学习成绩一塌糊涂，对钱江明真是嫉妒羡慕恨，说不出来的综合因素，构成了他扭曲的性格，所以处处刁难钱江明，不想让他出人头地。

鲍支书知道，这个身子单薄、白白净净的书生是不会答应捻河泥、挑粪和去城里掏粪的。他这样安排，无非想给他来个下马威，让他知道支书掌握着村里的"生杀大权"，要敬自己三分。鲍支书叹气了一声，说："你回去吧。"

"鲍支书，我可以捻河泥也可以去掏粪。"钱江明的声音不是很大，但脸上的表情却很坚定。鲍支书愣了一下，说："哦！那你明天一大早就随他们去吧。"

掏粪的日子持续了一段时间后，钱江明被迫放弃了这项"工作"，因为湖州的厕所实在掏不到粪了，他们常常空手而归，无法向生产队交账。这个时候，鲍支书又给钱江明派了个下苦力的活——拉纤。

那时候，从南浔到湖州有60里地，人们主要走水路。逆流而上时阻力很大，需有人拉纤，船才能行动。从南浔到湖州，几乎要走整整一天时间。

钱江明知道这是什么样的差事，上学的时候他也坐过那种船，纤夫拼尽全力往前拽，船在水里吃力地往前一点点地挪动。上中学的时候，他曾看过俄罗斯著名画家列宾的油画《伏尔加河上的纤夫》，深深地被震撼了。油画描绘的是在被烈日炙烤得焦黄的河岸上，一队蓬首垢面、衣衫褴褛的纤夫拖着沉重的脚步拉着货船，在酷日下精疲力竭地向前挣扎着。他们之中有老有少，个个都衣着破烂，面容憔悴。领头的是一位胡须斑白的老者，眼睛深陷，坚毅的面孔透出饱经风霜的智慧，但愁苦的表情也显示了他对艰苦生活的无奈。走在最后的纤夫低头垂手，麻木地随着队伍向前挪动，似乎已经习惯了这样日日苦役般的生活。队伍中还有一个较为突出的形象，就是队伍中间的一位少年，可以看出他才开始这样的工作不久，皱着眉头不太习惯的样子。他直起腰，想用手松一松肩头上紧勒的纤绳，他毕竟还年轻，还不能忍受这样的苦楚。其余的纤夫都弯着腰、低着头，似乎已没有多余的力气再来表现点什么。在他们身上，剩下的唯有贫苦、艰难与无奈。

钱江明没想到，时隔几年后，自己也要当纤夫了，就像油画中的那位少年。不过拉纤虽然辛苦，却不像掏粪那么脏，拉一天就可以挣10工分；也不像掏粪那么艰难，常常空手而归。那时候，拉纤这活对于一直从事农业劳动的男劳力来说不算太艰苦，并且可以享受到每人每天5毛钱的现金补贴。轮到一次连续干半个月，除了正常所得的工分外，还能有7.5元的现金补贴。因此，钱江明欣然地接受了。

最初，钱江明拉的是那种小船。三个人一条船，留一个有经验的老农在船上当舵手，其他两人上岸拉纤。每天一大早，天还没亮，钱江明便和另外两位社员来到了码头。码头上已有乘客在等待，掌舵的社员跳上船，乘客分两边坐好，船夫一声长长的号子，船便出发了。钱江明和另一位社员肩上挎着绳索顺岸边走。刚开始水流比较平缓，行船没有多大的阻力，人也走得飞快。等到出了南浔镇的时候，一轮红日喷薄而出，霞光万丈，沐浴在船上人们的脸上，很有画面感。

拉纤很有讲究，主纤手在最后，他需要随时随地配合舵手调整行船的方向，像钱江明这样有力气没经验的人，只能在有纤道的地方拉个头纤。拉纤是集体行动，一旦人与人之间的纤绳下垂了，后面的人会立即发现，谁也不好意思这样偷懒，所以上了纤道，就得弯腰躬行，不遗余力。拉纤并不是直接以手把绳，有的纤绳是以腰带式直接套在肩上，有的纤绳是用纤板做成的，拉纤时将纤板套挂在左肩右肋或右肩左肋，挽拽而行。初当纤夫，拉上一小时左右，就感到脚酸无力，肩膀开始红肿。第二天再上纤道时，纤绳一受力，肩膀就会有种钻心之痛。在这种情况下，只能坚持再坚持，除此之外，没有别的选择。唯一能用的招数就是短时将双掌使劲儿地按住纤板，以减少肩膀的受力，人尽量弯腰，两脚拼命地朝前撑，这样便稍能减轻肩膀的皮肉之痛。有时遇到穿绕树木、船过桥洞等复杂情况，钱江明只能将头衔还给主纤手，他在后面听从指挥当助手。

钱江明初次拉纤的时候正值初秋，烈日炎炎。他光着膀子，头戴草帽，用一条毛巾围在脖子上，大汗淋漓，下身穿的短裤就像刚从河里捞上来似的，全湿透了。几天下来，他的肩膀先是红肿，后来溃烂，拉纤时稍一使力便疼痛难忍。长途跋涉中，脚上很快便磨出了血泡，血泡磨破后与草鞋黏在一起，撕心裂肺般的疼痛。一天下来，腿肿得老粗，像灌了铅一般沉重。有的地段感觉船特别沉，需要手脚并用才能拖动，汗水像雨点一样滴落了下来，顺着额头往下淌，又像断了线的珠子似的砸在地上。钱江明感到自己快要虚脱了，口渴难耐，于是捧起河水，咕咚咕咚地喝上了几口，然后挂上纤索继续前进。拉纤最难熬的是最初的三五天，等疼痛过了，考验过了，以后便慢慢地适应了。开始几天回到家中，母亲见他肩膀溃烂，脚底都是血，心疼得直掉眼泪，说什么也不让他再去了。钱江明忍着痛，装出一副若无其事的样子，说什么也不愿放弃。他知道半个月150个工分的重要性，也明白7.5元对于这个贫困家庭来说意味着什么。坚持就是胜利，他需要咬紧牙关继续干下去。此时，钱江明想起了那句"男儿何不带吴钩"的诗句。是的，他要成为一个男子汉，一个顶天立地的男子汉！

拉纤非常辛苦。虽然每天有5毛钱的补贴，但大多数人都不舍得把预支的钱用掉。吃饭的时候，基本上将咸菜、青菜、萝卜干、酱油汤当作主菜，然后再吃一些番薯或土豆。鸡蛋和肉是奢侈品，几毛钱一斤，钱江明当然舍不得吃。

后来，钱江明加入了拉大木船的纤夫队伍。大木船一般走的是"长湖申线"，这里是长三角地区的骨干航道，西起长兴县小浦镇，经湖州入江苏省，至上海市接黄浦江到苏州河口，全长225.4公里。其中湖州境内河段长78.4公里，是湖州连接上海、融入长三角的水上"大动脉"，是湖州市域内一条真正的"黄金水道"。20世纪60年代初期，一些河段淤塞严重，许多堤岸塌损陷落，经常堵航。一只十几吨重的大木船，一般需要十几个纤夫才能拉得动。拉这种船不比那种三个人的小船，需要协调性更好才行。一般拉纤的队伍中都会有一位队长，队长就是号子头，得有一副好嗓子，且能随形势唱出名堂来。纤夫们就在应和号子头的同时，调整呼吸、协调节奏，聚起力量让船前行。队长自当负有监督的职责，若发现某人背后的纤绳软了，便将那人的名字编入号子吼起来，那人从此便不敢再偷懒了。纤头就是最前面的那个，他要负责拉纤找路，每次出船的路都要以当时的水位来确定，纤头事实上就是领路的人。"清早起来把门开，呦吼——嘿——"在朝霞辉映中，号子头吼得有缓有疾，有板有眼，清脆响亮，舒缓悠长。大船就在众纤夫"嘿——呼"的雄厚应和声中出了航。对于拉纤的人来说，石板路算是最好的路了，平顺，脚板能使上力。最难走的是沙地，踩在上面软软的。许多地方还有淤泥，一步三滑，弄不好便会摔倒。

虽然已是秋天，秋老虎依然气势汹汹，十分闷热。一些初次拉纤的人脚底很快便会磨出血泡，背上晒得起皮，纤索一搭到肩上，便如刀割般钻心地疼痛，有时甚至被拉得皮开肉绽。到了冬天，若是船搁浅了，就得下水推船，冰冷的河水冻得人牙齿咯咯直响。号子头吼着："运河的水哟，浪悠悠哟，联手推船哟，到河里走哟……"众人照例在"吼——哟"的应和声中，齐心协力把船推至深水中。数九寒天，纤夫们上岸几个时辰后，仍会感到骨髓都是冰冷的。没有人叫苦，因为每个人的情况都是一样的。大家都不愿在众人面前展现出自己懦弱的一面，那样只能让人瞧不起，说你不像个男子汉，所以每个人都在咬着牙坚持。

多年后，钱江明驱车路过"长湖申航道"南浔大桥，想起五十多年前走过的纤道，不免触景生情。因为他和老乡们曾在南浔镇沿河街道的某个屋檐下露宿过。那里的每一条街道、每一条水路都曾留下过他的脚印。那些沉重的脚印从历史的深处延伸而来，虽举步维艰，却与时代的步伐合拍，走得扎扎实实、铿锵有力，逶迤绵延地成为一条通往成功的康庄大道，成就了恒达富士今天的磅礴之势和辉煌伟业！

2. 五十年后再相聚

2015年5月13日，风和日丽，草木葳蕤。年近七十的湖州工专老同学潘德馨与钱江明等人经过多次商量和筹备组织了这次同学聚会，并借机走访、寻找到多年没有联系的一些老同学的通信地址和联系电话（有好几位同学生活在山区农村）。学长潘德馨发扬一不怕麻烦、二不怕辛劳的精神，亲自跋山涉水，找到了几位居住在农村的同学，一个个上门通知。这是一次全校性的大聚会，他们在湖州南浔钱

《工专情》纪念册封面

江明所创办的恒达富士电梯有限公司相聚。来自湖州、嘉兴、杭州、吴江、长兴、新市、桐乡、长安、震泽、海宁的同学共约150多人，分别乘火车或包车，赶到南浔会合。

　　湖州工专同学聚会，全校性的有两次。第一次是在湖州饭店，因为湖州饭店的总经理原是工专的学生，名叫吴承业。他是个热心人，因为是第一次，所以筹备这次会议费了好大劲，潘德馨等人又联系了一些多年未谋面、分散在各地特别是在农村的同学，还要组织会议以及各人表达心情的事件和照片录像等资料，忙得不可开交，付出了很多心血；第二次全校性的同学会就是在钱江明的恒达富士电梯有限公司，参加同学会的绝大部分是钱江明在校时的同班同学。他所在班级是306班，原班长吴经富也是一名热心人。从学校出来后吴经富一直生活在农村，后来有机会当上了小学老师，不久后又当上了该校的校

《工专情》纪念册序言

第三章　自强不息　051

长,所以办事比较方便并且热心,基本上每隔一年就会组织一次同班同学聚会。

"'人生七十今不稀',我们这些已年过古稀之人太想念老同学了。趁着现在还走得动,大家赶快聚一聚吧。都说迟暮老人爱怀旧,其实是对自己曾走过的路的一种深情怀念。我们从湖州工专毕业后学校就停办了,同学们各自伤悲地回到故乡。一晃半个世纪过去,虽然常常思念,但出于各种原因,好多同学离校后再也没有见过面。今日一聚,'老夫聊发少年狂',我们这群人似乎都变回了年轻人。大家手拉着手,你围着我,我围着他,需要仔细端详才能识别眼前人,半晌犹疑方才叫得出对方的名字。一时多少笑声都被友情唤起,多少泪水都被同学之谊擦干。"谈起几年前的那次相聚,湖州工专的校友陈泽铭感慨万千。

此情此景,有诗为证:

悲别半百,嘉兴相聚已不识,皱满面鬓如霜;
同窗四载,执手互看均泪眼,谁忍手松再别?

"同学相聚是一种福气!人老了还有这样的幸福,感谢苍天相助。我们虽然老了,可身体还健康,耳不聋眼不花,背脊还挺得直,过个桥稳稳当当的,还能奔来参加同学聚会,真是有缘啊!"同学重聚,讲得最多的是当年在湖州工专时的生活,回忆起当年同学们意气风发,不畏艰难,毕业后在各自的工作岗位上勤勤恳恳、兢兢业业,为国家的发展奉献自己的力量。正是有了一代代人锲而不舍的追求和无私奉献,才有了今天的幸福生活。

"当年我们考进工专,是奔着建设祖国、振兴家乡的目标去读书的。四年的求学生活十分辛苦,但有幸碰到好老师,学到了许多专业知识。离校后工专的同学们经历了一番风雨和磨难，虽然学校抛弃了我们，但我们并没有因此而沉沦，而是通过努力奋斗，自强不息，成为对国家有用的人才。每个人在通往成功的途中都不可能一帆风顺，总是充满坎坷，洒下了汗水和泪水，甚至彷徨过，挣扎过，每一步都充满艰辛，但这并不是我们放弃的理由。同学们靠的是坚强的意志和过人的智慧，拼搏在各条战线上，并取得了不错的业绩，令人引以为傲。回首往事，我们没有因虚度年华而碌碌无为，也没有因为挫折而放弃理想和追求。我们坚定自己的人生之路，坚定自己追求的信念和目标。我们成功地到达幸福的彼岸，所以今天大家才能相聚在一起。海阔凭鱼跃，天高任鸟飞。习近平总书记说，这是一个奋进的新时代，是一个伟大的新时代，是一个离梦想最为接近的新时代。每一个经历过艰难困苦和享受着美好生活的中国人，都应该不负新时代、勇担新使命、再建新辉煌。我们虽然已经步入老年，可一些同学如钱江明等人还奋斗在工业一线，为祖国的繁荣昌盛奉献着自己的余热，值得大家学习和尊重。他是一个企业家，也是一个重情重义的人。今天的这次相聚之后，他计划出一本《湖州工专纪念册》，让来南浔的同学人手一册，留作纪念。钱江明同学慨然承诺：出书的费用由他来承担！人间重晚晴，殷殷寸草心；霜叶红胜花，岁岁好年华；莫道桑榆晚，友情最珍贵。杜甫诗云：'行色秋将晚，交情老更亲'。无论分别多少年，无论贫与富，同学一直在你身边。参加聚会，每个人最在乎的是那份纯真的情怀。分别了这么多年，好不容易在南浔再见一面，而真正会晤的时间也仅有几个小时，令人十分留恋！湖州工专的情不是在校舍的'破旧'处，而是在它的'绝情'处，让大家永生难忘的便是工专毕业即关门的残酷现实，那句'等待毕业分配'，我们整整等了54年！大家没有放弃，没有埋怨，没有沉沦。今天，虽然已经有一小批同学先走一步，所幸在场的我们都还活着。'半生风雨工专情，归来仍是少年！'"陈泽铭兴奋地说。

分别了半个多世纪的湖州工专同学在聚会后回首往事，感慨良多，大家纷纷拿起笔，写下了一些回忆性的文字。这些文字后来均被收入《工专情——湖州工专纪念册》中。

下面摘录几篇，作为对那段岁月的默默见证。

有多少工专情可以重来？

陈泽铭

QQ群上，陈孝勤、钱江明他们决定要编印一册"工专情"专刊。我思忖自己人微言轻，有何德何能敢当此重任？孝勤即邀视频聊天，坦陈要做一个工专纪念册，最好加个工专简史，因老府庙那段建校史

《工专情》纪念册内页

只有上届同学知晓，近电潘德馨关机，故而想到我。即刻谈话，深感其谈吐真诚直率，充满信任。我自是感动，欣然应允。湖州工专的校史，一定要由权威专家来写。我从未做过组长以上的官，一介普通书生实在为难。好在我深知自己虽没有超人的智商，不过可以不耻下问。昨天下午约定凌志浩、胡松富、王姚铭茶聚，在茶室畅谈工专的历程，由此勾起自己对那段已逝青春的怅然回忆。回忆是美好的，恰同学少年，书生意气，挥斥方遒。同学之间的真诚友谊令人感动，大家不禁喟叹有多少往事可以重来？什么叫往事？已经过去的事情就叫往事。即使你再去挽留，过去的那些事也不会再一次回头。但是，在这件事中，自然流露出的情感是很难让人忘记的，点点滴滴，都值得珍藏和回味。当然回忆中也有许多酸涩和痛苦的叹息。人们对于痛苦的记忆，

《工专情》纪念册插图页

容易趋向于忘却，所以必须要有人记录下来，为我们的青春作证。

"谁念西风独自凉，萧萧黄叶闭疏窗，沉思往事立残阳。被酒莫惊春睡重，赌书消得泼茶香，当时只道是寻常。"纳兰性德的这首词，让我不禁想到了那一年。1958年4月，春风拂面，草长莺飞。湖州的大街上绿树如茵，一群麻雀在树梢上蹦来蹦去，叽叽喳喳地闹个不停。突然，有人发现大街上贴出公告：湖州工业学校招生了！我和一批初中同学奔走相告，相约同去湖州古老的府庙报名。到临时招生办公室后碰到一个熟人——湖州一中的老校长丁立勇老师。他热情地欢迎我们："湖州工业学校要为嘉兴地区培养工业战线的技术人才！"丁老师的谆谆教导，我深深地牢记着。

1958年5月1日，湖州当地的最高学府——湖州工业学校诞生了。记得那天是在古老府庙的东大殿举行的开学典礼。首届约二百多位学生，分为机一、机二、电工、化工四个专业班。同学们满脸喜悦，群情激荡，静静地聆听书记兼校长洪克刚做报告。洪书记声如洪钟，掷地有声，带着部队习惯的语调抑扬顿挫，铿锵有力，不同凡响。他谈当前形势、谈学校的发展理念、谈学生的纪律要求，大家听得热血沸腾，群情激昂。我庆幸自己遇到了一位有气魄、有能力、有水平、有风度的好领导。有这样的校长带队，湖州专科学校的前途一定是灿烂的、光明的。开学典礼后，同学们纷纷暗下决心：珍惜时间，好好学习，听党的话。不负青春，不负韶华，不负时代，做一个对国家有用的人。

开学后，在孜孜不倦的学习中，我们响应勤工俭学的号召，开始制作蒜氯剂农药。学校要求当年暑假不放假，继续上课、劳动。制作蒜氯剂农药，学生的主要任务是剥大蒜、敲大蒜、洗大蒜，然后将加工好的蒜氯剂灌进容器，封口后抬到河埠头装船。记得在那段时间里，每天的主要任务都是那些活，天天做，将府庙前边的大井也打干了，弄得四周居民无水可用，大家都颇有微词，敢怒而不敢言。那时候，经过 1957 年的"反右倾"运动，天天搞思想斗争。在做蒜氯剂农药的同时，机一班吴德育同学不知跟谁发了句牢骚，引起了一场全校性的大字报围攻，连他的名字都被打了大红叉。第二学期他不知是被劝退还是自辞，就那样从学校里消失了。

湖州工专制造蒜氯剂农药所取得的成绩曾发表在 1959 年 6 月 26 日的《吴兴日报》上。据该报公布，当时我们共制造了蒜氯剂农药 30 万斤，可供防治 8 万多亩稻热病之需。后来，学校在潮音桥的青年公园前、慈感寺两大池塘边的空地上办起了炼焦厂。记得教数学的尤鹤鸣老师年轻有为，干劲最足，连续几天几夜都奋战在炼焦炉边，荣获全国级别的先进个人荣誉，还赴京领奖，十分风光。

老师苦干，学生也没有闲着。我们常常在深夜里被叫醒，摸黑到河埠抬煤卸煤，白天沿街串巷扒高墙，拆人家高墙上的老砖头，运回去建造炼焦大炉。打浆、砌砖、造围炉，然后再将煤抬进来，堆高建通风通道，再封顶，然后点火烧煤，24 小时值班不熄火。将煤烧透后，几乎全校学生都到场了，排成了几队，用自己的洗脸盆将颐塘的水以接力的方式传递到炉边，来冲燃烧着结了块的煤。这是一场比较原始又很笨促的人力大战，场面盛大，看起来十分感人，但炼出的所谓焦炭能否达标，这可能永远是个未知数。后来，在那块炼焦厂的场地上建起了十四间平房，作为厂房，先后自制了八台土机床，成立了湖州工专机械厂，设翻砂、金工两个车间，对外承接加工等活儿。效益如何，亦不得而知。

1959 年，我们搬到朝阳巷温氏老宅继续求学。在校庆一周年的大会上，校长宣布我校老师增加至 32 人。学习知识由基础课向专业课转移，同时扩招了两个班：机五班和机六班，又增添了 100 多位学生。在学习知识的同时，我们连续在湖州通用机器厂（湖州机床厂前身）、

2015年，毕业五十年的湖州工专同学欢聚于在恒达富士电梯公司举办的同学会并合影

第三章 自强不息 059

湖州轴承厂（湖州农机实验厂前身）实习。学生进厂轮班到各车间、班组进行实践劳动，拜师学艺，在劳动中与师傅们结下了友谊。光阴荏苒，一晃五十多年过去了，现在如果大家突然在超市、大街、公交车上偶遇，还能叫得出对方的姓名，互问近好。

在学习、实习的间隙，湖州工专对学生的要求很高，不定期地要我们向农民伯伯学习，经常组织大家下乡参加劳动。记得我们曾到湖州妙西山区去插秧，去湖州东门外轧村"双抢"半个多月，到东门外祜村"双抢"半个多月，去双林三田漾"双抢"半个多月。"一颗红心像太阳"——同学们的红心已炼到羊圈里，用双手抓羊粪，在牛圈里抓牛粪。饭送来了，大家只是在田畦旁的水沟里简单地甩甩水，就可捧起碗吃饭，不怕脏和臭。如果有谁表现出嫌脏的样子，立即就会被组织批判，毫不留情。在组织下乡务农的同时，还要抽时间去工厂，向工人叔叔学习。我们先后去嘉兴王店机床厂、海宁濮石通用机器厂、杭州机床厂等企业实习。杭州机床厂主要以生产液压磨床为主，由方复兴老师带队，同学们轮流到各车间实习劳动，熟悉该厂的设备、生产过程和工艺流程。实习期间，工厂不提供吃住，我们统一在刀茅巷的一个很大的像祠堂一样的两层楼民居里睡觉，男生住楼下，女生住在二楼的木地板上。地上铺了一层稻草，全体男生分成四排席地而卧，中间留走廊。时节已是深秋，人们半夜常被冷风吹醒，冻得瑟瑟发抖。吃饭在刀茅巷办的居民食堂搭伙购券凑合，晚上自修借用刀茅巷小学的教室。同学们聚在一起，挑灯夜战，认真研习……

想起了明代诗人杨慎的那首词：

滚滚长江东逝水，浪花淘尽英雄。

是非成败转头空。

青山依旧在，几度夕阳红。

白发渔樵江渚上，惯看秋月春风。

一壶浊酒喜相逢。

古今多少事，都付笑谈中。

是啊，多少值得回味的时光都消失在茫茫的岁月里了。

转眼来到了毕业季。我们的毕业设计和毕业答辩是在分组情况下独立完成的，专业老师集体提问和监督，毕业答辩评分记入档案。毕业前，银行又派员给我们上课，教我们如何理财。一切都准备就绪，1962年2月，校方却通知毕业班的同学：回家待命，等待分配。

等待，无情的等待。许多同学返乡后又成为公社社员，加入父辈们领衔的农民大军中。大家困惑、不甘，甚至愤怒，但在时代的浪潮下，我们显得是多么渺小和无奈。那些墨水足够用来痛哭一场啊！幸好我们的国家在度过困难时期后，全国各族人民在中国共产党的坚强领导下，披荆斩棘，阔步前进。我们在有生之年遇上了最好的时代，湖州工专的同学们有幸还能聚在一起，把酒临风，畅所欲言，此生足矣！

湖州工专二三事
陶希英

（第一件事）

有些微不足道的小事，一旦在心灵深处打上烙印，就很难抹掉了。

那一年盛夏，我们机械班奉命去八里店的一个村庄参加劳动。一条大木船满载着充满青春活力的少男少女，满载着一船欢笑出发了。一位农民摇啊摇，慢悠悠地摇了一两个小时，才到达目的地。这是个出竹笋的地方，鲜嫩的竹笋比比皆是。村民就地取材，给我们吃稀饭和"竹笋蘸酱油"，一日三餐基本都如此。一开始，同学们都兴高采烈的——新鲜、爽口、清脆的竹笋，入口不用说有多么美味，年轻人的牙又好，吃得"咯吱咯吱"响，稀里哗啦，满头是汗，赞不绝口。可是时间一长，肚里的胃就开始抗议、烦躁不安了，让需要滋润的胃，长期磨碎没有油的笋，好比石磨辗糙米，石磨能不"咯吱咯吱"地叫苦吗？可是谁也没法克服这不协调的事实。大家只有拼命干活，以求早日返校。

有一天，我在插秧时逮到了一条黄鳍鲳。有道是"死人抓秋，活人捉鳍"，我这个农村出生的人自然知道怎么对付它。这下子几个男同学可兴奋了，回村后，他们杀了黄鳍鲳，煮熟后用酱油蘸着吃。那高兴劲儿好像老鼠跳进了白米缸，美美地享受了一顿大餐。劳动结束时，我被评为插秧能手，队长奖励我一个硬封面日记本，我总怀疑是那条黄鳍鲳给我带来的"福音"。

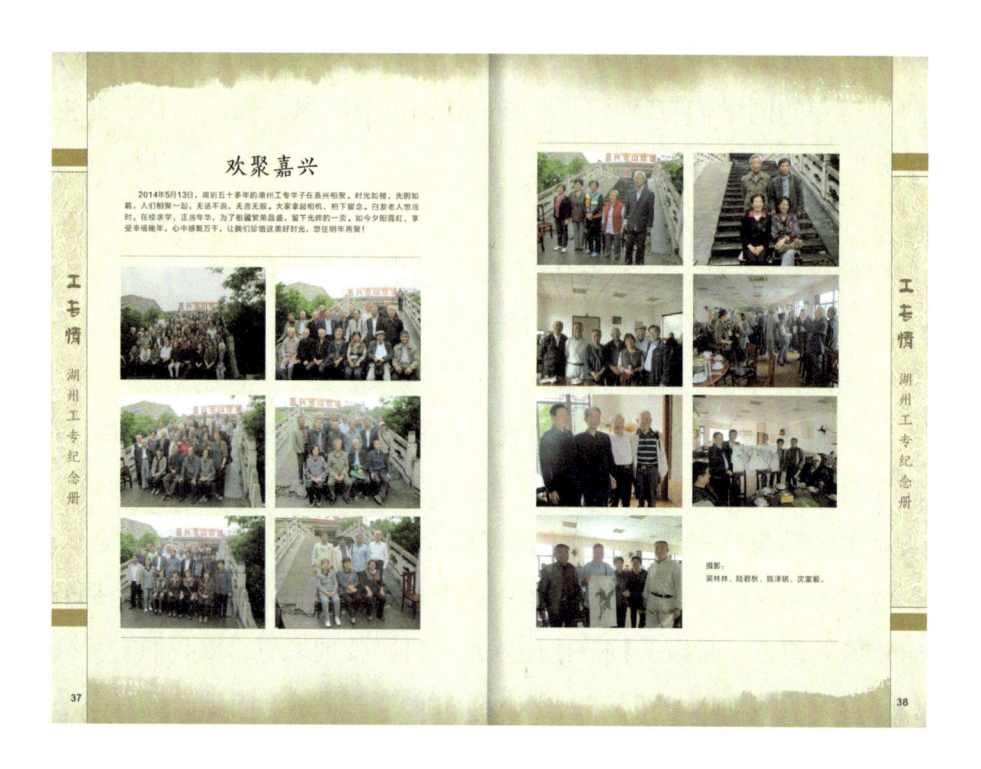

繁重而又乏味的劳动终于结束了，吃了午饭就要离村。这顿午饭还是稀饭加竹笋，反正是最后一顿了，又怕路上饿，同学们不管自己的胃而尽量地多吃。回来仍然是乘坐那条大木船，然后由一位农民优哉游哉地摇啊摇。船里的气氛有些沉闷，不像来时那么活跃，嬉笑怒骂、插科打诨全消失了。可能是劳动累的，又或是胃在作怪，大家闷声不响。为了打破沉闷，一位男同学开始吹口琴，他叫什么名字我记不得了，可他的口琴吹得非常好，在支农的夜晚，他常常吹了一曲又一曲。同学们坐在院子里，眼望月亮，跟着他有节奏的琴声和唱。那时候，没有收音机，更没有电视，就这样给大家解解闷，也算是尽力了。到了船里，他又吹开了，同学们又跟着哼呀哼的，吹累了，他放下口琴，给大家讲笑话。不成想他的口琴吹得好，讲笑话也是一流的，竟能像说相声一样，引得大家哄堂大笑。这时全船的活跃气氛比来时还盛。同学们笑出了眼泪，笑弯了腰，有的捂着肚子讨饶："够了，够了，别讲了！"可他已然讲得兴起，哪肯收口！看着同学们东倒西歪，他自己竟有本事不笑，仍然一本正经地说下去……就这样，船快到码头时，可怕的事情发生了：在我旁边的一位女同学突然头靠上了我肩膀，身子瑟瑟发抖，紧接着她撑不住了……坐在不远处的同学看见，发出"啊呀"的惊叫声。毕竟我们已经长大，叫声被制止后，再也没有人开口，船上暂时鸦雀无声。

同学们上岸返校了，只有我与她还留在船上。我不停地安慰她说："没关系，没事的，你只要跑步进校，谁也不会注意。"她突然放开我，跳上岸拼命地奔跑，一阵风似的就不见了踪影。岂知她这一跑，再也没有回到学校。她是我的好朋友，家住湖州，我几次到她家，劝她回校读书，她都不干。如果是现在，有的女孩子不要说在船上拉尿，就是在船上生孩子恐怕也若无其事。可是在那个时代，我这个好朋友却要为此辍学，我真为她感到惋惜，觉得太遗憾了。可这能怪谁呢？怪她太要面子了？怪那个讲笑话的男同学？怪那薄薄的稀饭？好像谁都有不能怪的理由。

这件小事，我一想起来就心绪难平。

（第二件事）

学期快要结束时，同学们坐着讨论品德评语，他们对我的评价是其他都可以，就是太内向，有时三天不跟人讲一句话。有什么事，可以说出来，大家互相帮助解开心结。同学们的话说得我心里暖烘烘的，可是有的话是不能说出口的呀。那时我接到家里的一封信，父母让我嫁给一个大龄军人，以得到经济上的支持。可是婚姻大事，怎能当买卖呢？令我苦恼的是，我家的经济状况实在堪忧，对我的支持几乎为零，怎么办？学校助学金只够解决我三餐的温饱，可是零花、衣着也还需要钱。记得有一次劳动回来，路上下雨了，我们被淋成了落汤鸡，昨天晾着的衣服又没干。我正在发愁，有位女同学碰见了我，偷偷与我耳语："换不成内衣了，怎么办呀！"实在无奈，我找到了团委书记蒋老师，蒋老师给了我几元钱，我连忙上街剪了块花布，回来她做了条短衬裤，我做了件圆领衬衫。向蒋老师求助，这真是没有办法的办法，但总不能一而再，再而三的吧，这也太丢人了呀！我日思夜想，终于想出了一个办法——从嘴上省下来！每次午饭时，省下一半的菜肴以备晚餐食用，这样晚上的菜就可以不买了，还可以省下一些钱，以解困境。我正为自己的绝招而得意，屋漏偏遭连夜雨，一次我吃过中饭，洗好碗筷，正把剩下的一半菜盖起来，却被到食堂巡视的洪校长看见了。

他站在饭桌前问："你饭吃过了吗？"

我"嗯"了一声。

洪校长伸手掀开我的菜碗问："这是干什么？"

"放着晚上吃。"我不好意思地低下头。

他突然大声地发火了："你为什么这样做？你们现在正在长身体，以后不准这样！"他脸红脖子粗地说。我不敢顶嘴，脸在发烫，几滴眼泪掉在了饭桌上。完了！我的"绝招"被封杀了。当然，我知道洪校长也是为我好。

此后不久，我们班去轴承厂实习，实习有补贴，可解燃眉之急，我很乐意去干。我师傅是个30多岁的男性，他教了我几招后就放手让我干，自己便东走西逛地与其他师傅谈天说地去了。

有一次，一位男同学来找我。他对着我说："洪校长发火了！"

"他发火与我有什么关系？"

"他几次打电话找我，你不接，他说你架子大！"

"说什么呀？找我？我不知道嘛！找我干什么？"

"快去接电话！"

我接了电话，原来校领导要我回工专机械厂做刨床，刨大齿轮内径的梢子槽。这活儿难做，误差几乎是零，眼睛又看不见，弄不好就把大齿轮给报废了，事实上已经报废掉几个了。刨床的活我在过去实习中干过。于是任务就交给我与谭师傅二人，师傅白天干，我接深夜的班。一个女孩子，在偌大的厂房车间里，与冰冷的铁件打交道，除了机床声，只有远处传来的狗吠声。我一会儿觉得太平无事，一会儿又感到心惊肉跳。但是为了学习，为了今后的工作，我必须心甘情愿地为"三斗米折腰"。这期间到了国庆节，我听从工厂安排继续加班，紧赶慢赶地干了半个多月，竟然拿到近二十元的补贴，这就像是天上掉馅饼一样。我开心了好几天，还兴冲冲地做了件红白格子相间的两用衫。这件衣服做好后我没有穿上一天，就被派去嘉兴实习的一位同学借穿了，而且此后她再也没有还我。这么说，我这个人是不是太小气了？可在那个年月，几年才能穿上一件新衣服啊！

实习结束后，我又回到班上学习和劳动。在一次劳动中，我突然感到身体一阵阵发冷,好友金爱琴同学怕我晚上有什么事,便跟我一起睡。第二天一早,她就说:"你的身体热得像火球,赶快去医务室看看吧。"谁知不看不知道,一看吓一跳!医生说我得了伤寒症,主要是疲劳过度引起的,建议我带点药回家休息。在家休息几天,我的热度刚退,就又返回学校。我的家已经不像个家了,我那驼背的爸爸更驼了,走路就像背着一只锅。妈妈已经离家去上海做帮佣,两个学龄弟弟已经退学在生产队里做童工……看着他们的惨状,我的心在流泪,怎能安心养病啊!

回校后,有同学高高兴兴地拿给我两张奖状——全校作文竞赛和数学竞赛我都得了第二名,据说洪校长在早晨做操集会上表扬了我。这本来是件让人高兴的事,可是我笑不出来,我的思绪还停留在"远方的家"里。正在凄苦无助的时候,岂知老天可怜我,转机来了。我和其他九位同学被抽调到嘉兴地委科委工作,那真是做梦也想不到的事。搞科研同位素实验,异想天开,八竿子打不着边的事竟然让我沾上了边。感谢上帝的眷顾,我的命运之神将我带到了一个新天地,同去的同学也都和我一样兴奋异常。

(第三件事)

在地委科委,我们夜以继日地工作。正当项目准备上马时,科委被撤销了,我们又回到了学校。我被分配到校机械厂,仍然做刨工。我想只要有工资拿,干什么都行。那时认识了在刨床旁边工作的车工刘建亚,我们很快便成了好朋友。为了多学知识,我们想趁工作之余学英语,听说湖州南街上有人举办英语补习班,而且收费很少,我们就去报了名。为了方便学习,我们偷偷地把床铺搬到工厂仓库所在的破庙里。可是还没上课,校领导就知道了,还公开批评,宣告谁也不准到南街那个英语补习班去,说那位教师是国民党的余孽。我们的这个计划泡汤了,然而更倒霉的事还在后头。学校停办后,作为学校的实习基地，校办工厂理所当然也停办了。这下子真的玩完了！学校原则上规定从哪里来回哪里去！我不仅丢了工作，也丢了毕业证书——因为我没有完成学业，所以只拿了户粮证明便被遣返农村。

那时，学校看上去表面平静，实际上暗流涌动，同学们都在为今后的出路犯愁和奔忙。一部分同学被学校照顾安排了工作，这种情况一般人是不知道的。另一部分同学来自城镇，他们满怀希望地找当地的政府安排工作，因为他们毕竟是堂堂正正的中专毕业生。还有部分人虽然来自农村，但可以自己想办法，比如把户口迁到男朋友家里暂住，以便今后找到工作。我思前想后，以上条件都与我无关，只有返回老家去，就地"参加革命"。

那天，爸爸摇着一条小船载我返回农村老家，好朋友刘建亚在河埠送行。临走时，建亚看着我无语，眼窝里却盈满泪水，我尽量控制自己，劝她别难过……小船慢悠悠地行进，半路下起了蒙蒙细雨，我无限感慨：这几年，出去又回来，到底是在原地打转，浪费青春，还是在螺旋式上升？我在内心深处呐喊：谁能回答我啊？进工专是对还是错？

回家后不久，我竟然生了"流火"病——俗称大脚疯。这在我们村上有根源，好几个人都有这种病，走路拖着一条像廊柱那么粗大的腿，别人见了都恶心。那是蚊虫叮咬传染的，可是我一个姑娘，竟然中彩了。这种病发作起来一次比一次厉害，腿部慢慢地逐渐膨胀，一发不可收拾。要是这样长期下去，我不仅嫁不出去，而且要父母、兄弟养一辈子。这种情况，我连死的念头都有。想到死，我不甘心呀——不甘心自己在花季年华就凋零！

一次，我去湖州找中医治疗我那快要报废的腿，在船埠碰见同学邱剑虹，他虽然已经工作，可他想上大学，要我代他去湖州报名。这件事诱发了我，使我产生了一个念头。终于，经过四个多月的发奋努力，我考取了现在的浙江大学中文系。命运之神又一次为我开启了重生之门。

由此我想：挫折也是一种财富，许多事情是被逼出来的，逼到最后，只要你不认输，顽强地与命运搏斗，也许就能闯出一片新天地！

三秋支农

陈孝勤

陈泽铭的《有多少工专情可以重来》一文，写得情真意切，非常感人，勾起了我诸多回忆。想当年，每个学期总有到工厂实习、去农村劳动的课程安排。文中写到，我们的"红心已炼到羊圈里，用双手抓羊粪……"，我立刻想起当年用双手抓、捧猪羊粪的经历。

1959年初冬，我们班被安排到太湖边的一个公社参加三秋劳动，即秋收冬种。我们坐船去，中午到达了目的地。我们放下背包，听生产队长讲注意事项及主要农活。身强力壮的同学翻田、挑担，其余的同学下蚕豆种、种油菜、上肥等。其他几人一组，吃住在一个农户家，我一人被安顿在一家。讲完后，大家分头去农家。

出发前，赵自强悄悄地告诉我，这次劳动地点离他家很近，到时带我去看太湖。趁大家分手时，我紧跟着赵自强往太湖走，几分钟就到了太湖边。河岸边没有石块，唯有芦苇守护着堤岸。白花花的芦花随风一波一波地晃来晃去，并发出了沙沙声，湖水也随着波浪发出阵阵波波声，仿佛在欢迎我们的到来。向远处望去，灰蒙蒙的一片，一望无际，湖中隐约有几条船影。远处湖面上，点点黑影在随波晃动，赵自强对我讲，这是野鸭。湖中还静立着几张大网，我不解，他说这是捕捉野鸭的机关。不久，天空中传来一阵嘎嘎声，越来越响亮，抬头一看，黑压压一片，天空很快就暗了下来。赵自强说，野鸭飞来了。几千只野鸭从头顶飞过，飞向太湖深处，尤为壮观。我从未见过野鸭，更不用说野鸭群了，这是我有生以来唯一的一次经历。我又问了很多，他讲了许多有关野鸭的趣闻。当天空刚有点亮光时，又一群野鸭遮天盖地地飞临，天空中再次阴暗起来。我感到有些凉意，就跟他告别，各自回农户家了。

回到农户家，见男主人正在准备工具出发，我紧随其后来到田头。田头有一个二米见方的肥料坑。他用铁耙拨开了上面的泥巴，露出自沤的有机肥。几铁耙下去就装满了一担，足有150斤。我使尽全力挑起来，却摇摇晃晃地迈不开步。见状他让我停下，利索地挑起担子，稳稳地在田埂上奔走，足足挑了百米路程后，在麦田边停下，把肥料倒进麦田里，又用双手抓捧肥料，均匀地撒到麦苗边。他看我挑不了担，就教我撒肥。我学着他的模样，双手插入粪肥堆，只觉得一阵刺痛，赶紧到田边冰水里甩了一下，拔出了一根刺。我忍着痛用另一只手挤出几点血，回到原地继续抓捧肥料，将其均匀地撒到麦苗边。在抓捧猪羊粪时，只觉臭气扑鼻。抓到羊粪还好，黑颗粒状，臭味小。抓到猪粪软绵绵的，臭气冲鼻，一阵恶心涌上来。臭水不时地溅到衣服上、脸上和嘴边，经常还会扎到刺。刚开始弯腰、站起、移步、撒肥时腰部都会酸疼难忍，加上粪肥又臭又恶心，心中着实委屈。后来看到远处同学的身影，他们在种油菜、下蚕豆种、挑担，个别同学也在撒肥，此时心情才慢慢地有所好转。

天渐渐地暗下来，那个社员叫我收工。我就在近旁冰水里洗了洗双手，一看，手已经呈浅黄色，感觉非常臭。于是用力擦洗，还是黄臭难闻。无奈，只好将湿手在衣服上擦了擦，跟着主人一起回家。

我们回去的时候，女主人已经从集体劳动的地方回来了，正忙着做晚餐。那时候肥皂凭票供应，农村基本不供应，他家没有肥皂。我从灶边抓了两把草木灰用力搓擦，剔去指甲内的脏东西，那些黄臭也无法去除。主人见状告诉我，说那些脏东西是无毒的，不碍事，过几天就会

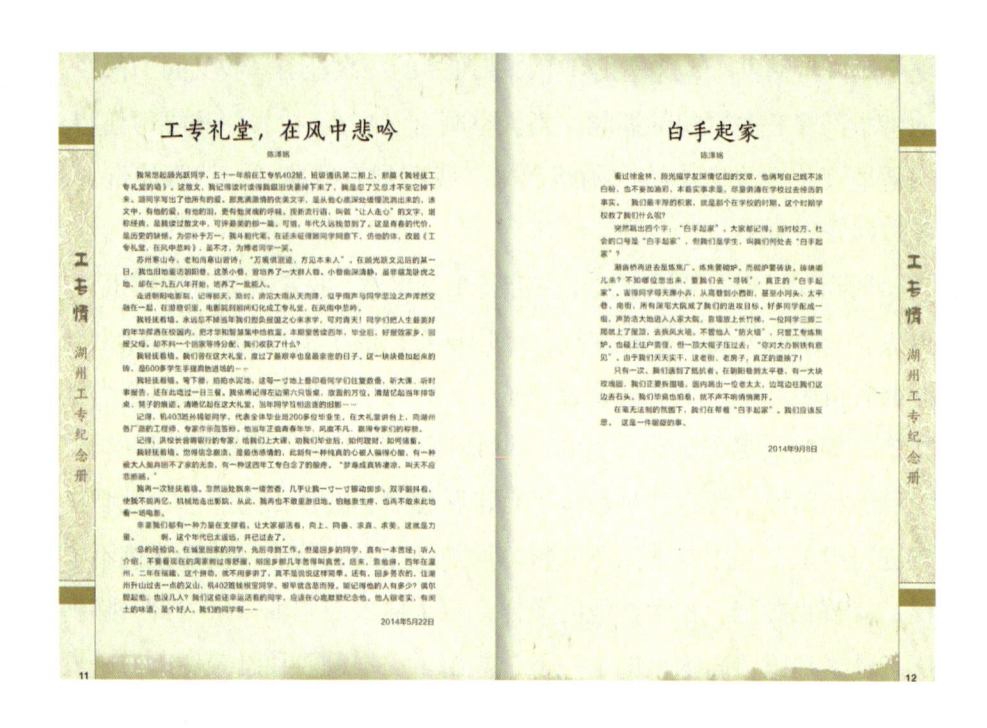

自己褪掉的。我脚上的球鞋早已湿透，满身都是泥巴。女主人让我换上男主人的布鞋，把我鞋面上的泥巴去掉，然后拿到灶口去烘烤。

社员家里是砖瓦平房，一家三口，小孩在念小学。晚上我们谈了很多，知道他家是中农，一日三餐，早、晚是粥，中午是米饭。社员说电力线路已接到队里，不久家里就可接上了，为此露出了喜悦之色。社员说，化肥是从苏联进口的，凭票供应，量少价高，土地易板结。自制基肥不花钱，废物利用，庄稼的长势也好。晚饭后，男社员陪我到隔壁的临时房间，30多平方米的房内空空荡荡，中间搭了一张床，挂了一块蚊帐，床上铺了厚厚的稻草。我随即铺好被褥，他给了我一盏煤油灯，洗漱完我就钻入被窝中。袜子早已湿透，于是把它放在被子与衣服之间，让体温慢慢地将其烘干。

第二天鸡叫三遍，主人已摸黑起床，准备一天的用餐与农活了。我赶紧起床，开始一天的劳作。我在他家住了一周，这一周一直是阴天，不见阳光。撒肥撒了一周，我双手蜡黄，浑身一股猪羊粪的臭味。一周劳动下来，田里大部分农活被我们班 50 余人完成了，社员们非常感激，希望我们多去支援。我们付清了粮票和生活费后，与社员们道别。回到学校后，同学们用肥皂使劲儿地搓洗衣服和双手，臭味没了，但手上的黄色一周后才慢慢地褪去。

往事如风。这些年来，我在工地接触的施工人员、技术人员、项目负责人大都来自农村。聊起现今农村的情况，都说变化巨大，再也不用起早摸黑地干活，也没有早插、双抢、三秋、农忙的概念。农民种粮食不用人工翻耙、插秧、除草、收割，农药、化肥和农业机械替代了劳力，稍加管理，亩产便可达千斤。许多城里孩子不知庄稼是如何播种收割的，即使在农村，年轻人大多选择进城务工，村里剩下的基本上都是老弱病残，守着那一片故土。

摸焦炭

徐金林

说一段陈年往事给大家听听。

1959 年 9 月初，我们刚入学不到一星期，学校便给班里布置了一个任务：工专机械厂铸工车间化铁炉要上马，但焦炭没办法搞到，于是组织学生去杨家埠湖州钢铁厂焦炭码头河中去打捞。会游泳识水性的同学志愿报名，班里除了我，还有刘绍鹏等报了名。全校近 20 人乘坐一艘大木船，由沈承明老师带领，前往湖钢码头打捞焦炭。到了目的地，大木船停在河中央，船上留了两三个人接应，其余十多人下水，潜入河底，把湖钢在装卸作业中掉落河中的焦炭摸捞上船。大家七上八下，两三个小时后，一个大木船就装满了，沈承明老师开心得哈哈大笑起来。时隔不到一星期，学校又组织了第二次打捞，不过第二次的收获要少很多。进入冬季，我们班的黄益根等同学又去了几次。

当时因为刚到学校，参加打捞的其他班的同学一个都不认识，不知是否还有人记得。现在回想起来，潜入两三米深的河底去摸焦炭，是件多么危险的事情啊！

据考勤的同学回忆，我们班的黄益根同学在寒冷的冬季参加过几次摸焦炭的行动，回到宿舍后呕吐不止。原来学校为了表达对这些同学的慰劳，给他们吃了一顿饭。黄益根为了驱寒祛湿，多喝了一点酒，结果却呕吐伤身。冬天下水摸焦炭真的不容易。这些往事，现在回想起来，对身体的伤害是小事，其实还存在着极大的安全隐患。你想想看：十五六个人无序地上上下下潜入水中，要是有人在河底体力不支或脚抽筋上不来的话，上面的人第一时间是发现不了的。当时没有发生事故，实属幸运。打捞结束上岸后，沈承明意识到了这个问题，他仔细地清点人员，确认人员齐了，才叫大家搭乘汽车回校。

工专机械厂靠这个办法来维持铸工车间的运转，延续了很长一段时间。

……

光阴荏苒，岁月匆匆。当年意气风发的一群同学，青春洋溢，挥斥方遒。经历了艰苦岁月的磨难，湖州工专学校的同学们无论遇到多大的艰难险阻，都会迎难而上，从未放弃。弹指一挥间，五十多年便过去了，再聚首已是白发翁妪，年过古稀。回首当年往事，壮志犹在，雄心未灭。对于钱江明来说，正是有了那段艰难岁月的历练，造就了他不屈不挠、迎难而上、锐意进取、不向命运屈服的精神，带领恒达富士屡次在逆境中突围，实现高质量的发展，终成为行业中的佼佼者。

在湖州工专师生相聚的那天，钱江明热情洋溢地写了一封《给湖州工专师生相聚恒达富士电梯公司的信》：

尊敬的各位恩师、亲爱的各位同学：

大家好！

2015年5月27日是个令人难忘、令人高兴、令人幸福的日子。在这美丽的初夏，我们再次相聚南浔，来到恒达富士电梯有限公司，见到了我们几位尊敬的恩师——特别是林去思老师，他送给我亲手写的祝福"祝恒达富士电梯兴旺发达"，我表示衷心的感谢！我们见到了情同手足、然已年迈的同班同学和湖州工专前来参加这次集会的其他校友。我们每个人的内心都无比激动。五十多年了，由年少励志到白发古稀，更有已体弱染病在身的，但是我们还是坚持来了，更有提前到来的，所以我向各位同学表示衷心的感谢！向满载同学情谊、专程赶来参加这次聚会的各位表示诚挚的敬意！

同学相见，分外亲切。五十多年前的今天，我们在湖州工专（曾经人人对未来的人生都有着美好向往的地方）依依惜别，开始踏上了风雨人生路，有的人受尽了生活磨难，不止一次地倒下又爬起，其中的酸甜苦辣只有我们自己知道。五十多年间，我们虽然相距较远，但我们的心却永远相连；我们虽然平时联系较少，但同学之间的情谊却没有间断。哪怕是一个电话、一条信息、一声问候，都无不饱含着同学的真情。今天的相聚，使我们仿佛又回到了昨天。三年中专生活的日日夜夜、点点滴滴，我们都历历在目。每一天的拼搏与努力，每一步的成功与喜悦，都是我们一生中永远珍藏的记忆，都是我们成长进步不可缺少的阶梯。

作为湖州工专306班的同学，我们经历了太多。我们经历了国家三年自然灾害的苦难，经历了"文化大革命"

的劫难，经历了上山下乡的洗礼，但还是在政府、社会、老师、亲朋、同学的关心和帮助下，得以走到今天，这其中包含了太多的感动，太多的真情。此时此刻，此情此景，我们更应该感谢的是我们的林去思老师，是恩师教给了我们知识，教给了我们做人的道理，教给了我们热爱生活的信念；是恩师用汗水浇灌了我们人生的基础，用心血铸就了我们事业的辉煌。桃花潭水深千尺，不及"恩师与我情"。在这里，让我们发自肺腑地对林去思老师和其他未能到会的所有老师说一声：老师，你们辛苦了！今天我能将同学们组织在这里一起畅谈、一起回忆，感到无比光荣和自豪。让我们真诚地祝福大家明天会更美好！

光阴似箭，五十年的离别，弹指一挥间。经历了五十年的风风雨雨，今天的我们已经年迈。回首过去，我们无怨无悔，因为这五十年我们曾经受磨难，我们曾经把知识化作能力，我们曾经不断地创新和改变，有付出也有回报，都在描绘着自己的精彩人生。展望未来，我们的下一代比我们更强，所以我信心百倍、豪情满怀，有我们老一辈的多年积淀，他们一定会做得更好。

流水不因石而阻，友谊不因远而疏。三年的同窗苦读，三年的朝夕相处，让我们结下了不是兄弟姐妹却胜似兄弟姐妹的血肉亲情。虽然岁月渐远，但此情正浓，就让我们把握和珍惜这一年才一次的难得相聚，重叙往日的友情，倾诉生活的苦乐，互道别后的思念，尽享重逢的喜悦。相逢是短暂的，友谊是永恒的。同学们，让我们记住今天的相聚！

最后，祝各位同学——特别是林去思老师及夫人身体健康，心情愉快！祝所有来到恒达富士电梯公司和不能参加此次聚会的同学身体健康，安度晚年，永葆年轻心态！祝我们的同学情谊地久天长！

湖州工专同学：钱江明

2012 年 5 月 27 日

第四章　冲云破雾，脱颖而出

1. 木器厂的小工人

　　钱江明从湖州工专回来前，就将户口迁到了南浔镇的姑姑家。后来，南浔镇的木农厂招工人，他因为是中专毕业，被录用了。钱江明在那里学了两年木工。木农厂主要生产小木船、农用脚踩水车（抗旱抗涝用）、木犁等农用产品。由于没有接触过木工活，刚开始他什么都不懂。师傅让他先熟悉木工工具，了解它们的主要性能。当时的木工工具主要有角尺、锯子、刨子、锤子、木锉、牵钻、墨斗、斧子等。师傅告诉他：要想当一名好木工，了解并掌握工具的性能非常关键，否则连工具都不会用，什么也做不好。师傅让他学着磨各种刀具、斧刀、伐锯条等，学着跟师傅拉大锯，掌握平衡。他干得很吃力，一天下来，手上都起了血泡，累得胳膊酸痛，举不起来。师傅又教他如何使用那些木工器具，然后做一些简单的木工活。钱江明勤奋好学，很快便掌握了一些木工必须掌握的要领，得到了师傅的称赞。木工是一门手艺，他想自己学好这门本领后，即使在木工厂干不下去，回去后也可以做个木匠，给别人做家具。后来，他结婚用的家具都是自己做的。

　　在木农厂，为了赶时间支援生产队建设，每天早晨六点半上班，中午十二点下班；下午一点半上班，六点半下班；到晚上七点半又上班到十点半，平时也没有什么休息日。干活时不小心就会受伤，许多学徒工手上伤痕累累的，钱江明也一样。之所以能咬着牙坚持就是因为他想学一门技术，然后长期在木农厂干下去。后来，工厂有了电锯等先进设备，工人的体力劳动强度大大降低。但是，电锯操作起来很危险，要把一根根很粗的大树干按尺寸要求锯成木板或木条，锯条在机器上高速运转，前后两个或四个工人用手抱着树干，按要求慢慢地推着，通过高速运转的锯条切割树干，使其成为板材或条材。听说吴江一家木器厂有个工人不小心被锯成了伤残（据说整个手和胳膊都被锯掉了）。钱江明因此特别小心，但还是受了些小伤。有一次，木头在机器里走得太快压到手了，他拼命地把手缩回来，结果被擦掉一块皮，流了一些血。这种情况大家似乎已司空见惯，没有人大惊小怪，干活全靠自己操心。夏天到了，钱江明被安排在院子里给木架子刷油漆。太阳悬毒辣辣地在头顶，刺得人睁不开眼睛。额头上汗如雨下，钱江明时不时地去水龙头旁喝些水，后来怕领导看到影响不好，就忍着口渴，到实在忍不住的时候再去喝。晚上回到宿舍本来还想看书，结果头一挨枕头就睡着了。第二天天没亮又得起来，上班干活。随后，钱江明又被安排在烘干车间干活。因为木器厂进回来的木材进厂后还是湿的，需要放到烘干室里烘干才可以做产品。他的主要任务是在院子里堆板，就是把新到的木板整齐地堆好。有时，他还要去装炉，就是把木板放进烘干炉，那里边温度在五六十摄氏度，人进去后喘气都很困难。夏天的烈日他已经习惯了，这种闷热实在令人难以忍受。师傅说在木器厂当工人，就是什么程序都要熟悉，慢慢地就会适应的。

钱江明在木农厂干了一年多，逐渐适应了木农厂的环境，也可以熟练使用各种木工工具，做一些简单的家具了。他踌躇满志，因为木农厂毕竟是归属吴兴县（现属于湖州市）二轻工业局（手工业局）的大集体企业，算是一份正规工作。他肯定不想再回到农村，跟父母叔叔一起在淤泥里种水稻，寒来暑往，年复一年，最后像父亲一样佝偻着身子，喘不过气来。他想留在城镇，留在南浔，成为令人羡慕的南浔木农厂的一名正式工人。

然而天有不测风云，时代的大潮瞬息万变。1963年，国家三年自然灾害，知青上山下乡，工厂精简。木农厂开始精简工人，当时钱江明还是学徒，不能算精简工人，所以二轻工业局（手工业局）南浔办事处想了个办法，在南浔北里公社东南大队办了个手工业农场，让那些不具备精简条件的学徒工的劳动关系继续保留在原工厂，工作则是进手工业农场当农民种田。除了木农厂的学徒，南浔还有木器厂、丁铁厂、制绳社、竹器厂的几十名学徒进了手工业农场。经过大半年的农场种田，后来厂方调查了解到钱江明的父母都是农村的，所以他又被毫不留情地动员回乡（说得好听些是动员回乡，实则是被除名回老家务农）。

这次除名给钱江明的重创不亚于上次湖州工专毕业后便解散的打击，非常致命。为什么命运总是如此无情，将自己高高抛起，又重重摔下！被工厂除名后，他久久徘徊在南浔街头不愿回去。想到要再一次回到农村，钱江明的心情十分沮丧，甚至感到绝望。他茶饭不思，寝食难安，一时悲从中来，万念俱灰。

姑姑心里也很难过，想给他一些安慰，却不知说些什么。姑父是个见过大世面的人，也读过一些书。他给钱江明讲了一个故事：

> 有一次，一个人找到道士求助。
>
> 他说："一切都完了，我完蛋了。我破产了，没有半文钱，我失去了一切！"
>
> 道士说："你眼睛还看得见吗？"

他说:"看得见啊。"

道士问:"你还能走路吗?"

他说:"还能走呀。"

道士说:"你还能听见我说话,可见你听力还不错。"

他说:"没错,我听得见。"

道士说:"那么,我相信你所有的一切都还在,你唯一失去的不过是钱罢了。"

姑父讲完说:"有时,当我们感觉绝望到极点的时候,只不过失去了一些身外之物,而我们还有足够的空气可以呼吸,还有健全的四肢可以行走。江明,眼下你只是失去了工作。常言道:'留得青山在,不怕没柴烧。'只要生命在,我们还有什么理由不能从头再来呢?"

钱江明听后,若有所思地点了点头。

那天,要离开工作一年多的单位了,钱江明感到五味杂陈,心情

特别复杂。在宿舍清理个人物品的时候，有一种说不清楚的感觉。照例，他把属于自己的东西分个类，除了要带走的，其他一扔就是了。但是，当他每理出一件东西时，总要端详一会儿，倒不是它们值多少钱，而是因为它们往往是一项工作，一件事情，一份感情，或者是一份困惑。它们仿佛是一把钥匙，能够打开一连串的记忆，美好的、伤心的、琐碎的……岂能随便丢弃呢？因此，宿舍里属于他的东西虽然不多，但他却清理了整整几个小时，不时陷入对往事的回忆之中，有些甚至是湖州工专的一些事情。原来想扔的东西，还是舍不得扔，干脆把它们都包起来一起带走，与木器厂做个痛快的告别吧！这些物件虽然不值钱——包括那个自己当学徒时亲手制作的小木凳，虽然样子有些丑陋，但在这个世界上，它是独一无二的，是只属于自己一个人的财富。记得有人说过，苦难是一笔财富。钱江明认为，经历也是一笔财富。人生的道路是不可逆的，就像一位智者所说，人不能再次踏进同一条河流。人生的路还很长，振作精神，面对现实吧！

钱江明突然想起了一首不知谁写的诗：

　　你转身离开的时候，沉默是无声的告白，
　　孤独的背影仿佛抹去这天边的云彩，只剩下夜的企盼。
　　河水奔流，把我带向光明的彼岸。
　　听，那滔滔的水，荡涤着岁月的尘埃，那是翱翔的海鸥，
　　把离去的悲情尽力渲染……

2. 民办教师

　　湖州工专停办后，钱江明进入南浔木农厂工作。一年多后，他又回到了辽里村，加入生产队的劳动。水乡人以种水稻为主，统称种

田农民。乡下农活繁多，包括翻地松地、灌溉平田、播种育苗、插秧施肥、除虫摸草、收割庄稼等。当时南浔农民一年要种两季水稻，每年都重复着同样的农活，真是"面朝黄土背朝天，弯腰驼背几十年"。人世间，农民是最辛苦的人了！当时在农村还流传着这样一句话："庄稼一枝花，全靠肥当家。"农民种田最看重肥料，因此生产队需要大量的肥料。可是哪来那么多肥料呢？一是去城里掏粪，二是去湖州城里捡垃圾，再就是去离南浔80里路外的杨家埠化肥厂拉氨水和化肥。那时的交通工具就是船，因此要去那些地方，就得靠"河边拉纤"拉船。拉纤比摇船要快得多，做了纤夫的钱江明经历了人生中最为艰苦的一段日子。拉纤的艰辛是常人难以承受的，钱江明也不例外，几次准备放弃，但最终靠着顽强不屈的意志硬是坚持了下来。他想，如果人生注定要经历一番挫折和磨难，就让暴风雨来得更猛烈一些吧！曾经的梦想是那样美好，令人为之陶醉。只要梦想在，就能看到彩虹。钱江明认为，梦想是一场华美的旅途，每个人在找到它之前，都只是孤独的少年。

那时候，钱江明一家有七口人：爷爷奶奶、父亲母亲、钱江明和妹妹，以及一个叔叔。叔叔是党员，曾任北里公社共青团委员。叔叔与妻子结婚后因为感情问题而离婚，此后没有再找，一直与钱江明一家生活在一起。当然，后来钱江明叔叔还是成了家，如今也儿孙满堂。同父亲一样，叔叔也很勤快，吃苦耐劳，与一家人和睦相处。

钱江明回来后，一家四个人在生产队干活挣工分，那一年年底分红96元，是平常年份的三倍多。当时的辽里村初中毕业生都很少，钱江明在村里算是最有文化的人了，村干部商量后决定让他任代课教师兼村会计。因为当时的代课教师年纪大了，已无法胜任那份工作。代课教师的身份虽然也是社员，但每天可拿8毛钱，一个月下来就是20多元，收入非常可观。村里人也都希望钱江明这个中专毕业生给自己的孩子代课。钱江明从小品学兼优，勤奋好学，因此社员们都非常信任他。

当了教师后的钱江明每天要给辽里小学的学生上课，因为上下课都需要看时间，因此他想给自己买一块手表。那时最流行的手表是"上海牌"，半钢的80元，全钢的100~120元。家里分红有90多元，父亲也同意给他买。一家人节衣缩食，想让儿子在人前有面子，代课更专心。钱江明非常喜欢"上海牌"手表，可谓梦寐以求。但买了这块手表后，家里就没钱了，以后的生活怎么办？思来想去，他决定买一块二手表。他在湖州挑选了一块南京产的"钟山牌"手表，花了28元。那块表有八成新，表盘和表链都是金属的。表盘上方是毛体"钟山"（繁体）二字，下面一行拼音字母，表盘下方有"中国南京"几个字，看起来很漂亮。手表明晃晃的，制作精良，拿起来贴在耳朵上，能听见"嚓嚓嚓"的声音，钱江明特别喜欢，晚上睡觉时都戴着，爱不释手。

有了手表后，钱江明上课能专心致志，心无旁骛。学校有5个年级，总共40多个学生，每个班不到10个人，他除了教算数（代数），还要给学生教语文、政治和美术。那时候，乡村教师几乎都是全能型的，要求什么课都能代。对于中专毕业的钱江明来说，就算代小学所有的课程都游刃有余，轻松自如。尽管如此，他还是每天认真地备写教案，晚上借着煤油灯批改学生的作业，一丝不苟。闲暇的时候，还会带着学生去附近的小莲庄或嘉业堂藏书楼参观。

辽里村坐落在南浔镇西侧，南面紧靠江南名园小莲庄及嘉业堂藏书楼。这个小莲庄，是南浔四象之首刘镛的私家花园，颇负盛名。钱江明小时候经常去小莲庄玩耍，这座园林在他的记忆里留下了深刻的印象。1978年，改革开放的大潮涌起，浙江人引领风气之先，乘着改革开放的东风领舞经济大潮。湖州阀门厂、北里农机厂两家机械小厂转产电梯，从无资金、无技术、无人才的"三无"条件蹒跚起步，开创了南浔电梯业之先河。1984年，中国电梯协会成立，成立大会的召开地点就在湖州市南浔古镇小莲庄。这年的12月，中国建筑机械化协会建筑机械制造协会电梯分会的技术及情报交流会也在这里召开。此次会议的承办企业为湖州电梯厂和湖州第一电梯厂，当时全国去了57个单位的120个代表。这次中国电梯协会成立大会被载入了中国电梯行业发展的史册。正是这次会议，让当时的湖州电梯厂和湖州第一电梯厂成为中国电梯协会的知名会员单位，南浔电梯融进了中国电梯制造的主阵营。

小莲庄会议是南浔电梯业一个关键的转折点。若干年后，钱江明和他的恒达富士凭借对湖州经济的巨大贡献，先后成为"金牛""金象"企业。

辽里村与嘉业堂藏书楼毗邻，钱江明小时候就经常听"四象八牛七十二墩狗"的故事，特别是刘镛家族的奇闻逸事、嘉业堂藏书楼的历史兴衰，耳濡目染，在他的成长过程中起了非常重要的作用。

3. 婚姻大事

一晃，钱江明已经19岁了。辽里村和他年纪相仿的人都结婚了，有的甚至有了几个孩子。那时候，农村人结婚都比较早，一般十五六岁就成家了。尽管解放后教育普及，但许多乡下人认为让孩子识几个字就行了，所以一般村里孩子小学毕业后就不上学了。钱江明因自幼聪颖，喜欢读书学习，加之父母特别支持，所以成了辽里村唯一考上中专的人，也成为家族的希望。大家都期待他早日学成毕业，待分配工作后就可以挣钱了，除了改变家里的贫困面貌外，最关键的是钱家因此可以在村里改头换面、扬眉吐气了。谁知钱江明从湖州工专毕业后便失业了，再次回到了农村，村里同情怜悯之人替他感到不平，但也不乏幸灾乐祸、落井下石之人，他们含沙射影、冷嘲热讽，令钱江明及父母无地自容。父亲郁郁寡欢，感觉在夏家埭抬不起头来。特别是那个鲍支书，本来对钱江明一家就有成见：为啥自己的孩子学习不好，早早回乡务农，钱江明却上了南浔中学，后来还考上了湖州工专，毕业后就能分配工作，出人头地。鲍支书对此耿耿于怀，却又无可奈何。如今可好了！孙猴子七十二变，也难逃如来手心。你姓钱的小子不是能得很吗？别以为翅膀硬了可以飞出辽里村了，怎么上完学又回来了呢？看我今后怎么收拾你！

　　钱江明回家当了社员，鲍支书暗喜之余，还给他安排了去湖州掏粪的活，又脏又累，意在羞辱他。他觉得这个白白净净的书生是不会答应的，谁知他竟然去了。后来，鲍支书又给钱江明安排了更为艰苦的活——拉纤，他想这种活一般身强力壮的社员都吃不消，钱江明看起来很柔弱，如何承受得了？谁知这小子硬是不服输，也去了，并且一干就是几个月，风雨无阻。有那么一段时间，鲍支书甚至暗暗思忖：这小子能吃苦，更能忍受别人不能忍受之痛，今后肯定是个干大事之人。幸好他的运气不行，中专毕业后又回到了农村，如果让他走出辽里村，那今后还有姓鲍的活路吗？不能让钱江明离开辽里村，离开夏家埭，一定要想办法把他绑在这片土地上。鲍支书决定让钱江明担任村小学代课教师，让他死心塌地地在村里干，断了挣脱羁绊、冲出农村的念想。

　　这就是钱江明能当村会计并兼代课教师的原因。

　　随着年龄的增长，钱江明捱过了回家后最初那段时间的阵痛，开始接受村里人给他介绍对象这件事了。

　　钱江明刚回来的时候就有媒人上门说亲，但父亲不同意。钱春荣认为儿子是个有远大志向的人，今后肯定会走出农村，会有大出息。

当母亲的也不甘心。在钱美宝的心中,这个儿子便是她的全部,儿子从小就是她的骄傲,她甚至把家里所有最美好的期冀都寄托在儿子身上。如今,因为国家政策改变,学校不分配工作,儿子又回到了村里,她如何能甘心?钱江明更是不愿考虑,他是个富有抱负的人,也是村里唯一上过南浔中学又考上中专的人,是自家人的希望啊!在湖州工专的几年,钱江明学到了许多专业知识,他如何甘心把自己绑在这块土地上,重复父辈的老路呢?!因此,他的婚姻大事除了奶奶不时地过问,父亲、母亲和叔叔都对他寄予厚望,一拖再拖。

然而,在钱江明当了村会计和代课教师之后,一家人对这件事的观念开始转变。正如鲍支书所料,钱家人尝到了甜头,开始麻木,放弃挣扎了。鲍支书相信,只要自己在辽里村当一天支书,钱江明这只雄鹰便别想飞出夏家埭,走出北里乡!

说亲的媒人越来越多。沈庄漾村李家兜的人来了,浔南村唐家湾的人来了,联谊村王家港的人来了,辽西村马家庄的人来了,富强村陆家山也来了……这些村子都属于北里公社,与辽里村相距不远,钱江明的大名他们早就知道了,因此有姑娘的人家都希望能给女儿找这样一个乘龙快婿。尽管钱江明眼下是个农民,当了生产队会计,偶尔顶个代课教师,但他与其他农村人不一样。他眉清目秀,文质彬彬,是个有文化、有前途、有出息的人。可惜这些媒人带来的女孩,有的嫌钱江明家太穷,有的钱江明自己看不上。热热闹闹一阵子过后,没有一个合适的。

那个时候,人们大都比较穷,娶不起媳妇。新中国成立后,禁止养童养媳,于是许多人选择从江苏镇江一带买媳妇,只需花十几元钱,给一口饭吃就行了。南浔所处位置在太湖南岸,地肥水美,历史上很少发生饥荒,是江南的富庶之地,也曾诞生过许多名门望族。1958至1960年人民公社"大跃进",许多地方盲目追求所谓的钢铁产量,"超英追美",跑步进入共产主义社会,放弃粮食生产,加之自然灾害频发,造成大面积饥荒,全国人民勒紧裤腰带还会饿肚子。于是山东、河南、安徽等地的许多民众结伴逃荒,前往陕西等地。

20世纪60年代,江苏镇江一带的一些地区条件特别艰苦,十分贫困。相对而言,太湖南岸的湖州地区情况要好得多。许多人为了给孩子讨一口活命,而愿意让姑娘嫁到这边来。北里公社几乎每个村都有从那边买来的媳妇,辽里村也不例外,已经有五六个买来的媳妇了。父母征求钱江明的意见,他坚决不同意。钱江明认为买来的媳妇是不合法的,他不能接受把人当作商品买卖的这种交易。

当时,钱江明的姑妈在南浔镇,也给他介绍了一个邻居家的姑娘。那女孩身材苗条,皮肤白皙,人长得还不错,令钱江明怦然心动。然而经过了解后才发现,她什么农活也不会干。生活在农村,如果妻子不会干农活,就是个大拖油瓶,拖累太大了。钱江明思来想去,觉得不能娶。他需要一个身体健壮、吃苦耐劳、能干农活的女人,与他踏踏实实地过日子,而不是一只摆在家里的花瓶。

父母也赞同他的意见。既然儿子已经决定在村里安家落户,跟他同龄的人都已经结婚了,他们也开始憧憬抱孙子了。

那时候,北里公社有一个卖糖果的老阿姨,每天走乡串户,对各个村子里的情况都比较了解,钱美宝于是就拜托她给儿子物色对象,并说了基本的要求和条件。老阿姨知道钱江明很优秀,很高兴地答应了这件事。一段时间后,她兴致勃勃地带来了一位姑娘,这位姑娘叫徐应凤,比钱江明小5岁,刚满16岁。她家在北里公社的繁荣村,兄弟姊妹四人,一个哥哥,一个弟弟,一个妹妹,家里比较穷。按照当地的风俗,老阿姨提前约定两家人在南浔镇钱江明的姑姑家见面。徐应凤看上去很健康,也比较白净,符合钱江明的审美观。繁荣村距离辽里村有五六里地,水路摇船两个时辰就到了。徐应凤没上过学,但身体强健结实，能吃苦，乡下的农活什么都会干。后来，徐应凤的家人又来到钱江明家相看，对其基本满意。1963年春暖花开、惠风和畅日子里，两人开始相亲。春华秋实，等到稻谷飘香的时候，双方协商后决定把婚事订下来。

繁荣村与英雄村一桥相连，当时交通特别闭塞，是北里公社最北端的行政村，在江浙的交界处。繁荣村包括驻越滩、江家兜、塘关村、善庄等，与英雄村一起嵌入大部属江苏省的稽五漾，孤悬省外，因此连口音也有些改变，与别的村有所不同。

湖州南浔地处浙江北部，自古以来就有"鱼米之乡""丝绸之府"的美誉，南浔的婚姻民俗更具有地方特色。

据说古时候，"婚姻"二字写作"昏因"。因男子在黄昏时迎娶新娘，而女子因男子而来，所以叫作"昏因"。古代的婚姻，要经过六道程序，叫六礼。这六种礼节是：纳采、问名、纳吉、纳币、请期、亲迎。这一程序，周代就确立了。

1. 纳采：男家派媒人到门当户对的女家表达向某女求婚的意愿。而门当户对，是指旧时男女双方的社会地位和经济情况相当，结亲很合适。这个礼节，南浔人一般叫托媒。

《礼记·坊记》载："男女无媒不交，无币不相见……娶妻如之何？匪媒不得。"可见媒人在婚姻中的感召力。古代无媒不成婚，不知有多少青年男女的命运被掌握或葬送在媒人的手里。

按照南浔当地的风俗，订婚时男女方须各请一个媒人，除了给媒人的钱各付各的之外，男方还要给女方媒人一定的礼金。那个年代，这个礼金可以是几元钱，也可以是10元或20元，具体要看男方的经济实力。

2. 问名：女方父母都同意后，便会将该女儿的姓名及生辰八字告知男方派媒人。女方在托人密访、探寻后，认为可以说亲者，女方的父母会择日亲临男方家,观察男方的人品、产业、为人等。男方也会乔装打扮,由媒人领着前往女方家暗察女方的面貌、身材等情况。

3. 纳吉:男女双方交换生辰八字,各自卜得吉祥的兆头,俗称"换八字"。这一礼仪又叫合八字,媒人提亲获女家同意后双方互换庚帖,将双方的出生年、月、日和时辰放在一起推算,看是否相合,因此才有"白马怕金牛,鼠羊不到头,蛇见猛虎如刀锉……""金土夫妻合六强"等说法。合八字过去在人们的心目中格外重要,它不仅影响到夫妻今后的幸福,而且影响到全家的运道。假定算命大师说犯了大忌,那这段婚姻就半途而废了。合八字后若无冲撞,男家择日将男方的八字送至女家。女家也要合一下八字,若相合,女家托媒人告知男家;若不合,两方退帖。

4. 纳币:也叫纳成,合八字若无相克(若有冲克,则作罢)则婚姻成立。男方要向女方送聘礼(后演变成彩礼),当地人叫订亲。南浔婚俗中规定:如男女双方属相不相克,便议定吉日订婚。这天,男女双方会分别宴请母舅、姑父、大伯、小叔,名曰"订婚酒"。

订亲时,女方也要摆订婚酒,酒席钱是自家出的。订婚宴很隆重,女方所有的重要亲属都要参加,它具有"安民告示"的性质,向亲朋好友告知家中的儿女进入"谈婚论嫁"的阶段了。南浔的订亲酒席很丰盛,即使在那个物质比较匮乏的年代,该有的东西也应有尽有,不会轻易省略,否则会被认为对这门亲事不满意、不重视,甚至是不吉利,丰盛的酒席预示着"年年有余"的口彩。

许多人家为儿子订婚时都要付出一大笔钱,甚至债台高筑。因为按当时的风俗,男方除了给女方数百元的巨额彩礼,还要买金戒指、金耳环等贵重物品。当然,女方在女儿出嫁的时候也会以丰厚的嫁妆作陪嫁,如缝纫机、绸缎棉被、洗脸盆、洗脚盆等。钱江明家也不例外,根据订婚的约定,需要支付徐应凤家360元的彩礼。这份彩礼在如今看来也许就是一天的工资、一件普通衣服或一双鞋子的价格，或者一顿普通的饭菜、一瓶算不上特别好的白酒……然而在 20 世纪 60 年代初期，人均工资仅二三十元，360 元相当于一个人一年的工资——如果在农村的话，一家人一年收入不足 100 元，360 元相当于一家人三四年的总收入！好在钱春荣夫妇多年来辛勤劳动，除了在生产队上工，还靠一些副业有了一点积蓄。钱江明拉粪、拉纤也挣了一点钱，当代课教师每月有 20 多元补贴，因此家里虽然也借钱了，但借的不多。不像村里的一些农户，儿子订婚一分钱的积蓄也没有，全靠亲戚朋友相凑，非常困难。

订婚后就是一家人了。男方农忙的时候，可以请女方前来帮忙，钱江明家也不例外。徐应凤是个性子直爽的人，做事干脆，干活风风火火。秋收的时候，她来帮忙收割稻子，手脚很利索，不比男劳力差，钱江明一家人都对她非常满意。唯一遗憾的就是这姑娘没念过一天书，不识字。这一点钱江明曾反复提到过，也有所顾虑，怕两人结婚后没共同语言，难以相处。钱春荣说："我和你妈也不识字，一辈子不是也过下来了吗？结婚后，你好好种田干活，当好生产队会计，偶尔也代代课，她在家里劳动，顶一个壮劳力。再说了，即使你以后走出农村，有了工作，家里也需要这样一个靠实的女人呀！"父亲的话钱江明虽不太赞同，但也找不到反驳的理由，于是稀里糊涂地就奔着当地老规矩——结婚生子传宗接代的方向去了。多年后，当夫妻矛盾一再冲突、不可调和的时候，钱江明冷静地寻找最初的根源，竟然就是因为妻子没上过学，没有文化而无法沟通。他们的结合从一开始便不在一个水平线上，导致后来的结局在所难免。

5. 请期：按照当地的风俗，订婚后的一段时光，由男家筛选成亲的"好日"，然后通报女家，谓"通讯"。若女家附和，男家母舅、姑父等在媒人的随同下，备鱼肉酒送到女家，并送去"好日"帖子。女家亦邀母舅、姑父等往男家接客，并设宴招待男客，送归礼。男家设宴招待，俗称"通讯酒"，接下来的礼仪是"亮行嫁"和"谢媒"。"亮行嫁"是指女方接到上头盘后，由舅父将嫁妆发去男家，水乡由新郎用船到女家载运。男家将嫁妆全部陈列在堂屋中，让亲戚及乡亲们参观，谓之"亮行嫁"。这天，男方要设酒席招待媒人，曰"谢媒"或者"待媒"。谢媒后便可以准备结婚了。在南浔旧时，对于嫁娶日子的选择十分重视，成亲的时候一般都会找算命先生根据男女两方生辰八字挑好日子，俗称"择吉"。

6. 亲迎：接下来便是迎亲了。新郎在媒人、喜娘以及母舅、姑父和傧相的随同下，备花轿、乐队去女家迎娶。

结婚前，钱江明给自己做了一个五斗橱、四个小方凳，以及衣架等。婚房虽看起来有些简陋，但却布置得十分温馨。

1966年农历正月初三，钱江明和妻子徐应凤在村里举办了一场隆重的婚礼，亲戚朋友都来了，夏家埭的村民也都前来给他们助兴。一大早，几声鞭炮响后，迎亲的婚船就顺着河道出发了。婚船上绑着大红被面，新郎披红挂彩，十分风光。迎亲的人数要成双，快到女方家时，连放两个鞭炮，以通知女家，鼓手吹奏催妆曲。古时新娘出嫁，黛眉粉妆，凤冠霞帔。后来简单了许多，只需梳妆打扮，头蒙红巾，然后由母舅或者姑父抱上轿即可。

钱江明乘着婚船一大早就去繁荣村迎接新娘，在那边吃完中午饭后，与送女的人一起回到夏家埭时已近黄昏。新娘的嫁妆也算非常丰厚了，有绸缎棉被等床上用品及洗脸盆、洗脚盆等生活用品，还有一台在当时很流行的"上海牌"缝纫机。

20世纪60年代，农村许多地方都在流行结婚所需的"三转一响"，"三转"为自行车、手表和缝纫机，"一响"是收音机。在当时的情况下，能够同时拥有这四种东西的农村家庭很少。但是在江南一些条件相对较好的地区,特别是地处太湖南岸的南浔,在农村家庭的婚礼上,缝纫机是不可或缺的。因为缝纫机很实用,一家人缝缝补补、制作衣裳等都离不了它。作为嫁妆陪送给女儿,更是希望能缓解她手工制作衣裳的压力。当时缝纫机有很多品牌,如蝴蝶、上海、东方红、蜜蜂、飞人以及广州产的华南牌。当时的缝纫机很结实,基本上家家都在用,使用频率很高,但机器很少出现故障,说明质量很有保障。一台缝纫机的价格在120~300元之间,是一般教师半年多的工资收入,算是非常奢侈了。对于许多家庭来说,存钱买一台缝纫机往往需要几年时间。并且缝纫机在当时不是有钱就能买到,得凭证购买,或者有一定的关系才能买到。从徐应凤娘家陪送的这些嫁妆来看,徐家对女儿的这门婚事是非常重视的。

同全国许多地方一样,新媳妇娶回来后开始拜堂。拜堂是婚礼的高潮环节,在正厅或者正堂屋内举办。中堂悬桃红喜帖,上贴金纸特大双喜字,两旁为贺联和贺幛,两头放八仙桌,上摆龙凤花烛及千般喜盘喜盒。司仪执场,唢呐吹奏,新郎新娘在红毡毯上一拜天地、二拜高堂、夫妻对拜。礼成后,唢呐吹奏洞房曲,新郎新娘各执连理花红绸(两头结扎成彩球)一端,一前一后进入洞房。然后,宾客进喜宴,俗称"吃好日酒"。这天送礼谓"贺仪",人情簿上写着"螽斯衍庆"四个字。

那时候,南浔周边农家的喜事照例是三天排场。婚礼上的习俗规矩一套套地进行着,让人眼花缭乱。在目不暇接的诸多习俗中,钱江明印象最深的当属迎亲的场面。按照当地的风俗,新郎去女方家迎亲时,在众傧相的陪同下须掮着两株刚挖出的连根须的翠竹,乘上挂红的手摇船;当新娘与嫁妆一同上了喜船,一定也是要用带来的一株翠竹代替篙子将船撑离岸边。在回门之日,新婚小夫妻必须一起亲手将一株翠竹植在娘家,另一株植在男家的宅边,蕴含着盼望新生活能像竹子一样"节节高"的寓意。

婚礼的最后一个环节是闹新房。这个习俗由来已久，全国各地几乎都有。关于闹房习俗的来历，源于驱邪避灾。随着时代的发展，闹房被赋予了更多的含义，闹房的程序也越来越复杂了。南浔人讲究"三天无大小"，即不同辈分的人都可以一起闹房，越热闹越好。当然，闹房的多为同辈，如姐姐姐夫、同学朋友、乡里乡亲等，父辈们除了姑姑姑父，一般很少去闹房。

新婚第二天，新娘父母会到新郎家做客，谓"看（读如孟）朝"，男家置办"看朝酒"，由新郎款待岳父母。及至第四天或者第六天，新娘会在新郎的随同下回娘家探看父母，俗称"归门"。

至此，整个婚礼才算圆满结束。新郎新娘相亲相爱，男耕女织，生儿育女，自此开始了浪漫而又漫长的婚姻生活。

4. 大学梦碎

"文革"爆发后，国家不再自主招生。进入20世纪70年代之后，大学新生都是直接从工人、农民和士兵中推荐产生，而不是通过高考。报名条件是必须当过三年以上的工人、农民或士兵，称为"工农兵学员"。工农兵学员的名额是分配给各县的，各县又根据情况分配给各公社，在农村选拔一些"德智体"各方面都比较优秀，特别是"贫下中农"的子女为工农兵学员。当时，推荐大学生有严格的政审环节，需生产队、公社联合推荐，其中生产队这一环节非常重要，也特别关键。推荐范围为年龄不超过25岁的高中或初中毕业的青年，至少在基层干两年以上（当工人、农民或士兵），然后再由工农兵群众评议（需要经过生产队贫下中农推荐评议会议）。政审需要对家庭成员和主要社会关系外调，原则上贫下中农才能推荐。"工农兵学员"由于文化基础薄弱，选拔面小（因为没有文化课考试，有不少是通过关系"选拔"的），实际的学习水平自然比不上后来的正规大学生。尽管如此，一个农民子弟能选拔成为一名光荣的"工农兵学员"，从而改变自己的命运，也算是时代的幸运儿。

北里公社自然也分配到了名额，北里公社学校教导主任陆主任找到钱江明后问："你想去读大学吗？"钱江明说："想啊！我做梦都想去大学深造呢。"陆主任说："那你赶快让生产队开一封介绍信，然后到公社革委会申请，革委会同意盖章后就可以推荐你上大学了。按照你的条件，应该可以上一所名牌大学呢。"钱江明听后非常激动，连夜去了夏家埭的小队长家。小队长对钱江明一直不错，也很欣赏他的学识。小队长说："我支持你，但这件事需要大队开介绍信才行。"钱江明于是硬着头皮来到辽里村的鲍支书家，说明了来意。鲍支书慢悠悠地说："这件事我晓得了，没你想的那么简单！需要上村委会研究一下再说。你先回去吧。"钱江明回去后和家里人说了这件事，父亲说："江明啊，好好代你的课，姓鲍的不会让你去上大学的。"钱江明问："为什么？"父亲摇摇头，叹了一口气，拿起烟锅吧嗒吧嗒抽了起来。母亲说："我去找他！"父亲说："你去也没用，别费那神了！"

果不其然，第二天，钱江明再次找到村委会，鲍支书说："钱江明，经村委会研究，你们家是中农，不符合推荐条件！"

原来这个姓鲍的与钱江明家一直有过节，姓鲍的年少时曾追求过钱江明的母亲钱美宝。美宝是钱春荣家的童养媳，姓鲍的自然知道，但他认为自己家的条件比钱春荣家的好，只要自己殷勤地去追，钱美宝一定会嫁给自己的。没想到钱美宝自幼在钱家生活，对钱家有深厚的感情，怎么会愿意嫁给别人呢？再说姓鲍的虽然家庭条件比钱家好，但油嘴滑舌，非常浮躁，做事不稳重，钱美宝根本看不上他。

那还是在抗战时期，钱春荣有一位小兄弟崔显堂混成了伪乡长，他想拉朋友一把，于是让钱春荣在乡上当了个乡丁。话说抗战爆发后，日本帝国主义侵略中国，许多地方纷纷沦陷在日寇的铁蹄下。为了加强统治，日本军队在占领区成立了乡级政权，委任一些人为乡长，得到了国民政府的支持。这种乡长没有经过合法选举，因此被民众称为"伪乡长"。日寇借助这些伪乡长的力量，在中华大地上肆意妄为，作威作福。当然，伪乡长中也有忍辱负重、行侠仗义之人，正如崔显堂。

崔显堂1938年就加入中国共产党，曾任村党支部书记、合作社主任。1942年5月受党组织指示担任伪乡长，秘密从事抗日工作，同年7月牺牲。1983年，这位抗战时期的"伪乡长"被追认为革命烈士。这件事在当地引起了不小的轰动。去世40多年后，家属和乡亲们才知晓崔显堂的真实身份。

"乡丁"便是在乡政府里当差的人。当时的乡丁几乎都是临时雇佣的一些当地农民，主要任务是给"乡政府"打杂，没什么职务，更没什么权力。因此解放后，乡丁一般是不会被追究责任的。"文革"开始后，乡丁也不在批斗的范围内（"地富反坏右"和伪保长、伪乡长等反革命分子属于被批斗的对象），钱春荣仅仅只是个小小的乡丁，才当了4个月，充其量也就是当时乡上的一个打杂的，算不上反革命。然而姓鲍的不管，他好不容易抓到了这个把柄，先是在解放后将达不到自有田地亩数的钱春荣一家划分成中农成分（解放初期，农村划分成分按自有田地亩数，共分五个等级，分别是：地主、富农、中农、下中农、贫农五个级别，当时实行的是以阶级斗争为纲，贫农和下中农是依靠对象，中农是团结对象，富农和地主是打击对象），钱家虽然是中农，属团结对象，但"文革"开始后却以"反革命"的罪名对钱春荣进行批斗。批斗的时候，鲍支书义愤填膺，似乎与钱家有深仇大恨。他组织不明真相的社员揭发钱春荣的"反革命罪行"，奈何钱春荣是个非常善良的人，在村里从未得罪过人，村民对他的印象都很好,因此也没人出来揭发。鲍支书当时气急败坏,脸憋得通红。他有肺病,急火攻心,一阵猛烈的咳嗽之后,一句话也说不出来了。

从 1970 年开始,各地陆续推荐工农民大学生,鲍支书明知道钱江明品学兼优,却坚决不同意开介绍信。没有村里的介绍信,公社就不会推荐申报。

几番折腾后,钱江明的大学梦最终破灭了!辽里村推荐了一位姓章的贫农家的男生上了浙江农业大学。这个姓章的男生和钱江明年纪相仿,小学都没有毕业,但因其出身"优异",阴差阳错地就上了大学,听说后来通过开卷考试才追认并补到毕业证书。据说当年一些农村推荐的"工农兵大学生"学员,入学后进行摸底考试,许多数理化成绩都是 0 分,令人啼笑皆非。但当时的实际情况就是那样,学生入学主要考察的是"出身"好不好,"思想"红不红。至于文化课成绩,大家都心知肚明,没人会太介意。

5. 春天的故事

20 世纪的中国经历了数次波澜壮阔的动荡,实现了由任人宰割的半殖民地半封建之弱国向社会主义强国的华丽转身,跻身于世界大国之林。进入 21 世纪以来,中华大地上发生了许多举世瞩目的大事,无论从哪一方面来看,1978 年的改革开放都能列为前十件大事之一。这是一次决定中国未来命运的关键之年,深刻地改变了中华民族的前途和发展道路,也改变了未来的世界格局。

1977 年,全国恢复高考,为接下来的改革开放打下了坚实的人才基础。但这只是前奏,真正的大幕是在 1978 年拉开的。

这一年发生了很多大事,是一个新时代的分水岭。

若是把目光放回到 44 年前,我们会发现,这一年的世界很不平静：

3月16日，意大利时任总理莫罗被恐怖组织"红色旅"绑架。

3月19日，美国油轮出事，10多万加仑原油污染了法国海面。这是有史以来最严重的一次油轮溢油事件，也是损失最大的一次海岸搁浅航海污染事件。

4月1日，国际货币基金组织制定的《牙买加协议》正式生效。

4月18日，美国参议院批准新的《巴拿马运河条约》。

4月27日，"文革"后第一个来访的外国交响乐团在离钓鱼台国宾馆不远处的红塔礼堂演出，在当年这个首都音响效果最好的地方，日本指挥家小泽征尔率波士顿交响乐团举行了绕梁三日的演出。

4月27日，阿富汗发生流血政变。在阿富汗的喀布尔，坦克和米格21战斗机轰击总统府，穆罕默德·达乌德政府被军事政变推翻。

7月25日，世界上第一个试管婴儿路易丝·布朗在英国诞生。

……

而在中国，1978年发生的都是振奋人心的大事，可谓翻天覆地，令全世界刮目相看：

1月1日，《新闻联播》正式开播。

1月26日，我国发射第一颗返回式卫星，标志着我国在科学技术上取得新的突破，引起全球的广泛关注。

1月27日，中央广播电视大学正式开学。

2月12日，教育部改革中小学教学。

2月17日，《人民日报》转载著名作家徐迟撰写的关于数学家陈景润的报告文学《哥德巴赫猜想》，在全国掀起了学习科学家的热潮。

2月18日，中国共产党十一届二中全会召开。

3月5日，第五届全国人大第一次会议通过宪法修正案；继第一部宪法颁布24年后，中国颁布新宪法。

3月7日，我国实行义务兵与志愿兵相结合的制度。

3月7日，高校恢复职称评定。

3月18—31日，在万物复苏的时节，全国科学大会在北京隆重举行，标志着科学的春天已经到来。

3月28日，邓小平指出，一定要坚持按劳分配的原则。

5月4日，《中国青年》杂志、《中国青年报》复刊。

5月11日，《光明日报》发表《实践是检验真理的唯一标准》，文章论述了马克思列宁主义的实践第一的观点，正确地指出任何理论都要接受实践的考验。

8月12日，《中日和平友好条约》签订，开辟了两国长期友好合作的新时期。

8月12日，中央决定成立港澳小组。

8月19日，红卫兵组织在历史舞台上消失。

12月18日，中国共产党召开十一届三中全会。

12月28日，国务院颁布《中华人民共和国发明奖励条例》，该条例共分14条。条例中所说的发明是指重大的科学技术新成就，它必须同时具备前人所没有的、先进的和经过实践证明可以应用的三个条件。由国家科学技术委员会统一领导全国发明奖励工作。

1978年12月，安徽凤阳小岗村十八位农民以"托孤"的方式，冒着极大的风险，立下生死状，在土地承包责任书上按下了红手印，这一"按"竟成就了中国农村改革的第一份宣言，它改变了中国农村的发展史，掀开了中国改革开放的序幕。自强不息的小岗村人创造出了"敢想敢干，敢为天下先"的小岗精神。历史的脚步匆匆而过，一晃四十多年过去了。

1978年，在中国乃至全世界最为影响深远的事件，当属党的十一届三中全会胜利召开！

这一年的12月18—22日，中国共产党第十一届中央委员会第三次全体会议在北京举行。

十一届三中全会是继往开来的会议，具体原因是它重新确立了马克思主义实事求是的思想路线，淡化了"以阶级斗争为纲"这个不适用于当下社会主义社会的口号，决定把全党工作的重点转移到社会主义现代化建设上来。以十一届三中全会为起点，中国人民进入了改革开放和社会主义现代化建设的新时期。从十一届三中全会开始，以邓小平为核心的党中央逐步开辟了一条建设中国特色社会主义的道路——四十多年来，中国人民沿着这条道路取得了举世瞩目的建设成就。

纵观改革开放历程，中国几乎每隔十年就完成一场工业革命，其目的很明确——国家的工业化和现代化。自始至终，这个目标都伴随着改革开放的进程，并将继续下去。

四十多年间，从农村到城市、从沿海到内地、从经济领域到其他领域，从国内改革到对外开放，改革开放的大潮从历史的深处奔涌而来，向着民族复兴澎湃而去，开辟出一条中国特色的社会主义道路，书写了国家和民族发展壮大的壮丽史诗。

1978年春天，北里公社党委书记朱胜华决定在南浔北里农机厂的基础上办一个电梯厂。这个乡镇公社的农机厂原本生产切面机、压面机、打谷机、栽秧机、粉碎机及其他农机具，供应农村市场。另外也修理拖拉机、收割机等农用机械设备，生产一些简单的机械轴承、农用机械配套零部件。突然一下子要办电梯厂，搞得大家云里雾里，难以置信。因为在20世纪70年代末期，许多人都没见过电梯是什么样子。当时电梯主要安装在大城市的高层楼宇里，如上海、南京、杭州等中心城市，整个湖州也没几台，更别提南浔镇了。大家都觉得那玩意儿距离乡镇太遥远了，一个普通的乡办农机厂怎么能生产如此"高大上"的产品呢？因此，当朱胜华书记提出这个设想的时候，许多人都认为是痴人说梦，天方夜谭。

朱胜华生于1948年，是南浔镇富强村人，时任北里公社党委副书记。父母生了六个女儿，他是第七个孩子，也是家里唯一的儿子。1983年撤社建乡，他担任了党委书记，1988—1993年任南浔区（小南浔区）区长、区委书记，1993年到湖州市农业局任副书记、副局长，2008年退休。这是一位心底无私、胸怀宽阔，对家乡建设一腔热情、无私奉献的老领导。应该说，南浔电梯业当初的发展，朱胜华起到了关键的作用。

其实，朱胜华书记提出办电梯厂是有一定原因的。北里公社当时有一个叫邬才富的人在上海做生意，认识上海奉贤县的一家村办企业的厂长肖富才，他们正在给上海房屋设备公司做水暖电梯，提议让北里农机厂做电梯配件。朱胜华书记带着北里农机厂厂长王锡凯去上海考察，回来后决定办一个生产轿厢的电梯厂，然后在全乡招10个工人，要求高中毕业，最好有中专以上文凭。当时北里公社有三个中专文凭的人，其中一人已有工作，另外两人一个是王长寿，一个就是钱江明，他俩是湖州工专的同学，毕业后都回乡务农了。当时参加报名考试的有 50 人，最终录取了 10 个。考试有两门课程：数学和物理。这两门都是钱江明的强项，加之他这些年来一直当代课老师，专业课也没有抛开。因此考试结果公布后，钱江明以优异的成绩被录取，同时被录取的还有李小林、沈方根、唐永泉等人。同钱江明一样，李小林后来继承北里电梯厂创办了沃克斯电梯有限公司，沈方根创办了怡达快速电梯有限公司，唐永泉创办了浙江屹立电梯有限公司，成为南浔电梯业的佼佼者。北里电梯厂也成为南浔电梯的摇篮，孵化了一批在日后迅速崛起的电梯业巨子，为湖州地区的经济发展做出了巨大贡献。

然而，当钱江明兴致勃勃地拿着北里电梯厂录取通知书去大队开介绍信时，被辽里村的鲍支书一口回绝了。

想走？没门！

6. 走出辽里村

钱江明拿着录取通知书来到鲍支书家。鲍支书看了看通知，说："想出去是好事，但辽里村现在需要人才，你走了谁给孩子们代课呀？"钱江明说："鲍叔，现在高中毕业生越来越多，我给咱推荐个代课教师，教小学肯定没问题。"鲍支书说："想得美！你以为谁想代课就能代课吗？江明，你说这些年，我姓鲍的待你如何？"钱江明连忙点头："没问题，好着呢！谢谢鲍叔这些年来的关照，你的好我不会忘记的！"鲍支书说："江明，我念你是个人才，这些年来一直让你当代课老师，不用参加生产队劳动，还能挣工分，有补贴。你不能忘恩负义，翅膀硬了就想飞走啊！你知道为了你，我得罪了多少人吗？"钱江明一头雾水，默默地摇了摇头。他想不通在辽里村，还有哪个人比他学历更高，更适合当代课教师。鲍支书说："江明啊，你很优秀，从小爱学习，这个大家都知道。但是家里成分不好，是中农。许多贫农的子女都没有工作，我同意你当代课教师，是冒着很大风险的！这件事有人反映到北里公社，公社派人下来调查，我好话说尽，才把你给保住了。"鲍支书自导自演，无非是想让钱江明落他的人情，见钱江明一脸懵懂，他接着说道："前些年，咱辽里村没有高中生，就数你学历最高。现在有好几个，都想当代课教师，我不同意。为啥？因为你钱江明教得好哇！家长反映都不错，我是为咱辽里村的孩子着想啊！至于你不想干这份工作，那是另外一回事，不是我姓鲍的没有安排。常言道：'人过三十不学艺。'你今年都30多岁了，孩子也好几个了，放着清闲的差事不干，去什么电梯厂当工人——那是你能干得了的工作吗？你见过电梯吗？弄不好干上一段时间，电梯厂就像那个木器厂一样解散了。灰溜溜地再回辽里村，你不嫌丢人，我还觉得臊呢！"鲍支书看似苦口婆心，处处替钱江明着想，实际用心险恶：在辽里村，你钱江明别想逃出我的手心！一句话，不能走！

实际上，钱江明参加北里电梯厂招工考试的时候，就已经不当代课教师了。所谓代课教师，其实就是民办教师中的临时工，当时的民办教师是计划内的（需公社教育专干同意），有相对固定的身份。而代课教师村里可以随意任免，不需要给上面打招呼。他们被呼之即来挥之即去，没有任何保障，事先说好的每天几毛钱补助也常常无法兑现。钱江明在辽里村小学代课也有十多年了，一直看不到转变身份的希望。当时村里还有几个教师，有的是后来才进来的，人家的身份都转变了。钱江明当代课教师虽然每天有几毛钱的补助，但后来生产队常常无法兑现，随着孩子的相继出生，家里的负担越来越重，压力也越来越大。他选择了放弃，不干了。

"江明啊，知道你家里的情况不太好，如果你现在想继续当代课老师，明天就可以继续，我说话算数！"鲍支书说。

"我不想当代课老师，我要去北里电梯厂上班，当技术干部！"钱江明说。

"这件事不是你说想去就能去的！眼下村里正缺人，我不同意！"鲍支书说。

怎么办？这个人两面三刀，在辽里村任支书多年，一手遮天。只要他不同意的事，谁也没办法。

难道就这样放弃吗？电梯牵涉到许多机械原理，与自己所学的专业非常吻合。在湖州工专三年，钱江明刻苦学习，掌握了许多机械方面的专业知识。湖州工专解散后他回到农村，常常懊丧不已，觉得自己学非所用，有劲儿使不上。他常常幻想能有一家机械厂招工，自己所学的专业知识就可以用上了。时光如梭，光阴荏苒，一晃十多年过去了，当年的那个翩翩少年已过了而立之年，成为三个孩子的父亲。原想着这辈子恐怕没有指望了，但闲暇之时，他常常拿出当年在湖州工专时的课本，在演算本上绘几张图，孤芳自赏，暗自嗟叹。偶有同学相见，相互打探一番，发现大家生活得都不太如意。如今，"文革"已经宣告结束，"春风又绿江南岸"，改革大潮澎湃。北里公社筹建电梯厂，这是天大的喜事啊！钱江明第一时间报名，信心满满地参加考试，不出意料地被优先录取。十多年来，自己苦苦等待的不就是这一天吗？都说机会是给有准备的人预留的。自己虽然回农村生活了十多年，但经常温习专业知识，为的就是有一天国家需要人才，自己就能奉献一分力量。

钱江明回到家里，辗转反侧，一夜难眠。第二天，他又去了鲍支书家。鲍支书以有事为由离家而去，拒绝与他再次对话。

得知钱江明被北里电梯厂录取，钱春荣非常激动。这些年来，儿子虽然在村里务农，当代课教师，但他知道儿子的志向远不止这些。钱春荣发现儿子常常闷闷不乐，与妻子很少沟通。闲暇之时，钱江明经常看书，并且看一些专业方面的书籍。父亲知道，儿子今天的付出，都是为了美好的明天积攒能量。他相信儿子会有出人头地的那一天，凭借自己的聪明才智鱼跃龙门，让钱家过上富足的生活。

钱江明被北里电梯厂录取的消息像长了翅膀一样在北里公社传开了。多少年了，北里公社很少发生如此轰动的大事。50个参加考试的人都是各村的精英，最低都是高中学历，大家并驾齐驱，竞争那10个名额。因此最终成绩公布后，其效应不亚于当年的乡试。高中秀才之人，往往都会被乡亲们刮目相看，十年寒窗苦读终得到大众的认可。然而秀才也仅仅是个称号，不安排工作的，而被北里电梯厂录用后便成了社办企业技术干部，是社办企业正式工，成"公家人"了！因此，大家都很羡慕。钱春荣夫妇走在村里，乡亲们纷纷表示祝贺，说钱家就要改换门庭了！钱江明的奶奶高兴得合不拢嘴。只是令她不明白的是，孙子看起来有些愁眉苦脸，寝食难安。问他缘由，钱江明苦笑着说没啥。他不想让老人知道这件事已经被鲍支书卡住了。以奶奶的秉性，是会去和姓鲍的拼命的。

奶奶可以不知道，但父母是瞒不过去的。钱春荣说："我去找鲍三算账去！"钱美宝说："还是我去吧。你去了三句话不合又会吵起来，说不定把事情彻底搞砸了。"

因为过去有鲍支书追求钱美宝那件事，多年来，虽然都在一个村里，钱美宝很少去鲍支书家，看见他就远远地躲开了。如今，为了儿子的工作，她只能硬着头皮去求人家了。

"来了？请坐啊！这无事不登三宝殿啊，啥风把你吹来啦？"看见钱美宝到家里来，鲍支书皮笑肉不笑，阴阳怪气地说。

"鲍支书，我来，你也知道是啥事儿。你看咱江明好不容易逮住个机会,你就行行好,让娃去吧!"钱美宝强忍着心底的怒火,努力在脸上堆出一丝笑容来。

"呵呵,美宝啊,看你说的什么话,你把我鲍三当成什么人了?咱乡里乡亲的,江明能在那么多竞争者中脱颖而出,也是咱辽里村的骄傲啊!我心里替他高兴啊!骄傲啊!来来来,你不常来,是贵客,坐下来喝茶嘛。"鲍支书一脸油腻的笑,让钱美宝阵阵反胃。

"就这事,你看看能不能高抬贵手,放咱江明一马?他有了出息,不会忘记你鲍支书的大恩大德的。"钱美宝说。

"呵呵,美宝啊,你说这话,是责怪我的意思喽?这些年来,我姓鲍的什么地方为难他了吗?毕业回来没两年就让他当了代课老师,每天除了挣工分,还有补助,比我这个当支书的拿得还多,我待他还不好吗?"鲍支书端起一杯茶,跷起二郎腿晃了晃,慢悠悠地说。

"好是好,我们一家人都很感激。那你就好人做到底,让咱江明去工作吧!"美宝感觉自己几乎是在哀求了。

"美宝啊,这件事你女人家不了解,是非曲直、利害关系我和江明都讲清楚了。江明是咱村的文化人,年轻有为,我们村委会研究,准备将他作为后备干部重点培养呢!我是他叔,是为他好哩,怕这孩子干上个一年半载的,工厂解散了,没脸再回辽里村了啊!"鲍支书说着站了起来,挥了挥手。意思是这件事就这么着了,没有商量的余地。

"鲍支书,你看……"美宝还不想放弃。

"你先回去吧,我还有事要出去。这件事要上大队支部会议讨论,等我们研究了再说吧。"鲍支书说完背过身去,钱美宝只好灰心丧气地离开了。

接下来的日子,钱春荣带着鸡蛋和一盒饼干亲自去了一次,依然没有结果。他又央求夏家埭的小队长去了一次。小队长对钱江明特别赏识,软磨硬泡地使尽了浑身解数,鲍支书油盐不进、软硬不吃。

一条看起来宽敞明亮的出路就这样走到了死胡同。钱春荣气得吃不下饭，提出要去和鲍支书拼命，被儿子拦住了。

凡事物极必反，否极泰来。事情到了最后也许就会柳暗花明，不是终结而是开始。

就在大家都以为这件事彻底没戏的时候，事情突然出现了转机——鲍支书同意让钱江明去北里电梯厂当工人了！一家人一时有些难以相信，百思不得其解。姓鲍的突然转变了思想，会不会又在玩什么新花招？但队上开的介绍信上鲜红的公章可以证明：这件事不容置疑。

多年以后，钱江明才知道这件事背后的缘由。为了他的工作，时任北里公社党委副书记朱胜华先后几次到鲍支书家做工作，最终他拿出公社党委会议决定的红头文件，鲍支书这才无可奈何地同意了。

后来，钱江明常常思考这类问题。他认为人必须经历挫折，才会变得坚强起来；生命必须有裂缝，阳光才能照得进来；人生路上正是因为有风雨、有泥泞、有坎坷，雨后的风景才会显得格外美丽。

"有时候，人倒霉时喝凉水都会塞牙，厄运会一个接一个到来。一个人在最艰难的时候，人生处在黑暗里看不到光明，但心里依然要相信前程似锦。只要心中有光明与希望存在，信念不灭，好运迟早都会来临。比如我在湖州工专一毕业就失业，回到农村，掏过粪，拉过纤，插过秧，挑过泥。好不容易到南浔木器厂参加工作，却又因为不可逆转的原因被二次返乡，再次回到农村，直面残酷的现实，感受世态冷暖，只能仰起头来面对。后来参加北里电梯厂的招工考试，成绩名列前茅，然而因为大队支书的横加阻挠，差点儿就放弃努力了，谁知事情最终又发生了极大的转变，我从此踏上了一条与电梯相关的创业之路，并且在这条路上越走越顺，越走越宽，有了今天生机勃勃的恒达富士企业。所以我认为，一个人在最低谷的时候，要学会心理暗

示，告诉自己这不过是暂时的，只要你不放弃，一切就没有结束，什么都可能发生。天道酬勤，我认为不仅仅指的是勤奋，还应该包括不懈的努力和咬牙的坚持！"钱江明说。

采访的时候，眼前的钱江明已年过七旬，看起来精神矍铄，思路清晰。恒达富士的发展蒸蒸日上，两个儿子一个主管生产，一个主管销售，如虎添翼。不过他每天还要亲临恒达富士公司，成为企业的精神象征和模范榜样。

"在我的人生之路最为艰难和关键的时刻，是朱胜华发现了我，他是我的恩人！"谈起自己当年跨越的那道人为设置的"高门槛"，摆脱了桎梏，走出了辽里村，最终成为一个电梯人，钱江明感慨万千。

中卷

发展之路

大发展有小问题，小发展有大问题。企业要想生存，就必须创新和发展。

第五章 艰难跋涉

1. 从农机厂到电梯厂

北里公社兴办电梯厂一事，首先要从北里农机厂说起。

北里公社农机厂成立于1976年2月，是一家乡办企业，负责整个北里公社的农机修理，包括修理拖拉机、收割机等机器，提供农机产品的零部件，共有91名工人。1976年，北里公社党委商量将原北里乡机电站机修车间和铸造车间合并成"北里农机厂"，搬到318国道旁边，厂长是王锡凯。公社党委研究决定生产自己的产品，然后销售出去。将厂房搬到公路旁，方便了交通运输，还让来往的人都能看见，这无意中起到了宣传作用。当时，朱胜华担任北里公社党委副书记兼革委会主任，书记是陈江海。此外，北里公社还有其他几家企业，分别是北里农技站、北里建筑工程队及北里水泥厂，与北里农机厂组成北里公社的主要企业阵容。朱胜华经常去各厂调查了解情况，对企业的发展十分关心。

"在当时的情况下合并两个工厂，是想加强力量，集中出击。我们经过一番考察后认为，北里公社可以与上海那边合作，给人家做电梯轿厢之类的配件，所以就成立了电梯厂。这是经过北里公社党委会认真研究决定的。当时的主要问题不是设备，而是观念和人才。首先需要转变落后的思想观念——认为乡镇企业不能生产太高级的产品，其实在当时的情况下,许多人不太了解电梯,所以就觉得非常神秘。我们考察后认为凭借北里当时的机修车间和铸造车间设备,是能够承担这个任务的。当务之急是招人,急需一批有知识的年轻骨干和技术人员,于是在全乡范围内开始招聘,报名的有50个人,经过认真笔试和面试后,最终录取了10个有知识又年轻的骨干及技术人员。这10个人所在的9个大队都同意了,唯一有中专文凭的技术人员钱江明所在的辽里村支部书记却不同意。钱江明去了几次都碰壁了,找人去说情也不管用。眼看报名日期就要截止,公社党委也很着急。因为在这10个年轻骨干中,钱江明是最优秀的也是最有潜力的。他毕业于湖州工业专科学校,学的就是机械专业,本人又勤奋努力,多年来没有放弃学习,因此电梯厂对他给予了很大期望,谁知在这个最不该出现问题的环节上出了绊子!"谈起当年电梯厂招人,已逾古稀之年的朱胜华老人记忆犹新,侃侃而谈。

"钱江明当时找公社党委了吗?"我问道。

"没有。他是一个特别倔强的人。这件事拖了很长时间,我知道后去辽里村了解情况,说钱江明这么优秀,队上为什么不放人?大队支书说,钱江明是我们辽里村培养起来的人才,村里的农业学大寨,搞政治运动需要作宣传、写标语,都离不开他,不能让他去,他走了我们村怎么办?那个鲍支书我认识,是个非常狡猾的人,爱耍小聪明。我就说,鲍书记,公社要办厂,是经过党委研究、上级批准的一件大事,是符合国家大政方针的大事。现在,'文革'已经结束了。根据上级有关文件精神,国家将把重心转移到经济建设领域,不会大规模地搞政治运动了。北里公社办电梯厂,目前面临的最大难题是缺少技术人才,特别是机械专业方面的人才。你知道,钱江明是学这个专业的,非常难得,这次考试成绩也很出众,电梯厂急需这样的人才。你要顾全大局,认清形势。送人才也是为国家做贡献,他去学技

从左到右：作者高鸿、李小丽、钱江明、朱胜华、王锡凯

术以后对村里也有好处。这件事我们公社党委会已经研究过了，希望你看在我朱胜华的面子上，做个顺水人情吧。说完我便拿出公社革委会（1979年之后改为管委会）的红头文件。姓鲍的毕竟当过那么多年的支书，晓得其中的利害关系，知道胳膊扭不过大腿，只好同意放人了。"朱胜华说。

"我是后来才知道的。是朱书记爱惜人才，亲自到辽里村做思想工作。当时我还挺纳闷：怎么那个姓鲍的突然就同意了呢？这件事，真是要感谢朱书记，您是我人生路上的贵人啊！"钱江明当面致谢朱胜华。

"应该的。北里电梯厂成立之初，百废待兴，要做的工作很多，我们刚起步，雄心壮志，不能让这么一件事把人难住啊！事实证明，当年我慧眼识珠，钱江明进厂后对北里电梯厂的发展起到了至关重要的作用，对南浔电梯业后来的发展做出了很大的贡献！"朱胜华说。

第五章 艰难跋涉　111

采访朱胜华的那天，曾经担任北里电梯厂厂长的王锡凯也来了，他与钱江明一起回忆往事，谈笑风生。当年风华正茂的三个年轻人（当时都是30岁多一些），如今虽都已年过七旬，但依然精神矍铄，眼神中丝毫不见混浊，精神内敛却透着一股睿智的光。所有的年轻人，有一天都会长大与成熟。当他回忆往事的时候，望着远方，嫣然一笑，就是对所有青春时光最好的诠释与珍藏。

王锡凯生于1945年，尽管从小被全家人娇生惯养，但王锡凯并没有成长为好吃懒做的贵公子，而是通过自己的努力当上了北里农机厂的厂长。农机厂改为电梯厂后，他又被任命为电梯厂厂长，见证了南浔电梯最初的风雨。

"当时的北里农机厂其实还是有一定生产能力的。我们那时有自己的产品，在转型合并之前，是给梅山工程指挥部（矿场）做风动振捣器。我们可以加工900公斤的电石炉，通过三个电极来冶炼电石，在当时的乡镇企业中算是技术比较先进的。1977年秋天，湖州乡镇企业局分管生产的副局长打电话问：想不想开发新产品？如果愿意的话，可以一起去上海看看。厂里领导很重视，研究后决定带几个技术员去考察。当时厂里有一个工程师叫何士达，浙江建德人，是从新安江移民过来的。何士达生于1921年，毕业于浙江大学机械系。因为1949年前他曾在国民党部队当过机械师，1957年被划为反革命分子。何士达的家庭成分也不好，是地主，解放前家里有一定的土地和资产。当时他头上有三顶帽子：右派分子、反革命分子、地主分子。这个人的档案十分复杂，若用他当领导，需要冒很大的风险。"王锡凯说。

何士达还参加过抗美援朝战争，经历过上甘岭战役。当时我军的坦克坏了，敌方阵地攻不下来，情况万分危急。坦克是从前苏联进口的，许多人都不了解它的性能，看着干着急。何士达冒着生命危险将坦克修好，结果立了二等功。抗美援朝回国后，他被分配到国家基本建设委员会，参与国家多项大型项目的规划设计。20 世纪 50 年代，浙江新安江水电站工程项目启动，需要大批移民。新安江水电站是新中国成立后第一座自主设计、自制设备、自行建造的大型水力发电站，是新中国水力发电建设事业的第一块里程碑，也是"长江三峡的试验田"，其地位、意义、作用都不容忽视。移民安置工作是在特殊的历史背景下开展的，从 1956 年首批移民迁至桐庐起，16 年内共移民 29 万人，安置地点为浙江、江西、安徽、青海、宁夏、新疆等省（自治区）。何士达原本是建德市梅城镇人，一家人响应政府的号召，从那边迁移到湖州地区。

1968 年"文革"爆发，"清理阶级队伍"运动在全国展开。各地采用军管会和进驻工宣队的方式，开展"清理阶级队伍"的工作。1968 年下半年至 1970 年，"清理阶级队伍"在全国范围内达到了高潮。许多人被无中生有、捕风捉影地诬陷为"阶级敌人"。被"群众专政"的人数迅速增加，酿成了大量的冤假错案。

何士达便是在这次运动中被清理出来，下放到生产队畜牧场养猪的。他的妻子、儿子、儿媳都没有被放过，一起被当作阶级敌人清理出来。据说当时幸亏国家基本建设委员会的领导力保他，否则何士达早就被拉出去枪毙了！何士达被下放到农村养猪后，北里公社党委副书记兼革委会主任朱胜华无意中发现了这个人才，便力排众议，将何士达招到北里农机厂当技术员。北里农机厂因此在周边声名大振，许多有技术含量的项目都敢承接，这些与何士达的技术是分不开的。后来，钱江明进入北里电梯厂，拜何士达为师。何士达耿直的性格及严谨的学术风格对钱江明的影响很大，钱江明在他的指导下掌握了许多技术和知识，积累了一定的工作技能和工作经验，同时也学到了许多工作以外的为人处世的道理。

钱江明（左一）、朱胜华（中间）和王锡凯（右一）

作者采访朱胜华（左一）、王锡凯（左二）

2. 与电梯结缘

在湖州乡镇企业局分管生产的副局长的带领下，北里电梯厂厂长王锡凯带着厂里的几个主要技术骨干如专家何士达、生产科科长张富荣、供销科科长施财林（当时的供和销是在一起的）一起到上海去考察电梯企业。领导带着秘书坐车先去，王锡凯带着几名骨干坐公交车前往。到达上海后，为了省钱，几个人住在延安西路江苏路的和平食堂，那里面几乎什么也没有，条件十分简陋。食堂是一间大房子，没有隔挡，就是一个大通铺，四五十个人睡在一起，价格十分便宜。当时在和平食堂住的主要是平民老百姓，早晨有稀饭，中午有米饭，晚上也提供稀饭。许多做绳子生意的南浔人都住在那里。

"第二天，副局长说让我们去看产品，然后带着我们去杨浦区的一个监狱认识个人。那人带着我们看了一台家用电冰箱。当时冰箱很少见，大家都感觉很稀奇。那个冰箱很小，但制作精良，是日本进口的。我们端详了半天，外面连螺丝帽都找不到。局长问：是否可以做？我们摇摇头，说做不了。局长很失望，说那你们可以回去了。"谈起当年去上海参观产品，王锡凯记忆犹新。

20世纪70年代末期，冰箱还没有普及，一台卖1500~2000元，对于月薪二三十元的普通老百姓来说算是奢侈品了，并且当时冰箱只在上海那样的大城市才能见到。湖州乡镇企业局的那位副局长当然清楚这个情况，他只是过高地估计了北里农机厂的设备和技术能力，认为只要与机械相关的东西，企业都可以生产。

副局长拂袖而去，留下北里农机厂来的几个人在风中凌乱。何士达说："冰箱主要由制冷系统和电气系统构成。制冷系统的核心是压缩机和冷凝器，这些目前国内都没有生产，全靠进口。我们厂的设备根本不具备那个功能。即使是外面的箱体、门体等，其制造要求也很高，不是普通设备就可以生产的。"王锡凯厂长说:"那现在该怎么办?总不能白来一趟吧?"大家都看着他,不说话。王厂长又说:"这样吧,不如我们先回食堂再住一晚,大家商量一下吧。"

由于大食堂的价格低廉,许多从乡下来上海的人都住在那里。他们去的时候,北里公社有几个做绳索生意的人也住在那里。当时北里公社浔南、浔东、浔北的一些大队都在做绳子业务,主要是麻绳、草绳、棕绳等,给上海有关单位的轮船、渔船上加工的主要是大股麻绳和棕绳。

"在和平食堂里住着许多销售员,其中一位销售员叫邬才富,是北里公社浔南大队的人,做绳子业务,比我大个七八岁,我们早就认识,在一群陌生人之中看见他很开心。邬才富问:'老王你们怎么也来这里了?'我们便说明了来意。邬才富又问:'那你们可以做电梯吗?'我忙说做不了。因为我在上海第一百货商场见过那个自动扶梯,简直是个庞然大物。一同去的几个人也都摆摆手,说我们主要是做农机配件,修理拖拉机、收割机等机械设备,做不了那玩意儿。邬才富说:'你们做得了!咱北里公社农机厂的设备我见过,做电梯应该没问题。'大家面面相觑,丈二和尚摸不着头脑。邬才富说:'上海奉贤县的灯明大队灯明村有一个村办企业,厂长兼供销主管肖富才也住在这里。一会儿他回来,我介绍你们认识一下吧,也许可以跟他们合作。'过了一会儿,邬才富所说的那个肖富才厂长便回来了,看起来很普通,黑不溜秋的,说的一口上海奉贤话我们也听不太懂,大家一时都心凉了。但有一点很肯定,那就是他确实在做电梯。我感觉很好奇,提出想去看看。肖富才说:'可以啊,你们可以跟我一起去参观一下嘛。我们是村办企业。灯明大队有三个企业:一个服装厂,一个化工厂,一个电梯厂。'第二天我们买了车票,我们四个加上邬才富,跟随那个肖富才来到奉贤县灯明村。肖富才带着我们来到他家,家里没人。他说老婆在服装厂上班，有一个儿子一个女儿正在读书。当时是秋天，我们感觉非常燥热，屋里没有开水。肖富才就在院子砍了几根甜罗素（上海话叫'甜芦粟'，是一种洁净的水果型植物，其实也是高粱的一种，也称甜高粱）让我们吃了解渴。吃了几根甜高粱后，肖厂长说带着我们去工厂参观。大家都很纳闷：这地方看起来破破烂烂的，哪儿来的工厂呢？特别是要生产电梯那种庞然大物，最起码也得有几间大厂房吧？谁知在两间破屋子前，肖富才停下来说：这就是生产电梯的车间。屋子看起来已经有一定的年代，破败不堪，十分简陋。里面有七八个工人，三四台设备。两台大一些的，一台是剪板机，一台是折弯机，还有两台钻床，几个电焊工正在那里焊接着什么，火花四溅。肖富才说：他们与上海一家企业合作，人家做机械部分，如曳引机、井道部件、电机及电器等方面的设备，他们做电梯轿厢及安装。看到他们的人员及设备，比我们差远了，于是自信心一下子就上来了，觉得这个产品北里农机厂肯定可以做。我说：'我们可以与你合作，做曳引机、井道部件、电器控制柜，我们的设备很先进，什么时候你可以去南浔看看。'对方很爽快，说：'可以啊！'我们约好时间，没想到几天后他就来了。"谈起当年的上海之行，阴错阳差地遇到那位村办企业厂长时的情景，王锡凯恍惚如昨日，娓娓道来。

王锡凯一行从上海回来后没几天，那个村办企业的厂长肖富才便如约而至。他看起来很朴实，人有些黑瘦，穿着一件褪了色的中山服，肩上斜挎着一个军绿色的挎包。肖富才看了北里农机厂的厂房和设备后，认为非常好，愿意与他们合作。当时王锡凯用复写纸起草了一个合作协议书，双方签字后，这件事就算定下来了。合作内容是对方依然做轿厢，北里农机厂做机械部分和电控部分。北里公社党委研究后，决定将"北里农机厂"更名为"北里电梯厂"。

他们虽然对自己的设备充满信心，但毕竟谁也没有接触过电梯这个行业，对电梯的制造工艺、性能等一无所知，包括工程师何士达。

"许多事情看起来容易，真正做起来是十分困难的。北里农机厂的设备虽然相对来说比较先进，但生产电梯是需要一定技术的，特别是那些零配件，工人和技术人员闻所未闻，也没有见过。去上海考察了一番，顶多了解个皮毛。电梯如何做，图纸如何绘制，谁心里也没谱。"王锡凯说。

王锡凯带着厂里的主要技术骨干何士达等人到上海电梯厂考察。上海电梯厂当时是全国最先进的电梯厂之一，无论设备还是技术在国内都处于领先地位。考察回来后，王锡凯的心情很沉重。电梯的结构十分复杂，并非在那个村办企业看到的那么简单。因为没有图纸，王锡凯一时感觉老虎吃天——无法下手，不知该怎么办。

3. 摸着石头过河

一天，北里公社办公室人员对副书记朱胜华说："朱书记，何工（何士达）打电话让你去厂里，感觉他很不高兴，说不想干了。"何士达是电梯厂最关键的人物，公社对他一直很重视。朱胜华说："今天下午时间晚了，你打电话说，我明天上午过去，让他在厂办公室里等我。"

第二天上午，朱胜华来到北里电梯厂，见何士达一脸沮丧，情绪低落，感觉他心事重重的。

"我说：'何工你打电话叫我过来，有什么事情？'何士达说：'干不成了，很困难，我想离开了，这样继续下去也干不好。'我说：'困难肯定是有的，你说说到底都有哪些困难？'何工说：'第一个问题是要人没有人；第二个要钱没有钱；第三个要钢材没有钢材……可谓一无所有，怎么办电梯厂啊！'我笑了笑说：'第一个问题，你说没有人，我们北里公社25000人，怎么能说没有人呢？'何工说：'这么多的人懂设计吗？能看懂图纸吗？我需要的是有学历、有文化、有技术的人才啊！第二个问题，我们厂信用社的额度一年只有5万元，根本不够；第三个问题，生产电梯需要的都是特种钢材，现在国家资源紧缺，钢材限购，怎么办？这几件事朱书记能协调好吗？弄不好我就走人。'我说：'何工，为什么让你来这里呢？因为我非常钦佩你。第一，你是浙大机械专业的高才生，懂技术，有能力；第二，你身上有三种精神：一是敬业精神，二是吃苦耐劳精神，能任劳任怨（何工到厂后只是把厂食堂旁的一间小杂货间腾出来给他做宿舍，条件很简陋，他什么也没说，对自己生活上的困难也没提任何要求）；第三是付出、尽职精神。毛泽东写的关于长征路上的两句诗词非常好：不管风吹雨打，胜似闲庭信步。何工，我们目前的条件确实简陋，困难重重，咱们一定要有这种不屈不挠的精神啊！'然后何工说：'朱书记，那你说该怎么办？'我说：'何工，你的这三个问题我概括了一下：一是人才，二是钢材，三是钱财。这三个问题我上党委会商量一下，尽快解决。关于人才方面你有什么想法？'何工建议在全北里公社高中以上毕业生中通过考试招10个技术工人。我说：'知道了，马上上党委会研究解决。'第二个钢材问题，我在党委会上提出：凡是北里公社的人，在上海或其他地方有亲戚、朋友等关系或门路，通过他们能弄来钢材的人，可以正式招到厂里来。后来厂里招了三个人，通过这些关系解决了钢材供应方面的问题。第三个资金问题，我亲自找信用社主任说：'北里电梯厂每年5万元不够用，能否给增加一些额度？'主任说：'增加到15万元怎么样？'我征求了一下何工的意见，他说15万元就可以了。这三件事情办好后，何工终于安下心了。"朱胜华说。

何士达说的三个问题虽然解决了，电梯厂实际还面临一个巨大的问题，那就是没有人会绘制电梯图纸。上海电梯厂虽然去过几次，但这种东西人家肯定不会给你看，必须通过一定的关系才能搞到。厂长王锡凯忧心忡忡的，何士达提议："王厂长，我带你去北京。我有一个老同事在国家建设委员会，兴许能帮我们的忙呢。"

两人风尘仆仆地来到北京，国家建设委员会在北外庄，是何士达的老单位。到门口后发现里面戒备森严，有武警站岗，不让进，要介绍信。何士达对门房的人说："我有一位老同事，是基建处的吴处长。"对方让他打了个电话，吴处长下来后，接他们进去了。在吴处长办公室，何士达介绍了北里电梯厂的情况，希望吴处长能够帮忙，看看是否有什么门路，能找一套电梯的设计图纸。吴处长马上写了一张条子，是给上海电梯厂技术科科长李佑俭的。

"吴处长给我们写了一张条子，说：'你们马上去上海，找李科长，他能帮你们忙。'我们立即购买火车票前往上海。在电梯厂找到李科长，他很高兴，说：'国家技术委员会知道我李佑俭？'言辞中透着一丝骄傲，马上表示大力支持，一定按照领导的意思去办。李佑俭问我们需要帮什么忙？'我说现在最大的难题是没有设计图纸，不知道电梯该怎么做。李科长拿出一份比较旧的电梯设计图纸（后来才知道是即将淘汰的那种），又给了我们一份蜗轮滚刀图，比较特殊，是专门做电梯曳引机蜗轮蜗杆的专用工具，双头七个模数。双头滚刀与单头滚刀的区别在于双头的是两条螺旋线，单头的是一条螺旋线。这种滚刀在市场上是买不到的。李科长说：'既然国家建设委员会的领导发话了，我就帮人帮到底，再给你们想办法搞3吨钢材吧！'我们十分高兴。当时还是计划经济，钢材十分紧张，限购。老百姓造房子，连5公斤的钢筋都搞不到。3吨钢材不是随随便便就能搞到的。我们特别感动，表示非常感谢。就这样，我们与上海电梯厂建立了友好的关系，有什么困难就请教李科长。李科长是个性情中人，给我们帮了大忙。后来，我们又先后几次请他来厂里做技术指导，他特别认真。有了李科长的大力支持,我们什么都不怕了。晚上吃饭,自然离不开酒。李科长喜欢喝酒,但有一次他突然吐血了,把酒店服务员给吓坏了,叫我们过去。大家手忙脚乱地把他送到卫生院,医生说是支气管扩张,最后去南浔镇人民医院才把血止住,李科长特别感动。大家成了很好的朋友,此后他再来,我们都不敢让他喝酒了。"王锡凯说。

从上海电梯厂回来后,何士达对那套电梯图纸进行了认真的研究和分解。毕竟是机械专业的工程师,能够触类旁通。一切从零开始。北里电梯厂对车间功能重新进行了调整,铸造车间主要做模型,做模型需要先翻砂。厂里有两个高中毕业生是木工,可以做木模。电梯曳引机的底盘、蜗轮箱、限速器等都需要做成木模后翻砂精加工。此时主要靠上海电梯厂的技术指导,自力更生。

"那时候做电梯和现在的情况大不相同。当时国家是计划经济,许多材料都需要分配才能购买,轴承、电焊条等都买不到,电梯生产对钢材的要求也十分严格,钢丝绳、扳钳、1.5×2.5 mm 冷轧板,都是专供产品,电机也是专供,由上海电机厂生产。因为是计划经济,材料都是分配,乡办企业没有指标,电焊条都是按根卖的。电梯曳引机用的电机是特殊电机,上海南洋电机厂专门生产那种电梯电机,一般厂生产不了。还有轿厢的门,我们叫交栅门,钢材都需要定制,4×16 cm,规格很小。这些特种钢材都需要订做,市场上根本买不到,都是特供的,只能通过各种关系解决。经过一番打探,我了解到上海华东电管局洪海泉是南浔人,还是个老革命。我们通过各种途径找到他后,让他帮忙想办法解决。老革命一听家乡人要办电梯厂,非常高兴,表示大力支持,便批了一张条子把制造交栅门需要的特种钢材解决了。冷轧板一时买不到,我们了解到上海市生产指挥部有一个科长很有能力,这个人叫曹方荣。我们想办法找到他的弟弟一起去,希望能解决一些冷轧板。曹方荣说:'冷轧板没办法解决,你们是否需要电焊条？'当时我们买焊条都是在供销社门市采购，一次最多只能买5公斤，而工厂需求量很大，5公斤可谓杯水车薪，常常因为没有电焊条而停工。曹方荣听后给我们一下子批了3吨。3吨电焊条拿回去都没地方存放，因为焊条和其他材料不同，容易被水浸泡或吸潮，容易受油或其他腐蚀介质的污染，不好保管，存放条件对焊条质量有直接影响。但在当时情况下，电焊条是紧缺物资，所以我回去后与湖州电机厂联系，正好对方有我们需要的那种冷轧板，而他们需要焊条，我于是提出交换，他们同意了。就这样，我们想尽各种办法，通过各种途径，动用各种关系解决问题，到处求人。好在各方都很支持，南浔电梯产业在困境中蹒跚前行，一点点地建立起来。"王锡凯说。

王锡凯的话让我想起了浙江的"四千精神"。作为中国"四大商帮"之一的浙商，古往今来都是以勤奋务实、勇于开拓而闻名于世，

钱江明（右）、何士达（中）与原湖州电梯厂第二任厂长姚小春一起去北京电梯协会

是中国近代工业发展的重要推动力量。可以说，每个企业家的成长过程，都有一把辛酸泪，都是一部创业史，都是通过坚持不懈的艰苦奋斗、创业创新才走到今天的。浙商被称为"东方的犹太人"，骨子里透着一股倔强，不服输，敢闯敢拼，敢为人先。他们的成功毫无疑问是被逼出来的、闯出来的、干出来的。

这些年，我因为多次去浙江湖州、温州等地采访，被浙商不屈不挠、勇于拼搏的精神深深感动，由衷地钦佩。

电梯生产技术及材料供应方面的问题解决后，北里电梯厂面临的最大问题是技术力量的问题。厂长王锡凯与工程师何士达一起向北里公社党委汇报，北里公社党委研究后，决定在全乡招录10名技术人员，要求高中或中专以上的学历。这就有了前面讲的那一幕。

"当时，电梯是新生事物，大家抱着好奇的心理，非常感兴趣。招录通告张贴后不久，全乡报名人数上百名，最后初选了50人。我们通过严格的笔试和面试，最终录取了10人。每个人都是凭借真才实学考进来的，绝对不能走后门。钱江明因为是湖州工专机械专业毕业，成绩特别突出，我们对他寄予了厚望。谁知录取后，钱江明却迟迟不来报到，最后去了解情况，才知道他被村支书卡住了。我们积极向上面汇报情况，公社党委对此高度重视。党委副书记朱胜华亲自去辽里村做思想工作，最终才把钱江明弄来了。技术人员进厂后，我们对其进行了分工，钱江明进技术科，被任命为科长，工资每月32元。其他人做学徒，跟着师傅干活，每月工资18元。后来这一群体中的李小林成了技术副厂长，沈方根成了销售科科长，钱江明也当了副厂长。他们成为南浔电梯界的翘楚，为南浔电梯发展做出了不可磨灭的贡献。"王锡凯说。

"那一批招进厂的10个技术工人，最后差不多都成了南浔电梯界的精英。大家一起工作，一起学习，一起进步，相处得非常融洽。后来，10个人因为各种原因先后离开，在各自的岗位上奋斗，但大家相约在每年的6月26日聚会，连续坚持了10年。聚会时，除了我们10个人，还邀请了当时的领导来，畅忆在北里电梯厂时的酸甜苦辣，真是不亦乐乎。"回首多年前的往事，钱江明兴奋地说。

钱江明等人报到后，北里电梯厂组织他们前往上海电梯厂参观学习。在厂长王锡凯的带领下，几位技术人员一同前往上海。

钱江明长那么大了，还是第一次去上海。尽管那时的上海与现在不可同日而语，但它依然是中国最繁华的城市以及经济中心。以浙江省为例，1978年上海GDP为272.81亿元，人均2497元；浙江省GDP为123.7亿元，人均仅332元，差距是很大的。小时候，钱江明心里最憧憬的地方，一个是北京的天安门，一个便是上海的外滩了。好不容易来到上海，他放眼望去，到处高楼林立，大街上人流如织，公交车往来穿梭——这些都是在南浔没有见过的景象。父亲钱春荣虽然去过上海多次，但每次都是在码头卖砧板，卖完就回家，从没在市内转悠过。看着那些高耸入云的大楼，钱江明想象着电梯是如何把人运上去的？长这么大，他还没有坐过电梯呢，对电梯的性能及构造更是一无所知。

时隔四十多年，钱江明依旧清晰地记得，自己当初在上海第一次坐电梯时十分好奇，上上下下地往返了好几趟，仔细观察，不知道是什么原理。他听说那些电梯都是国外进口的，惊讶地瞪大了眼睛。他自是没有想到，多年后，自己制造的电梯也能出口到国外了。

后来，钱江明在电梯厂看到了电梯的成型过程，他非常激动。在现场，从设计图纸到实物，工序十分复杂。钱江明发现，电梯不是一个简单的设备，结构十分复杂。电梯的主要部件有主机、抱闸、限速器、钢丝绳、轿厢、轿厢导轨、对重导轨、缓冲区、安全钳，控制柜内有变频器，主板上下换速，上下限位，上下极限。后来，钱江明了解到，电梯的结构主要包括四大空间、八大系统。四大空间是指机房部分、井道及地坑部分、轿厢部分、层站部分。八大系统是曳引系统、导向系统、轿厢、门系统、重量平衡系统、电力拖动系统、电气控制系统、安全保护系统。轿厢作为电梯的工作部件，用于运送乘客和货物。

"后来，北里电梯厂经常组织我们去上海电梯厂学习实践，每次去大概需要10多天的时间，从对电梯的一无所知到成为后来的业内人士，循序渐进，没有走太多的弯路。"回想当年的探索之路，钱江明抚时感事，思绪万千。

钱江明一进厂便被任命为技术科科长。他知道，领导在他身上寄予了极大的期望，寄托了父老乡亲的美好愿景，也寄托了南浔电梯产业的希望。尽管有着工科专业知识的扎实基础，但对于第一次接触电梯产业的钱江明来说，隔行如隔山。为了造出南浔第一台电梯，他几经周折，通过在上海电梯厂的认真学习，在师傅何士达的指导下，从实物观摩到钻研图纸，一步步地迈入了电梯业的殿堂，成为南浔首位电梯制造的技术高手。钱江明在北里电梯厂（后改为湖州第一电梯厂）整整钻研了十年的电梯技术，直到1988年离开第一电梯厂，创办了恒达电梯厂，担任副厂长，分管经营和技术。

随着对电梯的进一步了解，进入这个行业之后，钱江明更加系统地接触到这一领域，对电梯的定义与分类有了更为详细的了解。

第一是电梯的定义。电梯是一种以电动机为动力的垂直升降机，装有箱状吊舱，用于多层建筑载人或载运货物。也有台阶式电梯，踏步板装在履带上连续运行，俗称自动扶梯。垂直电梯是服务于规定楼层的固定式升降设备，它有一个轿厢，运行在至少两列垂直的或倾斜角小于15°的刚性导轨之间。轿厢尺寸与结构形式便于乘客出入或装卸货物。

第二是电梯的分类。根据建筑的高度、用途及客流量（货物流量）的不同，而设计有不同类型的电梯。钱江明了解到，电梯的基本分类大致如下：

1. 按用途分类

乘客电梯、载货电梯、医用电梯、杂物电梯、观光电梯、车辆电梯、船舶电梯、建筑施工电梯。除上述常用电梯外，还有些特殊用途的电梯，如冷库电梯、防爆电梯、矿井电梯、电站电梯、消防员用电梯等。

2. 按驱动方式分类

交流电梯、直流电梯、液压电梯、螺杆式电梯等。

3. 按速度分类

低速梯、中速梯、高速梯、超高速梯。随着电梯技术的不断发展，电梯运行速度越来越高，区别高、中、低的速度标准也在相应地提高。

4. 按电梯有无司机分类

有司机电梯、无司机电梯、有/无司机电梯等。

5. 按操纵控制方式分类

手柄开关操纵、按钮控制电梯、信号控制电梯、集选控制电梯、并联控制电梯、群控电梯等。

6. 其他分类方式

按机房位置分类，则有机房在井道顶部的（上机房）电梯、机房在井道底部旁侧的（下机房）电梯，以及机房在井道内部的（无机房）电梯；按轿厢尺寸分类，则经常使用"小型""超大型"等抽象词汇表示。此外，还有双层轿厢电梯等。

7. 特殊电梯

斜行电梯，轿厢在倾斜的井道中沿着倾斜的导轨运行，是集观光和运输于一体的输送设备。特别是由于土地紧张而将住宅移至山区后，斜行电梯的发展迅速。

随着科技的进步，电梯的应用技术推陈出新，蒸蒸日上。特别是进入 21 世纪之后，随着数字技术的推广运营，全数字识别乘客技术（乘客进入电梯前进行识别，其中包括刷脸识别、指纹识别和语音识别等）及数字智能型安全控制技术（通过乘客识别系统或者 IC 卡以及数码监控设备，拒绝外来人员进入）进入应用，且开发出了第四代无机房电梯技术（主机与导轨和轿厢分离，完全没有共振共鸣）。双向安全保护技术（双向安全钳、双向限速器在欧洲必须使用，在中国正在普及），快速安装技术（改变了过去的电梯安装方法，能够快速组装）、节能技术、数字监控技术（完全采用计算机进行电梯监控与控制）在现代电梯中被广泛推广，电梯日新月异，全面进入智能化时代。

4. 星星之火

经过近一年的努力，北里电梯厂在解决了一系列外围问题之后，核心问题被摆到桌面上，那就是：具体业务如何解决？自己的第一台电梯生意在哪里呢？

"应该说，前面谈到的那个业务员邬才富是北里电梯厂的贵人。当初若没有他的引荐，我们的上海之旅也许在和平食堂就结束了，谁也不会考虑做电梯的。有时候就是这样，阴差阳错，便成就了一些事情。由于邬才富的帮助，我们引进了那位上海奉贤县灯明大队电梯厂的厂长兼销售主管肖富才，肖富才除了与我们合作生产电梯，还给北里电梯厂当技术顾问，解决了许多生产技术上的难题。当时我们销售科的科长叫施财林，他认识上海废旧物资公司的业务科长施绍基，通过这个人与上海废旧物资公司拉上了关系。上海废旧物资公司在上海十个区有许多分厂，那边有许多业务可以做。施绍基给我们介绍了第一笔业务——山东青岛禽蛋厂需要一台货梯。货梯结构比较简单，但我们依然做得很用心。因为当时一台电梯的价格在 2 万元左右，非常贵，算了一下，利润在 30% 左右。我们非常重视，如果这笔业务做成了，不仅仅是效益方面的增收，它对北里电梯厂乃至整个南浔电梯发展的意义都是十分重大的。全厂上下 100 多名工人群情激荡，斗志很高。"王锡凯说。

"我虽然是学机械专业的，但进厂的时候对电梯一无所知。在何工（何士达）的带领下，开始对从上海电梯厂带回来的设计图纸认真分析研究，潜心学习电梯方面的有关知识。渐渐地，我爱上了电梯这个行业，甚至很痴迷，于是便把握时机，在上海学习的过程中虚心求教，反复研究，用心揣摩，利用一切机会摸透电梯生产的门道。回到厂里，面对一大堆图纸再一点一点地消化。后来我们成立了一个技术团队，在何士达的带领下，大家分工协作，何工负责设计，我负责引进技术图纸、消化绘图。有了自己的电梯图纸，便开了湖州生产电梯之先河。北里电梯厂接到的第一台电梯生意是载货电梯，用户是青岛禽蛋厂。这第一台电梯相当重要，它是南浔人自己制造出来的第一台，也是我亲手绘图、描图、晒图，下发车间后生产出来的第一台。从画图纸到投产制造成真正电梯产品，再到发货安装，经甲乙双方技术人员验收合格，让用户投入使用。我真的很激动、很荣幸，也很惊讶：自己居然把电梯图纸画出来了，而且由我们北里电梯厂的工人生产出来了！真是做梦都没想过，一个农村孩子，会在机械行业里有所作为。真的很感谢当时的公社副书记朱胜华，坚持让我从村里出来，成就了我，实现了我的电梯梦。"回想当年生产第一台电梯时的情景，钱江明仿佛在诉说一个古老的梦。从他亲手执笔的图纸雏形到电梯的完整组装，每一个环节都凝聚了他与团队的智慧与心血。

在20世纪70年代末，电梯生产尚不需要许可证，企业只要有订单就可以做。直到1987年，国内电梯生产才逐步走向规范化管理，没有许可证便不允许生产。

第一台电梯订单让全厂上下备受鼓舞，大家都憋着一股劲儿，争取早日交货。电梯业务主要分为三个部分：生产、安装和售后。在肖富才的建议下，北里电梯厂派了一名叫施林荣的技术员去上海学习安装。施林荣学得非常认真，回来后写了一本《电梯安装手册》，在厂里进行培训。

"在全厂人员的共同努力下，货梯很快就生产出来了，他们通知青岛禽蛋厂前来验货。因为双方业务合作比较融洽，厂里有人提出山东苹果非常有名，希望对方过来的时候能带一些烟台苹果。没想到山东人非常豪爽，直接拉了一车苹果过来，也没要钱，令我们十分感动。厂里给工人每人发了半箱，大家非常高兴。"谈起当年北里电梯厂与山东青岛禽蛋厂的第一笔业务，王锡凯印象深刻。在记忆深处，那一颗颗带着水珠的烟台苹果变得生动鲜活，回忆着清甜的果汁，他将当年第一笔订单的喜悦重温了一遍。

有了与青岛禽蛋厂的第一笔业务，加上上海废旧物资公司施绍基的关系，北里电梯厂一口气做了6台电梯（都是货梯），其中5台都卖给上海废旧物资公司了。当时，上海废旧物资公司主要从事设备回收、钢材回收、空调回收、变压器回收、电梯回收、办公设备回收、废旧轮胎与橡胶、废玻璃与废电子电器等二手电器、材料的收购，需要货梯进行运输。这种货梯对技术要求不高，结构也不太复杂，因此验收安装等环节都很顺利。

"生产了第一、第二、第三台电梯之后，何工提出必须申办生产许可证，要不就是三无产品，出了问题怎么办？我问是在湖州办还是在杭州办？何工说这个需要在北京建设部办。我说去北京咱又不认识人，怎么办？他说资料他都准备好了，那边他也打听过了，就是需要领导出面。我说我又没去过北京，人生地不熟的，怎么办？何工提出让我带着王锡凯厂长一起去上海，找上海电梯厂的王厂长，因为我们和王厂长接触过几次，让他带着去北京办，肯定没问题。当时让人家去北京，需要买飞机票。但那个时候，买飞机票需要县级以上的介绍信，我们只好坐火车到了北京。到了北京后，费了一番周折，终于把许可证办好了。回来后，何工很高兴，大家心里也踏实多了。"朱胜华说。

"这批生产任务完成后，突然没有业务了。怎么办？我和销售科科长施财林去上海住了半个月，天天跑市场。通过施绍基介绍，上海黄浦纸箱厂向我们订了两台电梯，我们非常激动。施绍基帮了我们那么大的忙，我们心里过意不去，于是从南浔带了一只老母鸡和鲫鱼等当地特产，以示谢意。接到订单后，公社党委非常重视，朱胜华书记专门召开公社党委会议，给电梯厂大开绿灯，要求排除万难，支持我们完成任务。有一次，湖州市来了一个调研组，其中有纪委的几个人员，还有某大学的几个教授。一行人在公社领导的陪同下来到北里电梯厂，我负责汇报工作。我说北里电梯厂已经成为南浔的支柱企业，我们主要靠组装，电梯零部件都是从宁波那边买过来的。如果这些东西由我们自己生产，能增加几倍的产值。我的意思是希望能够得到上级领导在资金和技术方面的大力支持，谁知他们关注的焦点不在这里，而是你赚了多少钱，养活了多少工人，缴了多少税，至于具体如何生产并不关心。这令我心里隐隐地有些失望。"王锡凯说。

"起步初期，作为乡镇企业，你们的资金是如何解决的？"我有些好奇。

"当时的启动资金是通过信用社贷款 5 万元，后来公社党委通过信用社主任增加到 15 万元。设备是从上海买的别人淘汰掉的旧设备，在公社党委和社会各界的大力支持下，通过各种途径解决了技术以及业务方面的问题，北里电梯厂才一点点地发展起来。除了外界各方人士的支持，工程师何士达也算是北里电梯厂的有功之臣，他去北京通过国家基本建设委员会曲折得到电梯设计图纸，回来后潜心研究、认真分析，与钱江明等技术人员一起，自力更生地设计出我们自己的产品。何士达主管技术业务，兢兢业业、一丝不苟。北里电梯厂当初的大部分技术人员都是他带出来的。这方面还有一个小插曲：农机厂当时更名为电梯厂时，工商局非要给我们加上'公社'两个字，叫'北里公社电梯厂'，后来经过多方协调，才勉强同意不加'公社'二字。

钱江明与巨人电梯原董事长钱江组织筹办了中国电梯协会，与会人员在南浔小莲庄合影留念

如果加了那两个字，谁会让你做电梯呀！那时候，人的思想都相对比较简单，做事情也很认真。记得当时招工人的时候，有许多关系户通过各种关系希望进厂，都被拒绝了，为此我们不惜得罪有关领导。说实话，当时也有几个亲戚想进厂，我是绝不考虑。这件事需要感谢当时的公社领导，他们排除万难，对我们全力以赴地支持，成为北里电梯厂的坚强后盾。可以说，没有以朱胜华书记为首的北里公社党委的大力支持，就不会有后来的湖州电梯厂！"王锡凯侃侃而谈，几十年过去了，许多当年的细节他都记得很清楚，令人钦佩。

1981年8月，随着电梯生产技术的要求越来越高，北里电梯厂有一把两个头的滚刀不能用了。这把滚刀主要用来生产蜗轮蜗杆，在市场上买不到，电梯厂因此停产了。

"何士达有一个同学在南京金城机械厂（航空航天工业部南京511厂）。这是一家军工厂，与英国合资制造飞机，相关技术精湛。何士达给同学打电话，希望能帮北里电梯厂做两把滚刀，同学答应后，过了一段时间就帮我们做出来了，成了厂里的无价之宝。因为那种滚刀对钢材及工艺要求都特别高，当时只有像511厂那样的企业才能生产。"王锡凯说。

1982年，北里电梯厂更名为"湖州第二建筑工程公司电梯厂"，因为乡镇企业局下面有一个第二建筑工程公司，把电梯厂放在公司下面，感觉上了一个层次。1985年，又正式更名为"湖州第一电梯厂"。

1984年12月初，古镇南浔小莲庄举办了一次被写入中国电梯产业发展史的会议，即中国电梯协会召开的"技术及情报交流会"，来自全国各地的57个电梯制造企业和科研单位的120多名代表出席了会议。会上正式明确了电梯行业在中国电梯协会的促进下，开始注重企业间的技术合作和交流。业内人士表示：这次会议对中国电梯行业具有里程碑式的意义。当时作为中国电梯协会正式会员的湖州电梯厂和湖州第一电梯厂承办了这次会议。为筹备这次大会，湖州第一电梯厂委派了时任湖州第一电梯厂技术科科长，现任恒达富士电梯公司董事长的钱江明；湖州电梯厂委派了时任湖州电梯厂技术科科长，现任巨人控股集团及巨人电梯董事长的钱江，全面负责大会的一切筹备工作。正是他们二位同志认真负责，不辞辛劳，上北京，去廊坊，找到当时设在中国建筑机械研究所里的中国电梯协会所在地领导接洽筹办，从而使得此次会议顺利在南浔小莲庄召开并圆满闭幕，他们为中国电梯的首次电梯技术情报交流做出了功不可没和具有里程碑式意义的成绩，该事迹将记载在中国电梯史中！也正是这个机缘，让小小的湖州南浔电梯融进了中国电梯制造的主阵营。

这一举措，正巧使湖州电梯跟上了中国电梯产业发展的步伐。湖州电梯带着历史的发展轨迹一路走来，又带着市场经济的发展需求一路向前奔去，成为中国电梯产业发展的一个缩影。

20世纪80年代初的中国，电梯市场需求量小且面窄，品种单一，大都生产载货电梯，载人电梯大多依赖进口。因为主要原材料钢材及其他材料均为计划供应，这使得整个行业发展缓慢。据中国电梯行业协会的统计数据，1985年，中国拥有200多家电梯厂，年产电梯9178台，而湖州电梯的年产量不足500台。

尽管如此，原有的电梯生产格局被市场需求打破，一些电梯人瞄准电梯行情，雄心勃勃地自己闯市场，新的电梯企业不断应运而生。

1984年，湖州新联电梯厂成立。

1987年，湖州恒达电梯厂成立。

第一个十年间，湖州电梯从最初的北里电梯厂和吴兴电梯厂2家发展到4家。1988年，北里电梯厂的年产量突破了300台，员工也增加到了100多人。

在此期间，南浔周边由吴兴县二轻局兴建的吴兴电梯厂更名为

小莲庄会议筹备组成员合影（前排右一为钱江明）

1979年同日进电梯厂的十几名同事合影（前排右三为钱江明）

"湖州电梯总厂",随之而来的企业之间的竞争在所难免。当时产、销两旺的北里电梯厂自然不甘示弱,北里公社决定将北里电梯厂更名为"湖州第一电梯厂",企业也改为大集体制。鉴于技术、管理、创新等能力出众,钱江明奉南浔区委区工办的调令,进入当时由区委开办的南浔第三家电梯厂——"湖州恒达电梯厂",出任主管生产、技术的副厂长。

"当时,'湖州电梯总厂'属二轻局管辖,杨诚喜任厂长。我们去乡镇企业局辩论,人家是国家队,我们是地方队(乡镇企业),争了一段时间,没有结果。有了'国家队'那样的竞争对手,第一电梯厂的人才开始流失。因为我们是乡镇企业,没有劳保,没有退休工资,所以跳槽的人很多。当时招进来的10个人之中的唐永泉(时任副厂

钱江明在电梯厂绘图室

第五章 艰难跋涉

长)、沈方根(时任销售科科长)等技术销售骨干纷纷要离开,问题很严重。我们向乡党委领导汇报后,领导高度重视,积极地做挽留工作。后来他们还是离开了,成立了自己的电梯企业。"王锡凯说。

恒达电梯厂当时是南浔区经贸委直属企业,成立后,钱江明作为主要技术骨干,参与了企业产品研发、设计、制造、销售、安装、维保等全部过程。当时企业年生产电梯仅 100 台左右,主要产品依然是货梯。因原有的电梯生产格局被市场需求打破,南浔电梯从配件到整机、从货梯到客梯,从一家发展为几家电梯企业。钱江明对电梯生产有了深刻的见解,并帮助电梯厂绘制了发展规划图:从载货电梯逐步向客货两用电梯过渡。

客货两用电梯无论是技术参数还是制作工艺、材料使用等方面,对技术的要求都更高。如果说货梯是电梯制造的初级阶段,那么客梯便是它的高级阶段。之前固有的设计模式被颠覆,曳引机、井道、轿厢、电梯照明、外观门板的设计和材料应用等方面精益求精,追求更加时尚、美观大方。

在北里电梯厂开始投入生产的同时,南浔的一家市二轻企业吴兴阀门厂更名为"吴兴电梯厂"(该厂从 1979 年开始生产电梯,后来更名为"湖州电梯总厂",是浙江巨人电梯的前身,北里电梯厂后来更名为"湖州第一电梯厂")。两家电梯生产企业互相竞争,互相比拼,由此拉开了湖州电梯产业精彩纷呈的发展序幕。

四十多年后的今天,原本如"星星之火"的这两家小工厂,成长为有着 44 家电梯整机生产企业、约 300 家电梯部件企业,从业人员过万的湖州电梯制造业。并形成了以整机制造、配套件生产和安装维保相结合的完整产业链,其主导产品涵盖乘客电梯、自动扶梯、自动人行道、汽车电梯、病床电梯、观光电梯、载货电梯、家用电梯及防爆电梯等多系列各档次,成为湖州最具集聚力和活力的战略性新兴高端制造业。

2017年，湖州电梯企业实现销售收入过百亿元，税收超10亿元，年产各类电梯7万多台，约占浙江电梯市场份额的50%，全国电梯市场份额的10%。回首南浔电梯四十多年的发展历程，正是中国改革开放经济快速发展的四十年。南浔电梯犹如一叶小舟，紧随中国市场经济的浪潮，在颠簸中前行，逐步打造出一艘产业巨轮，成为中国电梯产业不可或缺的中坚力量。

1978年开始的改革开放，形成了内在活力释放与外在环境催化的叠加动能，极大地推动了浙江工业化的快速发展。进入20世纪90年代，邓小平的"南方讲话"为市场经济加速发展加大了推动力。各地开发区纷纷破土动工建厂房，商业区、百货大楼则兴起以"改善购物环境"为目标的建设热潮，标准厂房和商业大楼为电梯行业带来了生机，全国电梯的需求量出现了新的增长。据统计，2000年全国的电梯生产总量上升到37500台。市场无疑给了湖州电梯一个全新的发展信号，许多有识之士认准发展时机，艰苦奋斗、因陋就简，纷纷上马。

1991年，南浔飞达电梯厂成立。

1993年，中意实业南浔电梯厂成立。

1996年，湖州南浔繁荣电梯配套有限公司成立，湖州怡达电梯有限公司成立。

1997年，湖州奥特电梯有限公司成立。

1999年，湖州屹立电梯有限公司成立。

第二个十年间，湖州电梯企业从4家发展到了11家。

随着新的电梯企业不断涌现，原有企业增加了竞争感，更加铆足了劲头扩大规模，加大投入，改变发展方式。

到20世纪90年代末，湖州电梯产业已颇具声势，从业人员已由最初的几百人增加到1000多人。企业生产逐渐专业化，分工合作更加细分化，初步建立了产业链基础，形成了以南浔为中心的电梯产业基地。

进入 21 世纪，住房制度的改革助推商品房的建设，房地产业异军突起，发展迅猛。短时间内，产品结构由以载货电梯为主转变为以载客电梯为主，电梯行业迎来了井喷行情。据中国电梯协会统计，从 2001 年到 2010 年，全国电梯生产总量以每年平均 26% 的速度增长。到 2010 年，全国的电梯生产总量为 36.5 万台，已经具备良好基础的湖州电梯迎来了历史性的发展机遇。

在此过程中，浙江巨人电梯有限公司（原湖州电梯厂）在技术、产品、管理、经营等各方面发挥了领头羊的作用；而浙江沃克斯电梯有限公司（原湖州第一电梯厂）则训练了电梯技术、生产、销售方面的许多人才。两个企业像蒲公英的种子一样，被风吹散后落地扎根开花。

当年生产南浔首批电梯的"年轻人"再聚首

广阔的市场前景、良好的产业基础、不断完善的技术平台，使得湖州电梯产业在新一轮发展机遇面前风生水起，企业队伍更是快速壮大。据湖州电梯协会统计：从2001年至2010年间，南浔又新增整机企业11家：联合、韦伯、富士美、南奥、华奥、莱茵、快速、好美家、远东、敏捷、港澳融入电梯产业阵营。

第三个十年间，湖州电梯企业从巨人、恒达、沃克斯3家电梯整机企业发展到了22家。参与投资的企业家也从浔商、湖商、浙商扩大到省外。除了整机企业，一些配套企业更是如雨后春笋，更有国内一些著名品牌配套企业进驻南浔电梯产业园，逐步形成了融整机制造、部件配套和服务延伸等为一体的完整产业链，而原生地南浔更是成为电梯企业的集聚热土。并且，湖州电梯带动了紧邻南浔的江苏吴江周边一带的电梯产业，据不完全统计，截至2018年底，在该地区建立的44家电梯生产企业中，有35家为南浔人投资。

第六章 峥嵘岁月

1. 萍水相逢

说到这里，有必要谈谈钱江明的婚姻问题。

钱江明与妻子徐应凤结婚后，平平静静地度过了一段日子。那时候，两个人都在夏家埭，钱江明偶尔当当代课老师，每天忙完学校的事，回来再忙家里的农活。妻子徐应凤则与公婆一起在地里干活。她的性格比较强势，与家人相处得不太和睦。像大多数农村人一样，他们的生活虽偶有风波，但波澜不惊，没有大浪。

两年后，他们的大儿子钱振华出生了。

孩子出生后，钱江明感到肩上的责任更重了。他努力干活养家，回到家里也很勤快，希望能替妻子分担一些家务。因为锅碗瓢盆柴米油盐等家庭琐事，钱江明常常和妻子发生争吵。有一件事令钱江明一直很恼火，那就是他去妻子的娘家，称呼徐应凤的父母都是"爸、妈"，而妻子从来不叫公公婆婆"爸、妈"，甚至常常与钱江明的奶奶吵架。客观上来说，徐应凤是个很勤劳的人，什么农活都能干，对孩子也没得说，付出了很多。但对于钱江明来说，与妻子结婚，充其量就是完成父母的一个心愿，成家立业，生儿育女。妻子更像是和自己一起搭伙过日子的人，很少有共同语言。由于文化水平的差异，也无法更深入地进行交流。这件事随着时间的推移变得越来越严重，钱江明的内心十分痛苦，却又无可奈何，只好就这么一天天地凑合下去。几年后，随着女儿钱惠芬和二儿子钱惠华的出生，家庭的生活负担越来越重。贫贱夫妻百事哀，两人之间由于缺乏必要的沟通，矛盾愈演愈烈，感情越来越疏远。

1987年，湖州第一电梯厂采购员顺应林的妻子回上海后，与其离婚，于是顺应林嘱咐钱江明帮自己物色对象。厂里现有的女性大多已经结婚，未婚姑娘嫌他是二婚，看不上他。一段时间后，顺应林见没有结果，开始有些着急。那时候，报纸征婚刚开始流行，钱江明当时在湖州第一电梯厂任技术科科长，他鼓励顺应林可以试试，顺应林同意了。钱江明帮助他起草了一份"征婚启事"，刊登在《浙江经济生活报》上。当时因为没有网络，大家对纸质媒体的关注度很高。《浙江经济生活报》在浙江影响很大，征婚启事发出去后，主要是浙江各地回应的人多。在20世纪80年代，拥有一份正式工作，人人都会很羡慕。湖州第一电梯厂是集体企业，加之顺应林当时才30岁，年龄也不算大，因此应征者很多。其中有一位叫李小丽的女士长得很漂亮，高中文化，当过代课老师。顺应林十分满意，于是便邀请李小丽来南浔相亲。

李小丽，1962年5月生于浙江省丽水市缙云县壶镇。壶镇地处缙云县东北部，东南与台州市仙居县的横溪镇、湫山乡相邻，南连前路乡，西南接东方镇，西北与金华市永康市舟山镇、西溪镇接壤，东北与金华市磐安县冷水镇、仁川镇毗邻。李小丽1978年高中毕业，参加高考后以20分之差落榜。

"当年我上了9年学：小学5年，初中2年，高中2年。母亲祖籍山西吕梁，外公与日本人做过生意，解放后被人举报，定为汉奸，被枪毙了，不过后来平反了。我父亲1958年开始支边，当时母亲也在青海支边，两人相识后走到了一起，我是在青海出生的。父亲79岁

钱江明的女儿钱惠芬

时不在了,母亲刚刚去世,享年83岁。我爷爷是资本家,1949年后被定为地主,是因为1949年前有人便宜卖地,他买下了,所以就成了地主。我外公外婆也被定为地主,1978年平反后,被认定为爱国人士。外公曾支助过贺龙的军队,与他一起闹革命。外公被枪毙的时候才30多岁,母亲当时刚8岁。那时候,外公怕自己出事,就把一家人迁到陕北延长县,在当地办起了企业,做了许多公益善事。舅舅家是一个大家族,以前做造纸业,办有自己的工厂。目前两个舅妈一个在延长,一个在绥德。由于家庭成分比较复杂,我上学的时候深受其害,不过每次填简历的时候,老师都会帮我。因为家庭成分不好,上学受到影响,后来通过姑父转到上海读书。姑姑当时在西安的地质队工作,目前一家人都在上海。"如今的李小丽虽已年近六旬,但看起来很年轻,像四十多岁,天生丽质,风韵犹存。李小丽外公的事让我想起了电视剧《一代枭雄》的主人公原型——魏辅唐。魏辅唐出生在

执行董事李小丽

陕西青木川，民国时期当过土匪，种过鸦片，抢占过农民的土地，但他发财后修桥铺路，实行九年义务教育。他不吸烟，不喝酒，不喝茶，天再热也不袒胸露腹；他治家严谨，重视教育，要求女孩子也上学；他知道穷苦的味道，年底会给镇上穷苦而没有依靠的人发钱，让其好好过年。除了"小善"，魏辅唐更有实打实的"大善"之举。年轻时过惯了苦日子的他，非常重视农业生产，经常发动百姓抬田修地。1942年，魏辅唐在回龙场南面的高台上建辅仁中学，1947年竣工落成，让青木川提前迈入了九年义务教育的门槛。当地年满7岁的孩子必须入学读书，学费全免，就连他自己的子女都被安排入校。资料显示，到1949年时，辅仁中学共招收过三期学生，这些受过新式教育的学生，许多人后来卓有建树。如果办学修路只是为了小范围地造福乡里，那么魏辅唐本人更大的善，则体现在他爱国爱民的一面。根据一些来源已不可考的故事，魏辅唐曾经多次为红军提供帮助。一次，红四方面军在国民党的围剿下被迫转移到川陕一带，疲惫伤残的红军奉政府的命令前来截击魏辅唐。当时魏辅唐的队伍有700人，占据着绝对的优势。据传，红军代表对魏辅唐说：红军是穷人的队伍。魏辅唐也是穷人出身，希望他能让出来一条路。魏辅唐不仅让了路，还给了红军一些钱粮资助。1950年，解放军第19军一部奉命在宁强一带剿匪，在进步人士黎民觉、刘甲三的策动下，魏辅唐率众来到宁强县，向人民政府和解放军缴械投降，接受并参加了政府组织的集中教育和整编。从此，"土霸王"也成了正规军的一分子。

经过了几十年的风风雨雨，魏辅唐的人生终于在1952年4月27日走到了尾声：因被人检举并从家中查抄出违禁枪支，新账旧账一起算，宁强县人民法院以恶霸杀人反革命罪判处魏辅唐死刑，在他一手创办的辅仁中学执行，同时被枪毙的还有当时与他一起加入民团的二哥魏元富。

1986年7月，宁强县法院对此案重新审理。1986年12月，陕西省高级人民法院批复，同意宁强县法院的复查报告，将魏辅唐按投诚人员看待，并定义为"开明绅士"。

如今，历史的烟云已经消散，留给世人的，除了青木川的绝美风景，还有一段段生动鲜活的历史故事。

我想，李小丽外公的故事如果深入挖掘，会不会成为另外一位魏辅唐式的传奇人物呢？

"高中毕业后，我去龙泉山区的中心小学当了一名代课教师，后来转为民办教师。在那里，我认识了教数学的前夫杨先生，相恋三年后，我们结婚了，生了一个女儿，后来因为性格不合经常吵架。他那个人比较懦弱，做什么事情都瞻前顾后，唯唯诺诺，不敢承担责任。我这人性子直爽，不喜欢那种窝囊的性格，我们分居一年后宣布离婚。人在恋爱之中看到的都是对方身上的优点，对方向你展示的也是最优秀的一面，然而一旦结婚，两个人朝夕相处，所有的'伪装'都会褪去，露出本来的面目。有些夫妻性格迥异，也许还可以互补，有些夫妻都比较强势，所谓针尖对麦芒，互不相让，婚姻很快便会走到尽头。剩下的除了无休止的争吵便是憎恶，离婚是最好的选择，双方都可以得到解脱。离婚后，我父亲开了一家药材贸易公司，订了一份《浙江经济生活报》，有一天我无意中看到上面有一则征婚启事（后来才知是钱江明帮助朋友征婚的），我感觉这人各方面条件还不错，于是便主动联系。谁知这个叫顺应林的人除了隐瞒年龄8岁，征婚照片也不是本人的。看到他寄来的真实照片后我立即寄还，非常生气，感到被人欺骗了。因为征婚启事是钱江明帮着弄的，他一再向我道歉，说对不起。为了表达自己的歉意，钱江明邀请我到南浔打工，说那边的条件比缙云好。我抱着试试看的心态去了南浔，钱江明帮我介绍了几份工作，我都不满意。回来后，钱江明又帮我介绍了一位洗衣机厂的工人，未婚。人家听说我结过婚并且有一个孩子，心中有想法，更主要的是我也没有看上这位男士。

"1987年初，钱江明让我到南浔来。当时我离婚有一年多，已辞去民办教师的工作，因为从缙云到那个工作的地方，中间有一段路塌方，需要跋山涉水，很不方便。我离婚后既没工作，家里也比较贫穷，条件差，想着换个环境可能会好一些。再就是通过上次的接触，我发现钱江明这个人很热心，有责任心，也比较可靠，于是就过来了。到南浔后钱江明又帮我联系了几份工作，但还是没有满意的。那时候，钱江明虽然已经四十多岁，但长得英俊洒脱，显得很年轻，加上他又热情大方，说话幽默风趣，知识渊博，是湖州第一电梯厂的技术科科长，让我心里油然而生一股好感。然而因为人家是有家室的人，自己也不愿意破坏别人的生活，所以我们尽量保持一定的距离。萍水相逢，当时只能算是能说到一起的朋友而已。"回忆当年相识时的情景，李小丽侃侃而谈，轻轻一笑。往事如风，一晃来南浔已经三十多年了，她也成了地地道道的南浔人。

2. 爱的方程式

缙云和南浔，一个在浙南，一个在浙北，两地相距三百多公里。20世纪80年代，坐长途车要用一天的时间，需先到丽水，然后换车到南浔，很不方便。李小丽从小在壶镇长大，从未去过南浔，只知道在太湖南岸，那里是鱼米之乡，比较富裕。一百多年前，因为湖丝贸易蜚声海外，涌现出许多大商人。

"李小丽来南浔的时候是我接待的。因为顺应林的征婚启事是我帮他弄的，留的也是我的联系方式。李小丽接到顺应林寄过去的照片后，没有看上眼，觉得本人与征婚启事里描述的出入较大，特别生气。我当时有些尴尬，感觉对不住人家，于是邀请她到这边来看看，兴许会有其他合适的对象呢。李小丽过来后，我陪着她在南浔走了一圈，李小丽对南浔的印象非常好，希望能在这边找一份工作，留下来。我帮她联系了几家单位，都不太合适。李小丽介绍了自己的情况，与丈夫离婚后一个人生活，女儿当时才5岁，被丈夫带走了。丈夫在与她离婚之前，已经与别的女人开始同居了。离婚的时候，考虑到自己没有条件抚养孩子，所以也没有争取抚养权，父亲也建议她放弃。离婚后，李小丽的生活没有着落，孤苦伶仃的。缙云那边条件比较艰苦，也不好找工作。看着她失落的样子，我心生怜悯，觉得应该帮她一下。谁知这件事不知怎么被我老婆知道了，她开始与我大吵大闹。说实话，尽管结婚多年，但我与老婆没有共同语言，无法沟通。我们也经常吵架，但都是因为些鸡毛蒜皮的小事，吵完就完了，我也没想着和她离婚。毕竟，她是我三个孩子的母亲，那时候孩子还小，不能没有

早年在办公室洽谈业务的钱江明

母亲。但在李小丽这件事上,老婆很不讲理,与我闹得很凶,于是我就有了'过不下去就算了'的想法。那时候,李小丽青春靓丽,性格直爽,又有气质,便对她产生了爱慕之情。但想到人家那么年轻,又有文化,那个念头又打消了。"回忆当年初见李小丽时的情景,现已年过七旬的钱江明目光炯炯有神,脸上浮起一丝淡淡的红晕。

  后来,钱江明安排李小丽在南浔的一家村办企业上班了。这家轴承标准件厂是南浔有名的乡镇企业,李小丽在那里干了不到一年就离开了。期间,许多人给她介绍对象,包括钱江明也介绍过,但她都看不上。冥冥之中,她感觉自己似乎在等一个人。这个人是谁呢?是钱江明吗?他虽然已经年逾不惑,可是看起来是那么年轻,言谈之中又透着一丝幽默。他博闻强记,读过很多书。与钱江明交流时,她发现

第六章 峥嵘岁月 147

自己读的许多文学作品他都看过。两人相互欣赏，世界观和价值观惊人地相似，思想上常常碰出火花，令她惊诧不已。钱江明做事一丝不苟，不论设计电梯还是绘制图纸等都很认真。他刻苦钻研，攻克了一个个技术难关。钱江明热爱电梯行业，孜孜以求，从不懈怠，对未来充满了信心，是个能给人传递正能量的人。李小丽小时候也喜欢读书，可是家里穷，没有书，她就去别人家借。那时候，农村的书本来就少，除了《毛泽东选集》，很难见到别的书。初中毕业后，李小丽以优异的成绩考上了高中。高中期间，她借阅了大量的书。她看书很杂，文学类、艺术类都看。李小丽梦想成为一名中学教师，站在讲台上，向学生传递文化知识。高考时，她报考的志愿是浙江师范学院（现浙江师范大学），结果高考分数线公布后，她以20分之差落榜。后来，在父亲的动员下，她回乡当了一名小学代课教师。那段时间是她人生最快乐的时光。站在讲台上，看着简陋的教室里坐着的那些衣衫破烂的孩子，一双双渴望的目光令她感动，她决心把自己的全部精力都投入到教学中去，全心全意地为学生服务。李小丽高中毕业时才16岁，还是个花季少女，心中对未来充满憧憬。她幻想着自己有一天能成为正式的教师，走出小山村，站在缙云中学的大讲台上给学生授课。在那里，与心中的白马王子相遇——最好他也是一位中学教师。他们情投意合，琴瑟和鸣，携手并进……

也许花季少女总是喜欢做梦。梦里山清水秀，阳光明媚，花开花落，彩蝶飞舞。休息的时候，李小丽喜欢一个人走进山里，找一处安静的地方，看草木葳蕤，溪水潺潺，翠鸟低唱，鱼翔浅底。她喜欢编织各种各样的梦：用花儿编织瑰丽的梦；用云朵编织温柔的梦；用夕阳编织金色的梦；用白雪编织动人的梦；用春风编织温暖的梦……她喜欢风铃，在她房间的窗前，挂着一个紫色的风铃。每当风从窗外吹进来，风铃便发出清脆的声音，像是唱着一首动听的曲子，悠悠扬扬，飘飘荡荡，令人神清气爽，心旷神怡。在每个有风的夜晚，紫风铃的声音伴着她甜甜地入睡。紫风铃走进了她的梦里，它只为她摇曳，为她痴情，为她歌唱。李小丽喜欢看书，那段时间，她最爱看的是精美的散文和动人的小诗。李小丽常常一个人静静地坐在树下，专注地看着书。书中的世界很美好，书中的世界更是她向往的生活，让她流连忘返，欲罢不能。她希望自己永远是一个单纯的女孩，不为尘世间的俗事所累，像琼瑶小说中的女主人公那样轰轰烈烈地去爱一个人，哪怕燃烧自己也在所不惜……

然而，梦想毕竟只是梦想，距离现实十分遥远。李小丽在感情最为脆弱的时候遇到了她的前夫——杨先生。同为乡村教师的他们在那个偏僻贫穷的小山村，竟然撞出了爱的火花。李小丽罄其所有，爱情之火熊熊燃烧。很快，他们便结婚了。李小丽沉浸在爱的幻想中不能自拔，等她醒悟的时候，才发现自己置身于残酷的现实之中，生活真是一地鸡毛，一片狼藉！

李小丽带着爱留给她的伤痕，只身来到了南浔，希望在这里能够找到爱的港湾，让自己的后半生不再失魂落魄，风雨飘摇。

在那段时间里，李小丽常常在思考一些关于爱情的问题。她认为，人生在世，最美好的生存状态便是沉浸在爱之中。因为吃喝拉撒只是简单的生理活动，毫无美感可言，有些甚至是丑陋的。绝大多数的劳作不过是为了生存，也毫无美感可言。当然，创造性的劳作除外，它可以为人带来愉悦和美感。这样想来想去，好像只剩下爱——只有爱才是人类最美好、最纯净、最有趣的生存状态。

然而，这个世界上有些人是从来不知道爱的存在的。他们像小动物一样懵懵懂懂地度过一生，只是一个生物性的存在，肉体的存在，而不是一种精神的存在。他们没有精神上的需求，没有对爱的需求和渴望——因为他们不知道爱是什么，也不知道它的美好和给人带来的

早年勤奋工作的李小丽

愉悦和幸福。无疑，这样的人是悲哀的，其人生往往是荒凉的、不圆满的。当然，人们不能阻止别人对爱的选择。也许有的人就是喜欢孤独，孤芳自赏，不愿与任何人交流或来往。世界上有许多著名的人物，一生未婚，我们不能否定他们的伟大，但也不应该用自己传统的审美观念对他们指手画脚。爱是相互的，需要撞出火花才能持续产生必要的温度。

此外，一些弱势群体（极端贫困甚至残疾）往往是无力去爱的人。他们知道爱是美好的，是值得追求的，但是他们没有爱的能力，也不知怎样才能去爱一个人，怎样去得到一个人的爱。其中，也有一些人是因为性格缺陷，灵魂缺少营养，缺乏爱的交流能力。这类人由于受制于生长环境和自身修养，他们的灵魂干瘪、迟钝，对美好的事物缺

乏感知能力和渴望。在他们眼中，世界是窄窄的一条通道，一切都可遇而不可求，自己只能在人生的道路上踽踽独行，郁郁而终，终生与爱的欢乐和美好无缘。

还有一些人，他们知道爱的美好，也向往爱情，但是找不到那个能激发自己激情的人。因为世上的人虽如恒河沙数，但是值得爱的人并不多。不是长相丑陋，就是呆头呆脑的。即使长相不出众，只是平常样貌（多数人都属于这一类），也要有点能激发人的激情的特点，比如性格可爱、聪明幽默、才华出众等。可是很多人就是如此不幸运，可能终生遇不上这样的人，也就无缘享受爱的美好。比较幸运的人既懂得爱、渴望爱，也遇到了可以激发他激情的人，只可惜，他/她爱上了他/她，他/她却不爱他/她，于是便陷入了单恋的尴尬境地。单恋是非常痛苦的，这一点毋庸置疑，但是比起没有爱的生活，它还是快乐的。对一个人发生了激情之爱但得不到对方的爱，尽管无比尴尬，羞辱备尝，但却是一个喜忧参半、苦中有甜的状况。所谓喜和甜全部来自浪漫激情之爱本身的美好感觉。即使没有得到回应，还是可以沉浸在爱恋对方的感觉中。有时，由于爱恋的对象可望而不可即，反而使爱本身更加充满激情，更具诗情画意。

最幸运的人当然是既爱上一个人又得到了这个人的爱的人。由于如此美好的事发生的概率并不太大，所以被所有的文学艺术一再讴歌，不但成为人们艳羡的对象，而且成为文学艺术永恒的主题。

李小丽向往和追求的，当然是这类"最幸运"的爱情。这种爱情人人都很向往，但可遇而不可求。假若上天眷顾，天赐良缘，琴瑟和鸣，花好月圆，便成为一段美满的爱情佳话。

"难道，钱江明就是自己苦苦寻找的那个人吗？"李小丽常常问自己。在外人看来，他们的年龄相差18岁——李小丽当时25岁，钱江明已经43岁。静下心来思考的时候，她认为年龄不是什么问题。历史上许多伟大的人物，夫妻年龄相差得都比较大。远古时期的尚且不提，因为在那个年代，男人三妻四妾，和妻子的年龄相差有可能比较大。近代以来，孙中山和宋庆龄，鲁迅和许广平，徐悲鸿和廖静文……谁又能因为年龄的因素而否定他们之间伟大的爱情呢？因此，这个因素在李小丽看来，没有多大关系。唯一困扰她的是钱江明是有家室的人，"恨不相逢未嫁时"，她不能拆散他们的家庭啊！

3. 两情相悦

李小丽离开标准件厂后，生活一时没了着落。"独在异乡为异客，每逢佳节倍思亲。"一个人的时候，她突然觉得特别孤独，开始想念自己的亲人。也许来到南浔是一个错误，身如浮萍，漂泊不定。然而回到缙云后情况就会变好吗？答案是否定的。如果没有离婚，也许她这辈子都不会离开壶镇——那个她成长的地方，感受着家庭生活的温暖，相夫教子，其乐融融。可残酷的现实击碎了她所有的美梦，对于故乡，除了思念之情，留给她的都是苦涩的回味。

那一年中秋前夕，天气依然炎热。淅淅沥沥地下了一场雨后，李小丽走在大街上，因为忘了带雨伞，被淋得精湿，回到房里就感冒了，开始发烧，头痛欲裂。房里很闷热，然而她却感到浑身发冷，蒙在被子里仍然瑟瑟发抖。到了晚上，她感觉口干舌燥，身子沉重。刚起身想到外面买点药，一阵头晕目眩后，便跌倒在地上。李小丽突然感到非常无助，眼泪便下来了。她强撑着身子躺到床上，感觉天旋地转，便蒙着被子昏昏沉沉地睡去了。半夜时分，她醒来了，口干得厉害，感觉嗓子眼儿在冒烟。李小丽拿起暖壶，发现里面已经没水了。屋里没有水龙头，烧水需要到外面去提。她鼓足勇气来到外面，打了一壶水，谁知快到屋子的时候摔倒了，水洒了一地……

第二天便是中秋节了。从小到大，每年的中秋节，李小丽都是和家人一起度过的。如今，自己身处异乡，除了钱江明，几乎没有认识的朋友。几天前，钱江明还问起她的工作，她说"好着哩"，其实她已经辞职了。钱江明想让她去电梯厂上班，当自己的助手，她犹豫再三，还是拒绝了。不是她不想去，而是觉得会给他添更大的麻烦。本来他和妻子关系就不好，这一闹更是彻底僵了，钱江明说他好长时间都没回家了。

快到中午的时候，钱江明来了。他在外面喊她的名字，李小丽听见了，嗓子却感觉像被什么东西噎住了，半天发不出声。钱江明边敲门边喊，终于，她"哇"的一声哭了起来。钱江明进屋后发现她披头散发，形容憔悴，面如土色，大吃一惊，连忙问她怎么了？李小丽平复了下自己的心情，只嗫嚅着说"感冒了"，就难受得说不出话来。钱江明立即烧了壶水，跑出去给她买了点感冒药，然后要送她去医院，李小丽拒绝了。她说自己的身体一直都很好，这些天心情不好，寝食难安，昨天又淋了一些雨，结果便病倒了。钱江明招呼她把药吃

第六章　峥嵘岁月　153

了，又动手煮了一把龙须面，看着李小丽噙着泪一点点吃下，突然觉得一阵心酸，眼睛也湿润了。眼前的这个女子是因为自己才来到南浔的，她在这里除了自己，没有别的朋友，可自己却不能照顾她，他感到有些内疚。于是钱江明说："你那边的工作是不是不顺利？要不就别干了，跟我去电梯厂吧，早晚也有个照应。"李小丽还想拒绝，却又找不到拒绝的理由，于是默默地点了点头，看着钱江明，眼泪又流下来了。钱江明拿来梳子，李小丽对着镜子把头发梳理好。也许是因为吃了东西，感冒药也发挥了作用，她感觉好多了。钱江明拿出一包月饼，说："今天是中秋节，我过来看看你，没想到你病了。"李小丽深情地望着他说："谢谢你，钱大哥！"钱江明笑了笑说："不用这么客气，以后有啥事就对我说嘛，别把我当外人啊！"

随着时间的流逝，钱江明开始冷静地思考这个问题。从李小丽的眼神中他可以看出，对方从欣赏他到喜欢他，那种真挚的情感流露是掩饰不住的。有一段时间，他甚至不敢与她的目光对视，看见她就紧张，心里一阵怦怦乱跳，像情窦初开的少年，那种感觉是和徐应凤在一起时没有过的。开始的时候他常常责怪自己，有意收敛自己的热情，斩断胡思乱想，谁知"抽刀断水水更流"，爱情之火熊熊燃烧，令他意乱情迷，欲罢不能。后来，随着徐应凤的一次次吵闹，婚姻之战愈演愈烈，钱江明感到身心疲惫，于是选择逃避，尽量不与妻子见面了。

1990年，钱江明开始承包恒达电梯厂，由于缺少绘图人员，于是便让李小丽到厂里来上班。那时候，他和李小丽已经习惯了外界的风言风语，对一切看得很开，觉得无所谓了。这个世界，你是无法阻止别人的话语权的。有一位哲人说："走你的路，让别人去说吧。"两个人开始正大光明地接触，每天待在一起。渐渐地，大家也就见怪不怪，对他们的事不感兴趣了。除了徐应凤隔三岔五地前来闹事能掀起一些

钱江明与夫人李小丽伉俪情深

风浪,钱江明把主要的精力都投入到恒达电梯厂了。

李小丽到恒达电梯厂上班后,钱江明的妻子还是不依不饶,经常到公司来闹事。她骂李小丽是狐狸精,勾引了自己的男人。客观地讲,站在徐应凤的角度上,她来吵闹也不算无理取闹。毕竟在那个年代,自己的男人莫名其妙地照顾一个素不相识的女人,作为妻子的她肯定是要捍卫自己的权利。徐应凤虽然知道钱江明对自己没有感情,但在她看来,许多农村夫妻都是在吵吵闹闹中度过一生的,谁家没有点儿事呀!徐应凤来势汹汹,李小丽尽量不与她发生正面冲突。这样的事,讲道理是没有用的,只能回避。然而钱江明却不能不正面接触。夫妻俩大吵大闹,两败俱伤,事情陷入无法收拾的局面中。

钱江明对妻子说:"我们离婚吧,在一起只有痛苦。"徐应凤不同意:"想得美,跟我离了,好和那个狐狸精在一起?没门儿!"钱江明说:"这么多年来,感谢你操持家务,抚养孩子。我们好合好散,离婚后，我不会亏待你的。"徐应凤说："我不同意，坚决不同意！也不允许你和那个女人在一起！"钱江明长叹了一声，觉得她不可理喻，默默地摇了摇头。

在此后的日子里，徐应凤每天都来厂里闹事，李小丽根本没法上班，于是便提出离开。钱江明很无奈，于是介绍她去了金华迅达电梯厂描图纸。钱江明是迅达电梯厂的特聘工程师和技术顾问，经常去那边给企业解决遇到的实际问题。李小丽来到金华后，终于摆脱了那个旋涡，然而钱江明无论如何是躲不过的，妻子不依不饶地继续跟他闹。那段时间，钱江明正在筹办湖州恒达电梯厂，忙得焦头烂额。妻子的吵闹无疑是火上浇油，令他十分狼狈，却又无可奈何。

李小丽在金华待了两年。在这两年里，钱江明也经常去那边帮助迅达电梯厂解决问题，两人的感情迅速升温，发展成情人关系。钱江明在金华花钱租了一间小房子，与李小丽住在了一起。在此期间，他们曾一起到海宁（钱江明的同学那边）筹办电梯厂，但由于那边租用的厂房落实不了，所以没有成功。他们待了一段时间，后来还是回去了。

"好雨知时节，当春乃发生。"1992年1月23日，中国改革开放的总设计师邓小平在乘坐舰艇从深圳前往珠海的途中，发表了著名的"南方讲话"，为我国改革开放事业指明了前进的方向。时隔一年之后，"南方讲话"的春风也吹进了古镇南浔。原本属于集体性质的湖州恒达电梯厂也面临着"向何处去，如何发展"的思虑中。不久，从政府又传出信息：为了搞活经济，国有企业"可买，可承包，可改制"。钱江明敏锐地捕捉了这一信息，审慎地思考着新的人生。他认为继国企这种模式之后，民企将应运而生，成为一种新的趋势蓬勃发展。

进入20世纪90年代后，市场竞争越来越激烈。1996年的夏季，受"大锅饭"所累，湖州恒达电梯厂陷入资不抵债的困境中。当时企业负债 200 多万元，还有 50 多名员工拖家带口地等着发工资。

钱江明经过反复斟酌，最后痛下决心，决定自己承包。这一决定并非只是出于对电梯事业的热爱，还有两个依据：一是政府有扶持民营企业的好政策，正是施展才能的绝佳机会；二是通过十多年的学习与钻研，自己也算得上是电梯制造业里懂行的人，有这个底气做好电梯。鉴于此，钱江明随即向主管部门提出承包意向，并承担起所欠的债务，全厂上下的职工及家属都非常感动，觉得钱江明是一位有魄力、敢担当的人，值得信赖。

和许多功成名就的企业家的创业故事相似，钱江明接过这个"烂摊子"，凭借自己对技术的钻研及勤奋，让一筹莫展的恒达电梯渡过了数次危机。钱江明承包了恒达电梯厂后，李小丽又一次回到了南浔。

1997 年 3 月，钱江明宣布与徐应凤离婚。钱江明给前妻买了一个店面让她谋生，作为对她感情的弥补，又凑了 6 万元给她，以让前妻的生活无后顾之忧。当时的 6 万元可不是一个小数目，钱江明为了离婚，即便负债累累也在所不惜。

有情人终成眷属。1997 年 12 月 25 日，钱江明与李小丽在漫长的 10 年爱情长跑后，终于冲破了重重障碍，正式宣布结婚。那时候，钱江明的三个孩子都已经成家立业，钱江明也没什么后顾之忧了。

"决定和钱江明结婚的时候，也不是没有顾虑。一位电梯厂的领导对我说：'你那么年轻漂亮，随便找一个也比他强。他个子那么矮，家里世代是农民，恒达电梯厂效益也不太好，一个月工资只有 100 多块钱。最关键的是他有三个孩子，你考虑过结婚后如何面对那三个已经成年的孩子吗？'我说我没考虑那么多，就是觉得他这个人心地善良，有担当，做事雷厉风行，像个男子汉，值得托付终身。与钱江明在一起的那些年，他一直没有钱，我连好点的衣服都买不起，于是自己买了一台缝纫机，买回布料自己做。有时候，他的衣服也是我买布料做的。有时,我们两人一起逛商场,看见什么好衣服都不敢到跟前去,因为口袋里没有钱。钱江明对我说:'小丽,等到有一天我有了钱,你想买什么衣服就买什么衣服!'我们两人去上海,到了南京路第一百货商店,钱江明说:'你一个人逛吧,我去看看电梯。'其实我知道,他怕伤我自尊,所以每次进大商场,都以查看电梯为由躲开了。我能理解作为一个男人的那种尴尬。我们在一起拖了那么久,他老婆一直不同意离婚,后来看到厂子办不下去了,于是便提出要6万元,我拿出自己的全部积蓄4万元,钱江明东拼西凑弄了2万元,他老婆才同意离婚了。离婚后我们已经一无所有了,过年时住在空空荡荡的小房子里,还身负几十万元的外债。那晚的天气特别冷,外面爆竹声声,一片祥和的气氛,可房子里却冷清清的。钱江明看起来也有些伤感,强颜欢笑地对我说:'小丽,对不起,让你受委屈了。请相信我,我一定会让你过上美好生活的。'我笑了笑说:'不委屈,咱们共

钱江明的全家福

同努力，一起把电梯厂做起来，日子就会一天天好起来的。'说着说着我的眼泪就下来了，他起身为我擦了一把泪，说：'你想吃什么，我给咱做。'我起身看了下不足 60 平方米的家，看到一台虽小但也在家里算得上最用得着的小型单门冰箱，发现里面还有一条鱼，一些青菜，于是就动手做起菜来。外面的烟火更加鲜艳了，千家万户都沉浸在一片欢乐之中。钱江明拿出一瓶红酒，说：'小丽，我从来不喝酒，今晚是除夕夜，过大年了，咱俩喝一杯吧。'他的眼眶有些湿润，我不知怎的眼泪又下来了。江明又说：'小丽，你是不是很难过？'我摇摇头说：'不难过，我是高兴的……'后来，我先后怀过两个孩子，因为怕违反计划生育政策，所以都处理掉了，挺遗憾的。如果孩子留下的话，现在都 20 多岁了……"李小丽说着说着，眼眶湿润了。

"发生婚变，是李小丽成就了我的人生之梦。她在我人生的低谷出现，给了我莫大的支持和精神方面的鼓励。我们相濡以沫，同甘共苦，携手并进，度过了那段艰难的岁月。"时隔多年，采访钱江明的时候，他依然显得有些激动。

4. 同舟共济

钱江明承包恒达电梯厂时，已负债累累。在一筹莫展之下，他只好卖掉老厂房，拿出大部分钱还债，用剩下的几万元钱，在南浔镇最东面边缘的马家巷（南浔便民路东）租了一个占地仅3亩的厂房，取名"湖州恒达电梯有限公司"。之所以取此厂名，寓意"永恒发达"，表达了钱江明创业的信念，并由此义无反顾地迈开了人生的创业之步。开工伊始，他对员工们只说了简短的一句话："工厂是我钱江明的，但它的兴衰与你们的利益休戚相关，所以希望你们和我捆在一起，共同去打拼出恒达的辉煌！"

转制后的民营企业，给人的感觉大不一样。企业从上到下，所有员工仿佛都脱胎换骨了，一门心思地为企业的发达兴旺而拼搏。知识是最大的生产力，钱江明以他的聪明才智，不断革新，让产品质量节节上升。俗话说："一分耕耘，一分收获。"为了适应市场的需求，恒达电梯厂制造出的曳引式5吨客货两用电梯，年产量突破了100台，且产销两旺，恒达电梯在浙江省也出了名。一年后，年销售300多台电梯的钱江明不但还清了所有的债务，还有盈余可供扩大再生产。这个时候，令他猝不及防的亚洲金融风暴突然席卷而来，电梯厂深陷其中，恒达电梯厂像行进在汪洋中的一叶小舟，风雨飘摇，举步维艰。

1997年7月，亚洲金融风暴席卷泰国，不久便波及马来西亚、日本、新加坡、韩国、中国，造成亚洲大部分股市大幅下跌，许多大型企业倒闭，工人失业，社会经济十分萧条。此前，亚洲国家经济高速增长的原因就在于政治经济环境稳定，后来由于金融危机破坏了这种稳定，引发了社会波动，差点儿危及各国的经济安全。在此情况下，亚洲各国采取了很多措施来补救导致金融危机的缺陷以及危机所造成的破坏。

钱江明想起了一句话:"人生中有许多选择,每一步都要慎重,但是一次选择不能决定一切。不要犹豫,做出选择就不要后悔。只要我们能不屈不挠地奋斗,胜利就在前方。"他认为,作为一个企业家,一定要有自己的人生思考。

1998年,恒达电梯厂更名为"浙江恒达电梯有限公司"。

那年春节,钱江明扛着200多万元的债务,再拿出自己的积蓄给厂里的50多名员工如数发放了工资和年终奖。安顿好员工后,钱江明的口袋里只剩下几百元了。

这年该怎么过?钱江明开始发愁。

大年三十当天,他开着一辆夏利两厢小车,和李小丽奔赴浙江嘉兴桐乡。当地一家企业有5万元货款还未支付,对方答应除夕这天一定补上,这也是钱江明最后的一点希望。

"我和太太在对方厂子门口等了一下午,快下午五点了——冬天五点应该到万家上灯的时候了,可那个客户最终还是没有出现……"钱江明说,当时的自己,揣着那仅有的几百元钱"灰溜溜地回到了家"。

但这个窘迫的新年让钱江明赢得了员工的信任和坚守——这位时常和他们一起跑销售、装车、发货的老板,即便在最困难的时刻,也没有想过放弃,更没有亏待员工。

李小丽说:"那段时间,每天都是要账的,材料费、运输费等,各种三角债。尽管非常困难,但我们绝不欠工人的工资。钱江明说每一个愿意跟着我们干的人,都是因为信任我们才选择了恒达电梯有限公司,他们的家里上有老下有小,我们不能亏待他们。员工是企业最宝贵的财富,非常难能可贵。有了他们的支持,我对企业发展充满信心。我认为困难是暂时的,是可以克服的。当时主要面临的问题除了资金,还有销售。一个企业如果没有订单,将面临死路一条。我主动提出跑

销售，只身一人到上海，然后又坐船到温州，走了一天一夜，结果生病了——扁桃体发炎。当时烧得很厉害，感觉昏昏沉沉的，嗓子干得冒烟，走路左摇右晃，轻飘飘的，似乎一阵风都能把我吹走。到温州后我找了一家小旅馆住下来，买了一点药吃了，感觉好了一些，然后租了个自行车去温州农药厂跑电梯业务。到那里后我发现，人家根本不把我当回事儿，一副爱搭不理的样子。当时我还在发烧，嗓子干得冒火，于是问：'能不能给我倒一杯水，把药吃了？'对方一看我生病了，心生怜悯，说：'你这么年轻的女子，一个人出来跑销售，生病了也没个人关照。'对方被我的拼命精神感动了，带着我去了医务室打针。后来那笔业务还是做成了。我心里十分高兴，接着又去了黄岩、台州等地跑业务，一直跑下去，每签订一单业务，都觉得很有成就感。那时候，因为交通工具不太方便，每到一个地方，如果距离不远我就

走过去，距离比较远就租一辆自行车或者挤公交，风雨无阻。当时打不起出租车，太贵了。骑自行车的时候我有几次摔倒了，胳膊和腿上到处是伤，于是歇一歇接着再骑。有时因为忘带雨伞，被淋得精湿，怕感冒了，便赶快回旅馆换了衣服再去跑业务。有一次挤公交车时钱包被偷了，我身无分文，在当地又不认识一个人，真是觉得非常绝望。好在许多客户都被我那种执着的精神所感动，愿意与我签订合同。我一年下来销售了十多台电梯，价值近百万元。当时厂里一年也就销售一百多台电梯，因此自我感觉很有成就感。"

"我属猴，她属虎，按照属相之说，不合。小丽脾气不好，快言快语，性子直爽，做事也非常利索，不喜欢拖泥带水。小丽在金华迅达电梯厂待过一年，我经常过去。当时那个厂还是集体企业，我去那里当技术顾问，帮他们办电梯生产许可证。后来我离开了湖州第一电梯厂，也在那边上班，月薪300元，在当时，一般工作的工资平均不到100元，300元算是相当高了。后来，王锡凯被提升到南浔区当区工办主任了，南浔区经贸委要办个区属企业'恒达电梯厂'，便写信把我叫了回去，当技术厂长。王锡凯对我一直都很信任。后来，集体企业越来越不景气，我就决定承包那个厂子，小丽愿意跟着我一起干，这给了我很大的勇气和信心，加之大儿子振华带着资金回来了，我决定大干一场，做中国最好的电梯。小丽跟着我受了不少苦，见证了企业最艰难的那段历程。有一次，湖南湘潭有一个房地产商找到我们，经过了一番考察后，让我们过去签合同。我花了好几千元给那个老板买了件皮大衣，与小丽一起赶过去。对方很热情，让我们一起吃饭，我去把单买了。老板带着我们去看了一个工地，工地上有工棚，挖了一个大坑，其实根本不是他们的，但当时我根本没有意识到。老板说要和我们签合同，订6台电梯，我非常高兴，因为电梯厂被承包后，业务并不是特别好，这个单子对我们很重要。谁知到了晚上，那边突然来了一个人，急匆匆地说：'我们老板因为嫖娼被公安抓住了，钱总能不能帮一下？'我说：'怎么帮？'那人说：'公安局要罚款5000元，老板现在不在公司，钱拿不出来。钱总先帮我们把那5000元罚款交了，等老板出来就还给你。'我犹豫了一下，想着6台电梯上百万元的合同订金还未付，不过还是硬着头皮给了那人5000元钱。第二天，那一伙人又带着我们去当地几个旅游景点玩，吃饭、门票等都是我出的钱，前后花了2万元。我有些心疼，但想着做生意就要付出，心里就平静了许多。回来后一直等合同订金，却没有消息。再到湘潭去一看，哪里还有什么房地产公司？那个老板以及他的所谓下属消失得无影无踪。仔细查看合同，原来合同也是假的！"谈起当年刚承包时被人欺骗，钱江明不好意思地笑了。

"后来呢？有了这个前车之鉴，后面做生意应该小心多了吧？"我问。

钱江明说:"虽然被人坑骗了,当时很懊丧,但我认为做生意还是要与人为善,保持一颗善良的心,我相信大多数人是好的。做企业一定要讲究诚信,哪怕有一定的风险,答应别人的事,也不要反悔。只要以诚相待,别人也会选择信任。我认为,诚信是企业发展的命脉,恒达电梯这些年能够发展壮大,与客户的信赖是分不开的。一般客户来厂考察,我都是亲自陪同,实事求是地介绍企业和产品,如轿厢所使用的钢材是鞍钢就是鞍钢,是宝钢就是宝钢,绝不妄言。这样客户就会选择信任我们,与我们签合同。有一次与人家已经签了合同,对方说是二层二门一台电梯。实际建筑高度90米,他没有说,我以为是普通楼房,合同上面的规格尺寸到时派个技术人员去量一下就是了,八九不离十,相差不会很大的。想不到合同生效后,发觉是一个塔里用的电梯,中间不停。虽说是二层二门,但实际相当于20层高楼,20层高度的电梯技术要求跟二层二门完全不一样,要求的材料也不一样,费用翻倍,签合同时对方没有说清楚。这个项目如果按照合同执行,我们非但赚不到钱,还会亏不少钱,但是因为合同已签,我认为不能反悔,亏钱也得做,结果7万元的合同,我们最起码亏了3万多元。我这个人就是这样。小时候,母亲说的最多的一句话是:'吃亏就是福,不要因为一件小事与人去争。'几十年来,我一直秉承'宁可人负我,我不负别人'的做人准则,诚信待客,用心服务,所以恒达电梯厂这些年来才会蒸蒸日上,在激烈的市场竞争中立于不败之地。"

"做电梯这么多年,你认为最困难的是哪段时期?"我问。

"要说最困难的时期,就是1998年刚承包恒达电梯厂的那段时间。当时企业发展非常艰难,除了需要承担企业的外债和贷款,每年还要给政府交6万元的承包费。后来,我把恒达电梯厂卖掉,还了外债和银行欠款,还欠下几十万元,加上之前的欠债,共负债100多万元,必须自己承担。当时外面欠我们许多账都要不回来，只能自己想办法解决债务问题。"钱江明说。

承包企业后，钱江明将原来的"恒达电梯厂"更名为"恒达电梯有限公司"，注册资金的50万元大部分都是借的，注册后就把钱还给人家了。钱江明申请办理了营业执照，租了三亩地的厂房开始生产。当时，面对一无人员、二无资金、三无市场的局面，钱江明感觉自己再一次经历白手起家，就算硬着头皮也要办下去。

"现在看来，当初起步时的恒达公司顶多算个小作坊，条件十分简陋。车间没有空调，夏天时像蒸笼似的，又闷又热，人在里面待一会儿就挥汗如雨。工人们都咬着牙坚持工作，没有人选择离开。当时最困难的是没有资金，因为钱江明当时接手时企业处于亏损状态，负债累累，为了贷到款，钱江明真是踏破了鞋地跑银行，工、农、中、

曾经的30亩地厂区

建、交五大国有银行都不可能给我们这个亏损小厂贷款,因为大银行有规定,必须要有抵押物才能放贷,而我们当时没有抵押物。最后找到南浔本地政府开办的一家银行,当时叫'南浔城市信用社'(现名湖州银行),可以提供担保贷款30万元,但需要有人担保才行。当时有一位朋友叫沈永福,是南浔电梯变压器配件厂的老板,愿意给我做担保,信用社主任范豪看到担保人的公章后就放款了。他们都是我人生道路上的贵人,在我最困难的时候帮助过我,是我一辈子不会忘记的恩人。湖州银行真正做到了雪中送炭。"钱江明接着说。

有了30万元的启动资金后,1999年,钱江明在大儿子钱振华的帮助下,以每亩10万元的地价,在南浔的风顺路买了5亩地,建造了自己的第一个新厂房。大儿子钱振华当时在桐乡濮院做羊毛衫生意,赚了一些钱,决定回到南浔与父亲一起办厂。无论如何,总算是有属于自己的土地和厂房了。厂区虽小,但是有办公区和生产区,中间的院子还可以停车,从外面看去,像个企业的样子了。钱江明感到很欣慰。

"恒达电梯的第一个代理商是浙江建德人,叫吴柏顺,他说要去广西帮我们卖电梯,作为我们的一个分公司。吴柏顺帮我们卖掉第一台电梯后,收到的货款没有马上打给我们,因为他当时太困难了,用作自己日常生活的钱都没有,所以打电话告诉我他先拿来缓解一下生活压力。我也十分理解他的难处,同意他先留着自己生活,公司照常发货安装。后来情况稍有好转他就立马打钱过来了。再后来,电梯销售得越来越好,他赚了不少钱。现在,吴柏顺一直在销售恒达富士电梯,收益也越来越多,在建德老家买了新房和新车。他的生意越做越大,最多时一年卖了300多台电梯,能赚好几百万元。公司的各个分公司也好,代理商也好,遇到困难需要我们支持,我都在所不辞,就算汇款延迟,只要说明原因我们也能够理解。我们给经销商成本价,让利给他们,因为只有他们赚钱了,我们才能够赚钱。许多代理商靠销售恒达电梯富了起来,一些经销商跟着我们 30 多年,仍不离不弃。现在我们有经销商 300 多家,几乎遍布全国。我们每年都会组织优秀的经销商出去旅游,还组织过一次国外考察,按年销售 50 台、100 台、500 台以上的,分别给予额外的奖励。此外,目前外面的欠款差不多有三四个亿,讨不回来,只有通过诉讼;打官司也要不回来的,就成为呆账、坏账。有些是三角债,情况复杂,也真的不好要。"钱江明说。

"其实最初就是想着弄个小厂,赚点钱把债还了。随着企业的不断发展,原来的厂房及设备已经不能满足新产品和产能的需要,必须扩建才行。于是才买了五亩地,建成一个四合院的样子。小厂很不起眼,设备老旧,客户都是冲着钱江明的人品来做生意的,甚至没派人来工厂考察,也能放心地让我们做电梯。企业起步时困难重重,举步维艰。屋漏偏逢连夜雨,接连又出了几件事:我们聘请的萧山的一个电梯厂的工程师去广西出差,因原发性高血压引起突发心肌梗死而亡,企业赔了人家好几万元;一个员工请假回家,他刚学会开车就在当地租车公司租了一辆车开,结果出车祸死了,企业又给人家赔了好几万元。好在大家齐心协力、共克时艰,总算度过了那段难熬的日子。"谈起当初恒达电梯公司创业初期的事情,李小丽动情地说。

第七章　自强不息，砥砺前行

1. 穷人的孩子早当家

"买了五亩地的电梯厂，感觉一切都重新开始了，百废待兴。这个时候，我的大儿子钱振华带着资金回来了。"钱江明说。

在恒达富士电梯公司，如果你说找钱总，员工会问："你找哪一位？大钱总还是小钱总？"因为钱江明是董事长，两个儿子钱振华与钱惠华分别管理企业的生产与销售。"打虎亲兄弟，上阵父子兵"。他们兄弟俩像父亲的左膀右臂，撑起了恒达富士的巍峨大厦。

大儿子钱振华生于1966年，属马。我在网上随手搜了一下，发现属马人的性格特点是：热情大方，心中藏不住秘密，善于与人相处，善于交际，朋友很多，天生人缘较好。但也正因如此，喜欢社交活动，总是像匹马似的蹦蹦跳跳，所以开支也较大，守不住钱。我观察了一下，发现这些特征与钱振华的性格还真有些相似。

"我出生在农村，同爷爷、奶奶、父亲一样，从小在那里长大，对辽里村有着一种特殊的感情。在记忆中，父亲务农，偶尔当代课老师，母亲和爷爷、奶奶、叔叔一起在地里劳动。那时候大家都比较穷，只有在过年时才有新衣裳穿。上学时，我回到家就帮家里人干活，像父亲当年那样，放羊、割草、打猪草。寒暑假还会去生产队参加劳动，每天挣1.5个工分就觉得很兴奋，觉得能替大人分担一些责任，而不

初中时的钱振华

是白吃饭了。妹妹钱惠芬 1968 年出生，小时候也经常跟我们一起干活，一起放羊、打猪草。那时候农村人要交公粮，一年辛苦劳作，打下来的粮食交完公粮后所剩无几，一家人根本不够吃，于是就用番薯、玉米等充饥。后来包产到户了，情况好了许多。记得我 16 岁那年，爷爷卖了一头猪，给我买了一块手表。当时我正在读初二，那时候手表特别流行，就像现在的手机一样。我看见同学们都戴着手表，特别羡慕，回去跟父亲说了很多次，他都说家里没钱买。爷爷特别疼我这个大孙子，只要我喜欢的东西，他都尽量满足我。

"记得那是一块'钻石牌'手表，一百多块钱，特别漂亮。我爱不释手，晚上睡觉都舍不得摘下来。熄灯后，表盘上荧绿色的夜光很好看，将它戴到学校后，感觉在同学们面前腰杆直了许多。由于初一留了一级，我 14 岁时在北里上完初二，初中毕业就不愿再去上学了。

当时认为父亲上了中专，毕业后都不分配工作，仍是回到农村务农，看来上学他没什么用，于是就跟着姑父学泥瓦工去了，每天在建筑工程队里干活。那时候，建筑工程队的活很累，每天起早贪黑干十几个小时，才挣1元钱。工地上大多是成年人，身强体壮，我长得又瘦又小，干活力不从心。刚开始干活时，一天下来手上就起了血泡，疼得都握不住铁锹。17岁那年冬至，寒风刺骨，我们在湖州机床厂旁边的河里挖泥。晚上寒风凛冽，站在齐腰深的淤泥里，人冷得不停地颤抖，感觉下半身都失去知觉了。我咬紧牙关，怕自己坚持不住倒在淤泥里，黑灯瞎火的谁也不会注意，那就完蛋了！冬日里我们每天都要干10个小时以上，用洋镐撬水泥路面，一洋镐下去，震得手臂发麻，虎口开裂。夜里回去后发现臂膀肿了，碗都端不起来。

"就那样，我还是一直坚持干下去。在工地上做工，扛沙子、走木板、上楼房，摇摇晃晃，非常危险。沉重的沙袋压得我喘不过气来，腿在颤抖，汗如雨下，却丝毫不敢怠慢。因为一不留神就会跌下去，轻则受伤，重则残疾，十分可怕。

"父亲希望我继续读书，曾对我寄予厚望，谁知我早早地就辍学跟着工程队干活去了，父亲对我很失望。我是个性子比较好强的人，自己选的路，无论如何也要走下去。记得老师说过：一个人一定要有追求，有了追求就一定要去实现。我的愿望是走出农村，干一番大事业。爷爷曾对我说：'吃得苦中苦，方为人上人。'他年轻时经常去上海卖菜墩做砧板生意，吃了不少苦。父亲上学的时候也吃过不少苦，特别是他从湖州工专毕业后回到农村，跟着生产队社员一起干活，去湖州掏过粪，还当过纤夫，令我十分钦佩。小时候，父亲一直是我心中的榜样。他除了偶尔在辽里小学代代课外，回到家里也和母亲一起干农活，奈何一家人辛辛苦苦地劳作了一年，年底分红一家人拿到的钱也不足100元，交过公粮还要饿肚子。所以我下定决心要走出农村，通过自己的努力闯出一条路来。至于这条路是什么，我那时候也没有多想，反正就是觉得只要走出去，总比待在农村强。"眼前的"大钱总"钱振华已年过五十，头发花白，显得比较消瘦，谈吐不紧不慢，透着一股云淡风轻的意味。通常，我们说起一些成功的企业家，总会谈及他们的子女——富二代。然而，眼前的钱振华并不属于"富二代"，他是一个"创二代"，也是一位企业家。他的前半生走过和父亲差不多的道路，甚至，他比父亲更早地融入社会，见惯了底层生活，尝遍了酸甜苦辣。最后他同父亲钱江明一样，成为一位优秀的企业家。

"从17岁开始，我一直在北里建筑工程队干活，做泥瓦工。在建筑工程队里，泥瓦工是最脏、最累的活。在工程队里，无论什么工种，都需要从小工开始做起。当小工，也就是现在说的打工。在那个年代，能找到一份打工的活，也是很不容易的。20世纪六七十年代，我们村在集体生产制度下，将大队分成小队，小队分成组，集体安排劳动，粮食按人口分。年底按工分结算，一个劳动日也就三四毛钱，谁家出的劳力多，到时候分的钱也多。事实上，农民的生活贫困，粮食不够吃，经济也十分拮据，这正是大家不想待在农村的主要原因。那时候，虽然我父亲每个月还有十几元的代课费，但对于一个八口之家来说，简直是杯水车薪，虽不至于揭不开锅，但常常填不饱肚子。我不想与贫困为伍，总想改变命运；改变不了命运，也想努力改变生活状态。然而，在那个年代，我连出去打工的机会都没有。工人是工人，农民是农民，各司其职，既没有机会，也不允许你串岗。因此，我能悄悄地跑出农村，跟着姑父一起在北里建筑工程队干活，已是一件不容易的事。至于在工程队受的那份苦，对于农村人来说，都已经习以为常，算不得什么了。"回首往事，钱振华深有感触。作为同龄人，笔者小时候也经历过他那种生活。

笔者"有幸"生活在钱江明与钱振华父子的时代，也有一段跟钱振华几乎差不多的打工经历。那时候，因为家里艰难，我利用暑假与村里的两个同伴学军、建强一起去工地干活。那时候正在修西延铁路，洛河川炮声隆隆，一派繁忙的景象。工地需要临时工，一天给1元钱。我们算了一下：一个暑假能挣30多元，顶得上家里一年的收入了！据说那一段工程是包给工头的。上工后，我发现工头对工人很苛刻，每天天不亮就得起床，干到天黑得看不见才能收工。一天下来累得人快要散架了，然而一想到那么高的收入，再苦再累都觉得值了。原想着这30元除了交学费，还有20元可以给父母每人买一件衣服。我们就干得热火朝天，信心百倍，脏活累活抢着干。谁知一个月后1分钱也没拿到，还被包工头带了一群人打得抱头鼠窜，落荒而逃。人家的理由是：几个学生娃一天干的活，还不够饭钱！

后来在县城上高中时，我利用暑假跟着一个"工队"在林场干活，挖鱼鳞坑。那一年我16岁，身体很单薄。听说挖一天鱼鳞坑可以赚3元钱，我蠢蠢欲动，不顾初中时打工被骗的教训，毅然扛着镢头，步行30多公里到岔路口的一座山上去干活。干活的民工来自四面八方，大多数是陕北人，看起来五大三粗，操着一口我听不太懂的方言。他们大口吃馍，大碗喝酒，干起活来更是虎虎生风。夜幕降临后，几十个民工挤在两口土窑洞里，地上铺着麦草，大家和衣而卧，挤在一起，别人鼾声如雷，可我却怎么也睡不着，眼看着快到三更，迷迷糊糊地刚睡着便被喊着起床了。起床后，借着晨曦的微光，一行人打着哈欠，沿着弯弯曲曲的山路往上爬。上了山，有人一声令下：开始干活了！大家挥舞着镢头，惊得一群野鸡"嘎嘎嘎"地飞起来，打破了黎明的寂静。太阳出来了。大概9点多的时候，送饭的上山了。送的是糜子馍，每个约四两，那些汉子们一口气能吃好几个，我一个还没有吃完，就已经没有了。山上有很多灌木丛，需要把灌木的根刨出来，然后才能挖鱼鳞坑。有些灌木丛很粗，半天也挖不出来，弄得人满头大汗。

除了灌木丛，到处都是白草，这种草根系很发达，鼓足力气一镢头下去，入地不过两厘米，震得虎口开裂，磨得掌心全是血泡。等到中午的时候，大家精疲力竭，长长地躺在草地上，看着满天的白云悠悠荡荡，似乎只有在这个时候，才觉得生活是美好的、惬意的。突然，天空乌云翻滚，雷电交加，大雨倾盆而下，山上无处躲藏，一会儿大家便都成了落汤鸡。好在都是男人，大家将湿衣服脱下来挂在树上，一会儿就干了。一天，有个工友不小心刨开了一个马蜂窝，马蜂倾巢而出，来不及躲藏的几个人被蜇得鼻青脸肿，眼睛眯成了一条缝。中午送饭的人上山了，饭同早晨的差不多，也是大块的糜子馍。我努力想多吃两个，谁知牙开始疼了起来，无法咀嚼。第二天，牙疼加剧，脸肿得很高，吃饭成了大问题。吃不进去东西浑身便没有力气，干不动活，还遭到了工头的呵斥。几天后，我便被勒令离开了。前后干了半个月，依然1分钱没拿到。灰溜溜地走了几十公里山路，回到家中。

父亲听说我没拿到工钱,叹了一声气。母亲的脸色也不好看,认为我没出息,啥都干不成……

2. 从泥瓦匠到羊毛衫商人

钱振华只比我小两岁,跟我算同龄人。所不同的是我们一个生在北方,一个生在南方,但毕竟生活在同一个时代背景下,经历了差不多一样的命运。

一开始,钱振华在工程队什么活都干,逮住啥干啥。没活的时候,他们也走东家串西家,垒院墙、修院门,盖厨房、建平房,砌筑护墙……只要是赚钱的活,工程队都干。由于北里乡地理位置比较好,活儿还是比较好承揽的。20世纪80年代,乡村的土坯房很常见,不过砖瓦房已经逐渐流行开来。除了种田之外,不少农民都学会了垒墙

抹灰，这也算是一种增收的手艺活儿。两位工人师傅站在支架上砌墙，旁边放着两斗混凝土。夏天施工天气炎热，两人戴着凉帽，为了避免工伤都穿着耐磨的粗布衣服。在两个熟练工的操作下，一堵墙壁一天就能砌个大半截儿。农闲时节，为了多挣一些钱贴补家用，一些妇女也加入了施工队伍。通常在工地上，妇女从事的都是简单的工作，不过一天下来也是很辛苦的。在市区内，一栋高楼已经成型，工人马不停蹄地又开始了下一栋建筑的施工。一个月辛苦工作下来，工资也不多，只要能按时发到手，大家都很高兴，别无他求。大家只有下雨天才能休息一下，天气好的话就一直干，除非揽不到活儿。北里建筑工程队人员不多，最多时也就十几个人。那个年代，许多初、高中毕业的孩子都不愿意在农村里待，想办法到工程队做泥水匠和小工，他们搬砖、和泥、挖土、拆墙、修补……什么活都干。一群年轻人吃苦耐劳，风里雨里，在脚手架上爬上爬下，工地上尘土飞扬，大家也没有怨言。想想现在的孩子，养尊处优，回到家里基本什么也不干，更别提出去干苦力活儿了。

"我认为经历便是财富，艰难困苦锻炼人，劳其筋骨能励志，这段泥水工的经历让我难忘。回首往事，青春岁月历历在目，那些工友们的笑容依然灿烂、依然鲜活。在建筑工程队的两年里，我的工资从最初的一天1元钱增加到1.45元，后来增加到1.8元。每个月我几乎都是满勤，挣的钱都交给家里了。那时候，家里正在盖一栋房子，花了5000元，欠了不少外债。19岁的时候，我离开了北里建筑工程队，托亲戚关系找到了国营企业德泰顺皮革厂，虽是外包工，但这个厂当时是南浔的大企业，且不用像在工程队那样日晒雨淋了。我被安排在脱毛车间干活，上晚班。车间不仅简陋，而且根本没有净化空气的设施，又脏又乱，臭气熏天。脱毛车间又必须在高温下作业，人在里面待不了多久就会感到恶心，许多人都不愿意干，我却坚持下来了。后来听人说皮革厂大部分原料都是采用苯酚和甲醛处理,苯以及各种化学成分对呼吸道有危害,会对人的肺产生伤害,还可能致癌。甲醛的危害性不言而喻,可惜那时候大多数人都不了解。人的五脏六腑是相互联系的,任何一个脏器受到伤害,就会牵扯或影响到别的器官。比如,你会睡不好、吃不香、没精打采等。皮革脱毛的时候会用硫化碱,这东西除了会伤害皮肤,也会释放出硫化氢,特别危险。一不注意便会使人晕倒,严重时甚至有生命危险。那时候,我仗着自己年轻,为了多赚点钱,晚上上夜班,白天去做泥瓦工。在皮革厂干了一段时间后,因为厂子不景气,开不了工资,于是我父亲又托人介绍我去了一家乡镇企业轻工机械厂,成为一名绘图员,负责工业设备的描图和晒图工作。"也许是见惯了世间百态,钱振华看起来很平静,似乎那些艰难的过往是别人的故事,他讲起来轻描淡写,一点儿都不激动。他的经历可谓坎坷,然而在他的脸上,很少能看到岁月留下的沧桑,更多的是一种成熟的坦荡与从容。

1988年,钱振华22岁了。他觉得在工厂干活不仅工资低,而且前途渺茫,于是考了一个三轮摩托车驾照,开始跑出租。在父亲钱江明的经济支持下,花3000元买了一辆摩托车,钱振华开始在南浔汽车站揽活。每天接送客人,能赚一两百元,比在工厂里干活强多了。

"骑三轮摩托在汽车站拉人,也很危险。有时送完客人天就黑了,乡间小路崎岖不平,一不留神便会跌进旁边的稻田里,摩托车半天也拽不出来。有的客人说路程很近,结果跑半天到不了,还不愿意加钱。汽车站拉客竞争很激烈,为了抢客户,开摩托的朋友弄不好就会发生激烈争吵,甚至打架斗殴。后来我挣了一些钱,花20000元,买了一辆旧面包车——柳州五菱,跑了一段时间后发现面包车老是出故障,颠簸得也很厉害。于是又借了50000元高利贷,集资92000元在天津买了一辆夏利牌小轿车。那时候,私家车非常少,夏利算是很奢侈了,

恒达富士电梯有限公司荣获湖州市南浔区"新象"企业称号

我这车是南浔第二辆。90年代初期,北京满大街都是黄面的(天津大发),高档些的就是夏利,且比较少。因此能有那么一辆车是非常令人羡慕的。为了买那辆夏利,除了借高利贷,还要到处借钱,幸亏跑摩时认识的一位老板借给我20000元。我从小就喜欢车,看见马路上过去一辆小轿车,都会呆呆地站在那里看半天,常常想:里面都坐的是些什么人?车里是什么样子?听说一辆小轿车要十几万,感觉就像天文数字,一辈子都买不起。有了车,就感觉自己的人生已经到达了巅峰,兴奋得不得了。那时候,开辆夏利比现在开辆路虎、保时捷、玛莎拉蒂还要牛!家里人担心我借了那么多钱,还不了怎么办?我却对自己很有信心,办运营证、上牌照都是托人办理的,然后我重新考了个大货车B照(当时还没有C照),培训了4个月就开始跑出租,这一跑就是4年。"钱振华说。

"后来为什么不跑了?生意不好吗?"我问。

1998年位于南浔区风顺路的湖州恒达电梯有限公司

2008年的浙江恒达富士电梯有限公司

"不是。当时南浔出租车不多,生意还是不错的,特别是我驾驶技术好,车开得稳,叫车的人也比较多,常常忙到深夜回不了家。然而,就在我的出租车生意蒸蒸日上时,一场意外的车祸让这一切都戛然而止。一天夜里回家,天下着雨,我在从杭州返回南浔的途中,因为大雨影响视线,加之桥梁施工方违规占道施工,致使出租车一头撞到了桥墩的护栏上。不幸中的万幸,车子损毁严重,但自己身体未伤。那时候车子已经'脱险',光修车就花了2万多元。经此车祸之后,我觉得开出租车很不安全,于是将车卖掉,向开出租车时认识的朋友借了些钱,花10.5万元在桐乡市濮院镇羊毛衫市场买了个摊位,与妻子一同前往桐乡做起了羊毛衫生意。"钱振华说。

钱振华在皮革厂工作的时候,父亲托人给他介绍了个邻村的小姑娘,叫利妹,当时20岁,在村里务农,钱振华与她相亲后双方都很满意,于是就把婚事定了下来。两年后他们结婚了。妻子比他小一岁,家里有许多地。除了务农,她还在镇上做一些小生意,很有经营意识。

20世纪90年代,羊毛衫市场非常火爆。浙江省桐乡市濮院镇是全国最大的羊毛衫集散中心和全国毛针织服装生产基地,约有上千户生产加工企业,市场有19个交易区,1万余间商铺,毛衫交易量占全国总量的60%以上。

濮院镇位于桐乡市东部,四周分别与嘉兴市郊区、梧桐镇、新生镇交界,320国道横贯镇区,京杭运河穿越镇北,水陆交通十分便利,是历史上著名的"江南五大镇"之一,也是名扬海内外的"中国濮绸"的发源地。明清时期,濮院镇曾以"日出万匹绸"而闻名。1976年,濮院镇弹花生产合作社开始摇织羊毛衫,生产出濮院第一件羊毛衫。20世纪80年代初期,羊毛衫家庭作坊如雨后春笋般涌现,一个羊毛衫马路市场就这样在濮院自然形成。谁也没有料到,不产一根羊毛的濮院,能一跃成为中国的"毛衫之都",还喊出了打造"中国时尚第一镇"的口号。短短数十年，从"马路市场"到国际商贸中心，从老一辈凭感觉设计款型到国内外知名设计师操刀，从贴牌生产到自主设计，濮院以一镇之力撬动了中国毛衫生产的半壁江山。濮院羊毛衫不仅编织着每位濮绸传人的人生，更承载着衣被天下的梦想。

"濮院镇就在320国道旁，当时很多村民跑去马路边设地摊卖羊毛衫，地上铺一层薄膜纸，或者搭一块门板，上面铺满各式各样的羊毛衫，就连过路司机都会停下来瞅一眼。从20世纪80年代中期起，濮院生产羊毛衫的个体户如雨后春笋般冒了出来，一批工商业者在320国道旁建起一个占地面积4300多平方米、由50多间营业用房组成的简易羊毛衫交易市场，就是日后濮院羊毛衫市场的雏形。我们刚到那边时感觉羊毛衫的款式还很土，比不上北上广的，但慢慢地做得多了，就会百花齐放，越来越时尚。加上政府的重视，吸引了更多的外来经营者，在濮院竞争碰撞，形成了良性循环。"回忆当初濮院羊毛衫市场的情景，钱振华说。

1992年，桐乡市政府把开发建设濮院羊毛衫市场作为发展第三产业的主要经济增长点，投入近亿元的资金，开发了10个羊毛衫交易区，濮院羊毛衫开始名扬四方。当地市场也逐渐从"买卖当地货"转为"买全国货、卖全国货"。

由于初来乍到，在人生地不熟的地方打拼，钱振华小两口遇到了不小的困难。但钱振华不怕吃苦，两口子起早贪黑，白天营业，晚上关门后清点货物和钱款，准备第二天的羊毛衫品种。他们二人待人热情大方，讲究诚信，经营的品种款式新颖、物美价廉，在夫妻俩的共同努力下，羊毛衫生意越做越红火，不但还清了以前的债务，还给打算在电梯行业自主创业的父亲以资金上的支持。

"羊毛衫生意做了五年，赚了不少钱。当时我主要代销江苏常熟一带生产的羊毛衫，不用自己垫资，一年下来能赚个三四万元。父亲那时候正在承包恒达电梯厂，资金周转困难，需要还贷款，我先后给父亲借过 5 万和 10 万元。自己手里的钱不够，就向别的店主借，他们也都信任我。在我跑出租和做羊毛衫生意的那些年，交了许多朋友，个个都挺仗义，不像那种酒肉朋友，关键时候就掉链子。"钱振华说。

随着羊毛衫生意越做越大，钱振华的事业蒸蒸日上。与此同时，父亲经营的恒达电梯也逐步走上正轨，父亲希望儿子能回到南浔和弟弟共同经营这份家业。在亲情的感召下，在自己和父亲的事业之间，钱振华选择了后者。他带着家人和资金回到南浔，正式进入父亲的恒达电梯有限公司，与父亲共同创业。

"那时，父亲将南浔区经贸委直属且面临破产的恒达电梯厂买下来后，负债累累。南浔区委将恒达电梯厂的土地卖掉还债，卖给了一个搞房地产开发的建筑老板造商品房，所以恒达电梯厂只剩下一张营业执照、几台旧设备和应收应付账的账本，以及二三十名员工。我父亲当时心里特难受，怎么办？看到二三十名员工将面临失业，想到自

2008 年位于南浔区方丁路的厂房

己从农村出来一心想做好电梯这个行业……我父亲对电梯的情感胜过了对他自己。最后他痛下决心，跟员工说：'你们放心，只要我钱江明在，只要你们肯跟我一起拼，恒达电梯厂一定能办下去！'所以，恒达电梯厂只能在外面租了一个老旧厂房——大概有1000多平方米的一个生产车间，还有一座二层楼房用作办公室和几个外地员工的宿舍及员工食堂，条件特别简陋。得益于父亲在南浔电梯界的人品和技术威望，许多人都愿意和他做生意，但厂子设备陈旧、厂房规模太小，生产受到严重的影响。父亲想扩大经营，却又没有资金，希望我能回去与他一起把电梯厂做大。我知道父亲对电梯的那种情怀别人难以理解，我也相信在父亲的带领下，我们一定能把电梯做好。于是与妻子商量后，毅然卖掉已经有许多固定客户的羊毛衫商铺，带着几十万现金回到南浔。那时候，妻子娘家所在的村子正在搞开发，我在岳父的帮助下找到村书记，交了5万元订金，买了5亩地。当时地价是每亩7.5万元，共30多万元。父亲当时从信用社也贷了一笔款，于是电梯

厂就建起来了——就是那个像四合院的厂区。有了自己的厂区和厂房，父亲负责设计开发产品，我负责生产，弟弟在外面跑市场。当时父亲在义乌、金华那边有熟悉的客户，弟弟在那边联系到几部电梯的买主，一台10来万，电梯销售量和产值慢慢地增长起来。有了业务就有了生机，恒达电梯厂员工也像自己人一样努力生产，业务蒸蒸日上，一天天好起来。每年的销售额以20%~30%的速度上升。很快，我们便还掉了贷款，开始走上正轨。记得当时厂里有30多个工人，除了管理生产，厂里什么活我都干。有一次开叉车时车翻了，开吊车时手指被钢索切掉一块，钻心地疼，流了很多血。"钱振华说。

在钱振华看来，恒达富士的发展是社会大发展的缩影，得益于好的市场大环境。回顾企业发展的每一个阶段，从1998年转制至今，几乎每五年都会迎来一次跨越式发展。钱振华的五年计划从侧面描绘了企业发展轨迹的第一阶段，也就是企业初创期时的情景。回忆起当时的窘迫，钱振华感慨道："最困难的时候，连银行都不肯放贷，最后找了各种朋友借钱才缓解了资金压力。往往就是一个单子发货过半，剩下一半的产品需要借钱才能继续生产，通常就是边发货、边贷款、边组织生产。"经历了创业初期的困难，钱振华对父亲所执着的事业有了更深刻的理解。

在经历了第一个"五年计划"的艰辛之后，整个市场大环境也在逐步回暖，对于当时艰难起步的"恒达"来说，一个温暖的春天正在慢慢到来。

2000年，恒达电梯有限公司在南浔风顺路的新厂房投产，实现了跨越式发展。2003年，应企业扩大和发展的需求，又征购了位于方丁路的南浔工业园区30亩的新厂房，每亩地价16.8万元。钱振华亲力亲为，负责筹建项目，建成厂房8000平方米，办公区3000平方米，共11000平方米。从征地到装修，在父亲钱江明的带领下，一切进展得都很顺利。新厂扩建后,恒达电梯公司跨上了一个崭新的台阶。当时产品主要分为三大类:货梯、扶梯及客梯,市场扩展到十多个省市,恒达电梯年产量也跃上了3000多台的新高度。

从泥瓦工到出租车司机,从绘图员到羊毛衫老板,再到恒达富士的当家人,这一路走来,每一点成长,钱振华都感谢南浔这块土地对他的哺育。他认为:在外赚十块不如回家赚五块。于是,在南浔这片生机勃勃的土地上,钱振华与父亲一起,不断发展壮大着自己的事业。

如果仅看眼前,你很难将这位留着简练短发,穿着精致西服,目光炯炯有神的中年男士与"创二代"联系在一起。跟随父亲钱江明创业这二十年来,回顾走过的历程,钱振华颇为感慨。将一家最初开办时电梯年生产量仅有几十台的集体小厂,转变为年产电梯10000台以上、产值超10亿元的大型综合性电梯生产制造企业,这一切的成绩都是钱家父子三人勠力同心、多年艰苦打拼的结果。

第八章　销售之道在于心

1. 营销是必要的手段

在 20 世纪 80 年代初期，"营销"是一个什么样的概念，可能有很多人弄不明白，因为没有经历市场经济的浪潮，根本无法理解"营销"的真正含义。只有在进入 90 年代初，在国家计划经济逐步收缩、市场经济逐步放开的形势下，人们——特别是那些工厂的厂长、经理们，才慢慢地意识到营销工作是浸透在产品构思、技术研发、服务设计定义、市场开拓和产品促销的实施规划过程中，旨在达成致符合个

人和组织目标的交换中的一个职能组成部分。

过去，我国工业企业生产的各种产品是根据国家下达的生产计划来执行的。产品生产出来以后，不需要工厂建立营销队伍，更不需要让销售员到处推销产品，而是由国家指定方到供方购买或由国家统购统销；企业只要管理好生产，按期完成国家下达的生产计划就行了。至于一年生产多少产品，卖出去多少产品，是盈利还是亏损等，企业不必担心，全部由国家负责。因为工业企业没有经营自主权，那时还没有将"自主经营"这个问题放在国民经济建设的首要位置上。

随着一个新时期的到来，社会主义市场经济这个新观念被人们所认识，工业企业厂长、总经理纷纷加速转换经营体制。他们不仅要按照市场经济的要求完善和严格内部管理，严肃劳动纪律，加强技术开发、质量管理以及营销、财务和信息工作，还要提高决策水平、综合素质和经济头脑。而且在激烈的市场竞争中，还要为产品是否"入时""对路"，技术是否先进，如何依靠销售通过市场流通将产品转到用户手中而大动脑筋。在电梯产品的销、供、产、材、物的营运管理中，首先需要将销售作为"龙头"放在首要位置上，以销定产，以销赢得市场，加快资金周转，这就更加突出了电梯销售员在市场经济中的重要位置和作用。

在两个儿子进入电梯厂之前，钱江明既是生产和技术厂长，也是企业管理者，同时又是电梯销售员。改革开放以后，"百花齐放，百家争鸣"，市场上产品的种类及数量迅速增加，各种产品特别是工业类产品再也不是"酒香不怕巷子深"了，只有做好营销，才会在市场上占有一席之地。恒达电梯也不例外，面对迅速崛起的国内电梯同行的激烈竞争，除了在产品创新、质量提升上下工夫外，营销也是必不可少的一个重要环节。多年来，钱江明的足迹遍布大半个中国，积累了丰富的营销经验，成为恒达电梯的一笔宝贵财富。

"企业要想生存和发展，就必须要生产出质量过硬的产品，有了产品就必须想办法把产品卖出去，成功地销售产品离不开必要的营销手段。在改革开放初期，营销的方式主要有三种：情感营销、体验营销和服务营销。情感营销主要是借助亲情和人脉关系打感情牌，先让消费者对你这个人信任，然后对你的企业有好感，再根据这种好感建立起一种情感联系，然后利用这种情感推销自家的产品。因为，客户认可你的人，才会认可你的企业，进而认可企业的产品，然后一传十、十传百，扩大企业产品的知名度。当年北里电梯厂成立之初，企业和产品都没有知名度，我们主要靠熟人介绍，然后与客户建立感情，后来甚至发展成朋友关系，业务自然就有了。体验营销就是利用一些特殊场所把企业的一些好产品展示给消费者，让消费者切身感受产品带来的好处和服务，然后根据体验效果来决定是否购买这些产品。北里电梯厂最初生产的是货梯，我们的技术虽然不是最先进的，但质量一定是过硬的，客户使用后赞不绝口，一传十、十传百，市场一点点地就打开了。

　　"电梯是一种比较特殊的产品，除了产品本身，安装和售后服务也是非常重要的一个环节。因此，营销服务非常重要。企业要做好营销，一定要在卖出产品的同时注重服务的质量，产品质量好、服务质量更好，这就是对企业文化的一种宣传，好的服务会给企业形象带来良好的口碑，让企业的知名度越来越大，也能奠定企业发展壮大的良好基础。进入21世纪后，随着信息化和各种新媒体的不断出现，企业营销又出现了广告营销、网站营销、博客营销、短信营销等形式。广告的方式有很多种，可以通过电视台打广告，也可以利用公交站台、地铁站台、公交车侧面、大型广告牌等途径去打广告，让大家知晓这种产品，并扩大企业的知名度，为企业成功售卖产品提供条件。许多企业不惜在央视等重要媒体花重金投入广告费用，宣传自己的品牌。

有的甚至请影视明星做形象代言人，代言费动辄数百万。恒达富士电梯没有请形象代言人，我们父子三个便是形象代言人，靠口碑赢得客户的信赖和尊重。现在很多企业都有自己的官网，要想做好企业营销，可以利用自己的官网去做文章，用心把官网建好，吸引消费者去浏览和了解，充分地展示企业的风采，扩大企业的知名度，争取让企业卖出更多的产品。现在是互联网时代，大家都喜欢耍耍自媒体，企业也可以抓住这个契机，鼓励员工把企业产品挂在各自的博客上，利用群众效应展示企业的好产品，展示企业的好品牌，让企业赚得属于自己的财富。现在是自媒体时代，人手一部手机，大家都有接收信息的媒介。因此，企业要想扩大宣传，可以利用手机短信群发功能，找到一些客户源，然后通过基站群发短信，扩大受众面，增加企业的知名度，让企业发展得更快、更强、更有活力。"谈到企业的品牌营销，钱江明深有感触。

"恒达富士电梯现在还有销售员吗？主要靠哪些手段进行营销？"我问。

"有销售员。但我们主要是靠在全国各地开设分公司，发展销售合作伙伴，也就是销售渠道建设。合作伙伴也就是'经销商'和'代理商'分片和区域。公司除了提供优质的产品外，还有优质的售后服务，让经销商卖得放心。在一般情况下，我们都会对销售员和经销商进行培训，因为电梯是一个很专业的产品，隔行如隔山，不懂电梯的生产过程及主要结构、安装方法，就无法从事电梯销售工作。"钱江明说。

据钱江明介绍，电梯安装是一个非常重要的环节。就算是极好的产品，如果安装不好，就会影响使用效果，甚至容易发生事故。他强调，电梯销售人员首先应具备以下几种基本能力：

恒达富士电梯总经理钱振华（左三）上台领奖

第一，能够读懂电梯的标准布置图，根据图纸向客户解释电梯井道土建等方面的技术问题。

第二，要学会识别与电梯有关的建筑图纸。包括电梯井道剖面图、平面图、电梯机房平面图等图纸。销售人员还应该掌握一些常用的与电梯井道有关的建筑术语及相关知识，这有利于电梯销售人员与建筑设计及施工人员沟通。

第三，需要对井道进行现场测量，掌握相关数据并做好记录。特殊结构要注明，如有必要还应画出局部详图。

第四，销售人员必须懂电梯构造，即组成一台电梯的各个部件，从电梯机房到电梯井道再到电梯底坑的各个部件组成。比如，电梯机房里的主要部件有曳引机、控制屏、限速器、导向轮、搁机梁；井道里的部件如乘人或装货的轿厢组合、厅门组、钢丝绳、对重装置的轿厢运行用的电梯导轨对重导轨、井道附件；电梯底坑的限速器组合和缓

《浙江日报》的报道

冲安全装置。同时，销售人员还必须知道这些部件制造时的采购价格和企业管理成本。在此基础上就能向客户报出一个合理价格，让客户了解到你电梯产品的质量和价格，也就是性价比。

第五，大致了解电梯的安装过程，具备电梯井道测量及特殊井道条件的一般分析处理能力。

"我认为一个合格的营销商同时也应是一个产品方面的行家。产品主要靠营销商推向市场，他们与客户直接接触，给客户的感觉不能是一个外行。否则，客户就会对这个品牌产生疑虑。优秀的经销商与企业珠联璧合，实现了双赢的局面。

"说到底，销售的竞争实际上是服务的竞争，所以我们千万要记住一定要为客户提供最优秀的服务才能得到更多的客户。同时要加强自身技术力量投入，广招人才。销售竞争实际上是人才的竞争，你有品德有人才，你就一定能做出大单子来。各地政府都在为企业引进人才给予实实在在的支持。南浔政府给予我们规上企业的人才引进优惠鼓励政策，只要你进恒达富士电梯厂工作，并且你落户在南浔，你购

第八章　销售之道在于心　　191

房时，政府就给予补贴。从 2018 年 1 月 1 日起进恒富电梯厂的，大专毕业生奖励 5 万元，本科毕业生 10 万元，硕士毕业生 25 万元，博士毕业生 50 万元。在此基础上再由公司追加同比例 10% 的落户南浔购房现金，当然条件必须跟政府保持一致。所以销售量的提升实际上是人才的培养和提升——有了人才，分公司和我们的合作伙伴就会发展得更好、更发达。不过分公司也好，合作伙伴也好，有无人才的差别还是很明显的。就用电梯安装工程中的安装质量和电梯服务质量举个例子吧：有技术人才的好公司，同样发出去的恒达富士电梯，发到上海、嘉兴、安徽、成都、天水、杭州等分公司的产品，在安装中就是没有问题，原因是他们的安装技术力量强，自己都有项目经理，也有现场解决问题的能力。可是，我们个别的一些欠缺人才的公司，安装能力较弱，碰到问题无法解决，就直接拨通总部电话。自然我们接到电话就会马上派人员前往解决，绝不推诿。"谈起电梯方面的营销，钱江明如数家珍，头头是道。

少年时代的钱惠华

2. 少年自有青云志，当许天下第一流

在钱振华跟随父亲在商海艰难跋涉的同时，钱江明的另外一个儿子钱惠华也投身到电梯事业中来了。

生于 1971 年 8 月的钱惠华是钱江明的小儿子，1988 年考进湖州市中等专业技术学校工业电气自动化专业，学制四年，主要学习电机组成、控制、电机线路、磁场等方面的知识，当时在校生有上千人。1991年钱惠华进恒达电梯厂实习，1992年毕业后正式参加工作，在电梯车间工作。

"我出生在辽里村夏家埭，在辽里小学上学，初中在浔溪中学，毕业后考上技校，在湖州上学。记得小时候父亲户口被迁回来那阵子，一家人都在农村劳动，家里有十来亩地。我十多岁就开始干活，一放学就去割草、放羊，后来也学会了施肥、插秧、背喷雾器打散，向政府交公粮。哥哥很小就出去打工了，当泥瓦工，家里的农活我差不多都干过。上中专的时候，每周生活费只有5元钱，吃的都是最便宜的饭菜，3元钱的盒饭都感觉很奢侈，很少去吃。当时都是自己带粮、带米，生活十分艰苦，可以说是勉强温饱，很少买新衣服，穿的都是哥哥留下来的旧衣服。参加工作后我在电梯车间干活，父亲当时在电梯厂当技术厂长，每天忙于厂里的工作，无暇顾及我们兄弟。由于身体瘦弱，干不动太重的活，1992年我开始跟厂里人开卡车，跑了两年长途。那时候没有高速路，路况不好，经常疲劳驾驶，特别是晚上，非常危险。一般上路后开上三四个小时，就会感觉有些疲惫，为了安全起见，司机一般都会到服务区休息一会儿再出发赶路。

"那年冬天，我开车去浙江金华兰溪送货和讨电梯欠款。半夜时分，雾很大，我隐隐约约地看见前面有两个人站在路中间，连忙踩刹车停了下来。那两个人迅速逼了上来，面目狰狞，持着明晃晃的刀子逼我要钱。我心想不好，遇到抢劫了！他们见我孤身一人，又很瘦弱，于是狞笑着说：'你只要交出钱就可以走，不然明年这个时候就是你的祭日！'那种人都是亡命之徒，什么事都可以干出来。那些年，货车司机被伤的事时有发生。我觉得保命要紧，于是就把要回来的1000元钱给了他们。还有一次是去温州瑞安，我连续开了16个小时，下车后整个人都感觉累瘫了。货车司机很辛苦，冬天路上车坏了，前不

公司举办献爱心公益活动

第八章 销售之道在于心　195

着村后不着店，车半天都修不好。有时遇到大雨，前面塌方，一堵就是大半天，连吃饭都没个地方。最危险的是在晚上，过了12点人就开始打瞌睡，困得眼睛都睁不开，为了赶路又不能停车，特别危险。有一次装了一车钢材从宁波回来，吃过晚饭走的，正常情况下半夜12点前就能到南浔。中间有一段路全是大坡，上坡下坡，前面一个大坡用一档，像蚂蚁一样爬，水温眼看要到100摄氏度了，我赶快停车，不然开锅了发动机就烧了。我靠边儿停下一看，前面早已停了一溜儿货车，都是快开锅的。用石头塞在车轮下，打开水箱盖散热，又到公路坡底下水塘里提水，加到水箱里，继续开。前面有一条隧道，下坡隧道，车一进去，马上开始飘，扭了起来。我握紧方向盘，差点儿被甩到隧道壁上，刹车刹得气压都没气了，因为没了气压减挡也减不下来，只能轰油门打气。好歹出了隧道，下车查看，也没发现什么问题，于是就继续开，感觉方向有点跑偏，也没在意，继续开，结果'啪'的一声，油门踏板断了！真是不可思议啊，很多人一辈子也遇不到油门踏板断掉的情况，勉强踩着油门杆开，很不舒服。这时前方有一个服务区，大概有1公里远。我犹豫着要不要下去修修，又想着赶时间，就那样慢慢地往前开，距离服务区500米，300米，100米……到入口时，一念闪，想着还是下去修修吧。一转方向盘下去了，停下车，看到修车的，再想打方向盘过去，方向盘突突地转，轮胎没反应，原来是方向盘失灵了！难道这是天意吗？如果刚才没下来，继续开，到了山上没了方向，会怎样？闭上眼睛，眼前浮现出一辆货车失去控制，先是撞断护栏，反弹后侧翻，然后坠下山沟里去的场景，车上的人非死即伤，车也报废了。后来维修时才发现，方向机立轴里的四颗螺丝都断了！我开到服务区后，螺丝还剩最后一根连着，停下车就断了。如果继续开，后果不堪设想！"谈起当货车司机时的经历，钱惠华记忆犹新。

20世纪90年代,货车司机这一职业还是比较令人羡慕的,虽然很辛苦,但是能赚钱,所以许多人不惜背负高利贷买车,跑上几年就把车钱赚回来了。钱惠华的情况有所不同,他给厂里开车,算是公职人员,因此除了出差补贴,工资基本是固定的,但其危险性与私人司机没什么区别。

"除了路上会遇到各种险情和各种不测,还要应对各种检测和维护。开卡车的都知道,年审之前都要做二级维护,不然别想过年审。虽然我也多次听新闻里说,要取消二级维护的收费,可当我把车开进指定的维修厂时,还是被收取了一笔维护费。究竟为啥收?一般货车司机既不知道,也不敢问,就想着快点儿弄好,等年审完了,尽快上路赚钱去。第二天,维修厂电话通知司机可以去取车了。可到了之后又懵了:车轮和翻开驾驶室的扳手上的灰都没有动过,很明显他们连车门都没打开过,司机就已经拿到了相关的证件,所以自己交钱也就走了个过场。想到这里,其实司机已经释然了。因为他们明白,只要大家还在跑运输,这些潜规则就绝不会消失,而这一条套路是永远都走不到头的。真是应了那句'城市套路深,我要回农村;农村路也滑,人心很复杂'。开了几年货车后,我感觉这工作太危险,目睹的各类交通事故太多,令人心怵。再说开车一年四季都疲于奔命,也赚不了多少钱,于是就决定不开了。

"1999年,我的人生之路发生了转变。当时,我的第一个女儿已经7岁了。那年夏天,女儿与别的孩子一起玩耍,因为我女儿很爱干净,她看到自己脚上的塑料凉鞋上有点儿泥,就跑到村边那条河里想去洗干净,结果一不小心掉进了小河里。她一掉进河里,跟她一起玩的小孩子都吓得跑走了,不巧这段时间又没大人跟过来,就活活地给淹死了!我和妻子姚小英痛不欲生,很长时间缓不过来。这件事对我的打击非常大,心里老是像扎了根针,再加上当时电梯厂也不太景气,

国家总局、省、市质量局特种设备管理局领导视察恒达富士

我就跟父亲说，我想离开南浔一段时间，因为我走不出痛失女儿的心境。当时父亲也十分理解，他给了我 10000 元。我决定一个人去义乌开发电梯销售市场。刚去的时候人生地不熟的，到处碰壁，后来父亲也过来了，利用他之前发展的一些业务关系，我们一起在义乌开拓市场。一年后，我买了人生的第一辆车——法国标致（二手车，花了 10000 元）。我就是开着这辆破旧不堪的二手车，开始了与恒达电梯休戚与共的人生新旅程！"钱惠华侃侃而谈道。

3. 用真诚打动客户，与客户做朋友

同哥哥钱振华一样，钱惠华小时候的梦想也是走出农村，在外面闯荡出一番事业。

"刚到义乌的时候，我租了一间便宜的店面，店面沿街，整个房

第八章 销售之道在于心

子一分为二，外面半间放一张办公桌和一些企业宣传资料，门口挂张牌子——'恒达电梯义乌办事处'，作为接待客户以及与义乌帮我卖电梯的朋友座谈用，里面半间放一张小床，作为晚上休息之用。自己每天坐公交车，早出晚归，跑义乌各个地方，主要是看哪家在造房子，房子里有没有电梯井道，有井道就说明要安装电梯，于是便千方百计打听房主电话，询问人家要不要电梯。打电话的时候我先是做一番自我介绍，然后将恒达电梯的性能和优点介绍一遍，对方很少有耐心听完我的介绍，很快就挂电话了。因为当时国内电梯还不是很知名，许多单位用的都是进口品牌，如奥的斯、迅达、通力、日立、三菱等，所以我基本上是白辛苦，到处碰壁，但从未懈怠。通过一番努力，终于有了第一单业务——位于义乌市篁园路的'望江楼宾馆'，在义乌小商品市场旁边，六层楼。这家宾馆属于义乌市饮食服务公司，老板姓陈，通过朋友介绍认识的。陈老板说他订了一台三菱电梯，近60万元，人家傲气十足，不仅不接待，他连对方的面都没见到。一气之下他问我们的电梯一台多少钱，我报价28.8万元。还不到三菱的一半，最后以28万元签了下来。记得当时是阴历腊月二十八，马上就要过年了，父亲闻讯后马上赶了过来，答应过完年交货，保证质量。过年后，电梯按时交货，我亲自安装（之前我就安装过电梯）。后来就把望江楼宾馆的这台电梯当作样板，让客户前来参观。通过这个点的辐射，逐渐在义乌打开了市场。

"每天跑市场，我都是开着那辆二手标致去的。有了车我感觉方便了许多，可以拉着客户到厂里看产品了。记得有一次我开着那辆车，拉着康泰制药厂的宗厂长去恒达电梯厂考察。一路上，车子像拖拉机似的发出'突突突'的声响，遇到不平整的路面颠簸得很，感觉都快散架了。半路上排气管掉在地上了，令人十分尴尬。那个制药厂的老板到我们恒达电梯公司一看，一个像大四合院一样的厂区，哪有什么大公司？准备扭头离开。我说厂房设置是小了一点，规模差了一点，但产品一点儿也不落后，您进去看看再决定。宗厂长犹豫了一下说："小钱，我以为恒达电梯公司是个大厂呢，谁知道是个四合院，还没我家乡下的那个院子大呢！'说罢，宗厂长还是跟着我进去了。当他看到车间虽小但井然有序，工人虽少但一丝不苟时，宗厂长微微地点了点头。我说：'电梯的大部分部件是靠外协采购的，所有电梯厂都一样，自己制造的部件主要是轿厢厅门和控制屏，这需要工人有工匠精神，严格把好质量检验关，接下来现场安装是重点。如果一台电梯交到你手里是100分的好电梯，那么制造就占30分，安装占40分，售后服务占30分，这三个方面综合起来才能得满分。我们的安装和售后一直都很到位，用户的口碑非常好。'宗厂长说：'小钱，你能带我来，说明你是个实诚人。咱们还没签合同，你就帮我留井道，留门道，许多前期工作做完后人家还不一定订你的产品，你的真诚打动了我！'我知道做前期工作是有风险的，费了好大的劲儿，最后没签合同，等于前期工作都白做了。但是如果我们前期工作不做，根本就没有机会。宗厂长说：'我们厂决定订购三台，其中两台客梯，一台货梯。'这笔订单价值五六十万元。电梯安装使用后，反响特别好。康泰制药厂后来扩建，宗厂长先后向我们订购了20多台电梯。我俩成了非常要好的朋友。"

谈起当年那辆车排气管掉在地上的情景，钱惠华忍不住笑了起来。如今，他已经开上了价值数百万元的宾利，却丝毫找不到当年的那种兴奋感了。

"当时义乌的一些城镇需要拆掉土电梯，也就是用一个电动葫芦拉一个载货铁笼子的升降机，很不安全，政府相关部门要求将这种土电梯改造成符合国家安全标准的新电梯。有一个老板来找我，他的项目是九层楼的电梯改造，因为井道小，别人都做不了。我去帮他拆掉

曾经的80亩地厂区

旧电梯，量身定做，装了一台800公斤重的客梯，电梯井道空间利用得很充分。有了这个项目作为示范，城里许多旧电梯都改了过来。还有一个老板需要在一个很大的车间安装四台客货两用电梯，中间两台，两边各一台。我去现场看了后对他说：'你刚搬进新房，我建议先把中间两台装起来，两边那两台可以暂缓一下。因为建新厂房肯定花了不少钱，资金应该也比较紧张，先装两台就够用了，以后有了钱再装两边的。'老板很感动，说：'小钱，没想到你如此替我考虑，换作别人，巴不得我一次装十台电梯呢！'后来，我们成了朋友。第二年，他经济缓和后，又装了两台。老板逢人便说我这个人做生意重情重义，不单纯为自己考虑，而是想客户之所想，为客户考虑切身的利益。后来，他先后在义乌给我介绍了几十个客户，卖了400多台电梯。

"记得亚马逊老总曾经说过：'客户的利益就是我的机会，不帮助客户赚钱，客户怎可能让我赚钱？让客户赚钱最好的办法就是看紧客户的口袋，让客户少花冤枉钱，客户自然对你高看一眼。'对于销售人员来说，要想成功地推销自己的产品或服务、创造优异的销售业绩、赚取更多的提成，首先要与客户心连心地沟通，以真诚热情的服务感动客户。只有这样才能赢得客户的信任，获得更多的销售机会。我认为，信任是人际交往的基础和重要的桥梁，与客户建立信任关系是我们成功销售的第一步。如果客户对你没有足够的信任，那么他们就不会和你进行交易。我做业务一般都会设身处地地替客户着想，用心服务，用真诚打动客户，再加上耐心和热情。商品质量上乘、口碑一流，客户自然会信任你，愿意与你谈业务，甚至成为朋友，实现双赢的局面。想让客户与你做生意，首先必须要感动客户。感动客户主要靠的是感情，业务员要用自己的真诚去打开客户的心门，用心与客户去交流。这种影响往往是长久的，并且通过客户还可以向他周边的人扩散，以此带来连环销售。一般情况下，客户也不需要我们去付出太多，很多事情，其实只需举手之劳便可以给客户留下比较好的印象。在一点一滴地去做的过程中，感情就开始慢慢地建立起来了，当积累到一定的程度，可能不经意间就完成了一笔销售。我认为，人都是有感情的，客户对你的帮助不可能无

动于衷,所以多多帮助客户,关心客户,就可以拉近你与客户之间的距离,这也是感动客户的前提。这些道理,我在厂里培训销售人员的时候经常讲给他们听。说到底,销售是一种技术,也是一门艺术。归根结底,销售是一种修行,一种需要终身学习的学问。"

谈起销售,钱惠华滔滔不绝,观点独到,思路清晰,令人油然而生一股敬意。

进入21世纪之后,随着中国经济的高速发展,房地产如雨后春笋般蓬勃发展,迎来一个电梯业大发展的时代。市场竞争越来越激烈,客户对产品质量及服务的要求也越来越高。产品性能单一,没有服务意识的企业势必被淘汰。鉴于此,恒达电梯公司与时俱进,主动出击,以义乌市场为中心,推出了一系列新产品,受到客户的青睐。

20世纪90年代开始,卡拉OK开启了全民娱乐时代。到21世纪初,随着量贩式KTV的大量涌现,KTV竞争越来越激烈,顾客对装饰的要求也越来越高。一些KTV为了标新立异,除了在内部装饰上下工夫,在电梯上也大做文章,开始安装观光电梯、快速电梯,吸引人们的眼球。

"作为改革开放的弄潮儿,义乌在许多方面都走在时代的前列,即便KTV这种富有时代特征的事物也不例外。那时候,义乌的KTV遍地开花,争芳斗艳。为了吸引顾客光临,除了在装饰上体现高大上,对电梯的要求也越来越高。有一家帝豪KTV高10层,老板提出要装高速电梯,要求每秒2米。我给他解释KTV不适合安装这种高速电梯,可对方一再坚持。市场上当时还没有这种电梯,但在老板的坚持下,我们做到了。老板很高兴,觉得自己在业界很有面子。KTV装饰好开业后,有一天凌晨4点,4个客人喝醉了,在电梯里打架,把里面的轿门门机打坏了,电梯卡在中间开不了。老板急忙打电话,让我们前去解决问题。我赶紧赶过去查看,先把人救了出来,然后连夜赶回厂里，带上轿门和门机到 KTV 更换。由于对方全责全赔，当地派出所也介入了。老板让我报价 6 万元，我说 2 万元就够了，这是成本价。老板很感动，说我是个实诚的人，值得信任，后来我们就成了好朋友。帝豪 KTV 第二天正常营业，没有造成任何影响。老板姓刘，后来给我介绍了许多业务。

"2012 年 10 月，我回到了公司。当时发生了一件事。山东一个客户有 30 多台货梯招标，要求双速电梯，即快车、慢车二挡。这是通过改变电梯主机的电机，用电阻的方式让电流由小变大直到正常，使电梯电机从 250 转改为 1000 转的电梯运转过程，原本载货电梯基本上都是用这种方法，它的缺点是费电。如果采用变频器，可不改变电机电流，而改变电机的频率。中国现在 380 伏电压的频率是 50 赫兹，变频器是通过改变频率，从 0 赫兹到 50 赫兹，然后从 50 赫兹再到 0 赫兹，用这个方法让电梯主机电机的转速由慢到快，再由快到慢直到停下来，这样比较稳，而且省电。关于技术偏离表，简单地说就是商业合同中一个专门用来对应性表达供需双方关于技术要求问题的差异的表格性文件。一般来说，这个文件是由供方就需方所提出的技术（规格及参数）要求，当出现与其要求不完全一致的情况时，为表述清晰、准确无误，往往采用表格方式——对应地列出并表述。表述'技术规格差异'内容或偏离程度的该表格叫'技术规格偏离表'。招标活动第一次废标，大家都没谈成。后来改用我们的建议，改用变频，最后才成功了。当时，我们的原则是宁可不做这个价值 400 万元的项目，也要使用变频器。30 台电梯不是个小数目，如果电梯安装后在使用过程中经常晃动，不平稳，将会后患无穷。我认为，企业在做业务的时候，一定要处处替客户着想，眼光要放长远，不能只顾眼前利益，那样是不会长久的。

"有些客户的要求比较特殊，我们尽量满足他们个性化的需求。

父子三人合影：钱振华、钱江明、钱惠华

义乌有一家宾馆要装电梯，井道比较宽，我们就给他设计了750—850 cm 的门，体现人性化设计。在材料的使用上，我们用的都是鞍钢和宝钢的钢材，并且标明了所用材料的价格，由客户自己决定选用哪种，不故弄玄虚，以诚待客。"

谈起经营，钱惠华娓娓道来，头头是道。

4. 对客户负责，就是对自己负责

钱惠华于1999年初到义乌做电梯销售，2012年10月回到恒达电梯有限公司，在义乌整整干了13年，销售了3600多台电梯。

"当时恒达每年销售电梯500台左右，有一半都在义乌，在义乌电梯市场占有率超过50%。义乌走在了改革开放的前沿，那时国内电梯厂并不多，竞争也不太强。外企趾高气扬，要价太高，许多人无法

许可证评审

接受，因此就给了国内电梯厂生存的机会。每年公司年会，我都能拿一等奖，这是一个很了不起的成就。我是个直性子的人，说话办事都不喜欢转弯抹角，做事光明磊落，不拘小节，在义乌结交了许多朋友，大多数都是商界的。当地许多老板都非常认可我这个朋友，觉得我讲诚信，够义气，于是积极帮助我介绍业务。我们也专注于电梯，心无旁骛，一心只想把电梯做好。

"通过义乌这个窗口再辐射到全国，恒达电梯品牌在全国有了一席之地。后来我回厂主管营销，对代理商进行换位思考，真诚相待，我们的市场便越做越广，业绩越来越好，形成了恒达电梯的品牌效应，许多客户慕名而来，主动订购我们的产品。"

谈起自己当年在义乌开拓市场时的情景，钱惠华精神抖擞、神采飞扬。采访时他已年过50，看上去却像还不到40岁，穿着时尚，十分精干。

钱惠华说，其实做销售的，首先要给自己一个合理的定位，我们自己就是一个品牌。不管做什么行业，都要十分投入，百倍努力。"梅花香自苦寒来"，辛勤耕耘总会有回报。

"这个定位，我认为一定要与自己所从事的行业相匹配。比如你是一个医生，如果穿着警察的衣服，人家会找你看病吗？当然不会！那我们做销售的，首先自己各方面条件要准备好，想好你要给客户带来什么样印象，这是很重要的。人与人之间，就是一种感觉，就是一种化学反应。你要想给他什么感觉，那你就准备什么形象，然后人家就会定义你是什么样的人，进而选择是否与你打交道，甚至交朋友。所谓'酒逢知己千杯少，话不投机半句多'。我认为这一点很重要。你跟别人去交流，需要了解他的需求。人与人之间是什么？就是一个价值观的体现。人生价值观相同，双方才会有共同的话题，才能够产生共鸣。

"我认为电梯销售是有一定技巧的，比如一些客户喜欢开门见山地说：'价格太高了，你最低多少钱？'这样的用户通常会拿着一份厚厚的报价书，直接翻到价格表那页，别的什么也不看，直接就说价格高。有的甚至开口就跟你谈价格，好像他们已经对你电梯的配置、性能了如指掌。我认为这是由于现在的电梯品牌及厂家给客户的感觉太过同质化、相互恶性竞争引起的，更离不开销售员过分夸大地误导客户，所以这也怪不了客户。实际上，每家电梯公司出产的各种电梯的品质还是有较大差别的，需要销售人员细致耐心地引导，不厌其烦地解释，还要有一定的讲话技巧。最好能让用户谈谈他的心理价位，买卖要公平自愿，只要不欺骗，客户出的是一个合理价格，我们都能接受。作为一名销售人员，首先在前期要对用户需求做充分的了解，包括他们想要的电梯配置、技术性能、运行效果、价格以及能够真正拍板的人。这个说来轻松，做到却不容易，需要慢慢累积经验。有经验的人通过几句话就能巧妙地问得一清二楚。有时候我们还需要进行引导，不要过多地让用户左右我们的思想。当然，可能有人会说'用户至上，服务至上'，但无论如何，业绩其实还是论结果的。一开始说得天花乱坠，最终一事无成就是洽谈失败了。你想要成交，就得适当地对用户灌输一些概念，比如我们电梯的优越性和方案的可行性等。还有，报价也是一门学问，需要给自己留有一定的余地，不能一味地顺着客户的意愿。任何企业要生存，都是需要有效益的，不能到最后连油费都要自己贴进去，那样的话宁愿不做。有时候，客户会提出更改方案的要求，我们需要及时了解他的意图，适当帮用户做决定，必要时让他知道更改方案的代价，知难而退。方案之所以反复更改，也是因为前期工作没有做好，用户想要的效果或能够拍板的人没了解到位。在一般情况下，方案最多更改一次就好了，更改多次反而容易黄，因为来回折腾，用户很容易对你产生疑虑，失去信心。最后，在成交前，最好能带用户去体验一下，很多事情光解释不管用，体验一下反而不需要解释了。而且，你若能成功地让用户跟你去看电梯，说明第一他是真想买，第二你已经成功一半了。我觉得作为一名电梯销售员，一定要对自己的产品充满信心，而不是主要以价格去取胜。只谈价格很难让客户相信你和你的产品，做好销售工作的关键是你要取得客户的信任。有一句话说得好：最好的推销员推销的不是产品，而是自己。这点很关键！"

谈起销售，钱惠华总有说不完的话题。钱惠华认为，推销之道在于心：信心是成功推销的必要前提，恒心是成功推销的内在动力，爱心是打开成功推销之门的万能钥匙。

"作为恒达富士电梯公司的销售主管，这些年来，你在销售工作方面都有哪些心得体会？"我问。

钱惠华说："说到心得体会，肯定是有一些的。每个人的思维方式

不同，工作方式不同，工作思路也是不同的。在此，我谈一些这方面的认识，不一定正确。首先，我认为开展销售工作要注意两点：第一，信息的获取方式。没有信息便无法开展业务，就像打仗没有目标，后面的工作都是无稽之谈。信息的获取主要通过规划局、设计院等部门，可以得到最新的项目信息。同时我还有一大批相关行业的人脉，如空调、消防、楼宇自控等行业的朋友，他们能给我提供大量的信息，包括项目进展到一定阶段时的确切消息。第二，与甲方的前期接触。在一般情况下，我们采用的方法并不是传统意义上的狂轰滥炸，在与客户开始接触的时候，首先是非常低调，对公司和产品的宣传，也点到即止；其次，保持一种认真负责的态度。我们去跑业务的时候，千万不要以貌取人，不要轻视任何一个竞争对手，尊重同行、取得客户的信任非常关键。保持良性竞争，必须在保证质量的前提下，做到比其他品牌更好、更实惠。有些业务如果有损商业道德，宁可放弃不做，否则会给公司带来更大的损失。

"在恒达富士，以客户为中心的定义非常明确。以产品开发部为例，以客户为中心具体包括如下几条：第一，关注客户的挑战和压力，解决客户的问题。第二，质量好、服务好、价格低。我们通常认为，质量好和价格低是一对矛盾体，不可兼得。但是在恒富，价格只是一个销售的策略，它的前提是质量好和成本低。这其实是同一个问题，因为在一般情况下，质量好就意味着成本高，成本高就会来价格高。对恒富而言，就是鱼和熊掌要兼得。无法兼得是正常水平，兼得才是天才水平，才是赢者的水平，你会追求哪一个呢？所以，恒富的质量好、服务好和价格低的实质是质量好、服务好、成本低。第三，优先满足客户需求。优先就是快，但不是无极限的快，而是比竞争对手快。第四，圆满地设计好客户的每个需求方案，即购买我们电梯让客户获利更多。恒富产品开发部门的'以客户为中心'就是由这四个方面构成的。它不是一句口号，而是回答了许多'是什么'之后得来的具体

恒富集团野外素质拓展活动，团队成员合力攀爬翻越"毕业墙"

标准。

"我认为，对客户负责，就是对社会负责，客户的利益高于一切。首先要保持对客户的信任，相互信任，实现双赢的局面。这些年来，我们也有卖出去的电梯没要回来钱的情况。内蒙古有一家代理商欠了我们几百万元，他离婚破产了，确实没钱，要不回来了。不过这是特殊情况，绝大多数经销商都是好的。我认为作为一个管理者，一定要学会换位思考，经销商在拓展市场时，首先想到的是卖你的电梯要赚钱，不赚钱的事傻子也不会去做。只有他们发展壮大起来，我们才可能壮大。恒达富士目前在全国除了台湾外都有代理商。这些代理商便是我们最大的源动力，只有把恒达富士电梯这个平台建好，让我们每个恒富人、每个合作伙伴在这个平台上得到最好的表达，或者展现自己的才华，企业才会更好地发展。要换位思考，懂得感恩。有的经销商几十年如一日地跟着我们，因为我们能让他赚钱养家，给他带来利益。董事长（钱江明）的发展理念是：为客户创造价值，让员工幸福生活。为此宁可与客户在价格方面斤斤计较，也不会在产品质量方面打折扣。三十多年来，我们一直做电梯，专心做电梯，心无旁骛。我认为，只有专心才能专注，只有专注才能专业，只有专业才能做好。而不是流行什么就做什么，什么赚钱就做什么，否则什么也做不好。"

在谈到与客户的关系时，恒富集团董事长钱江明强调：我们的工资是客户发的，而不是公司发的。我们用优质的产品、温馨周到的服务赢得了客户的青睐，客户才是我们的衣食父母，才是我们认真对待工作的动力源泉。诚信经营靠的是"言则必行、行必有果"的企业信念。每台电梯从土建支持到安装调试、售后维保，恒达富士的团队协作始终贯穿其中，多部门多人员联动，解决客户在电梯使用过程中的一切难题，花重金建设物联网远程监控技术，为的就是将电梯运营过程中出现的故障及时发现、及时化解。我们是靠细致、周到、温馨的售后服务体系，完善的售后服务网络建设，想客户之未想，赢得客户口碑和市场认可。

在谈到公司与员工之间的关系时，钱江明认为：员工是企业最宝贵的财富。他说，21世纪，人力资源是第一资源。对企业来说，员工可以称得上是企业最宝贵的财富，企业的发展和人的发展是统一的、密不可分的。员工渴望企业能够提供更多的学习培训，给予员工展现自身价值的机会与平台；企业则需要员工积极的、具有创造性的工作。曾经有人说，一流的企业，肯定拥有一支一流的员工队伍，人和企业是和谐共存的。但是如何打造出一流的员工队伍并把这个队伍带好，不断地提高员工队伍的整体素质和水平，适应新形势、新要求，充分调动员工工作的积极性和创造性，就是企业管理者必须思考的问题了。在谈到员工的管理工作时，钱江明认为首先需要努力把员工队伍带好。钱江明说，企业在跨越式地发展，员工的整体素质和水平必须与企业的发展协调统一。要想员工所想，为员工解决问题，这是企业管理者特别是基层管理人员首先要思考的问题。员工对待工作最原始的出发点就是通过自己辛勤努力的工作，得到一份满意的薪水，让自己生活得更好一点。这在恒富企业文化中有最准确的诠释：精于此道，以此为生！尊重员工的劳动，公平合理地考虑员工的劳动报酬，让员工积极主动地做工作——不是消极、被动地做事，而是积极地引导员工把自己所从事的工作当作一份神圣的职业来对待。员工工作积极性的提高是很微妙的，也是很容易做到的。有时候，领导一句关心的话语、一点小小的激励，甚至一件微不足道的小事，足以让员工产生极大的工作激情，因为员工感到自己的劳动得到了尊重。员工的工作激情体现在行动上，不同的积极性所产生的结果也截然不同。不能让员工为了完成任务而消极被动地工作，而是要让员工真正打开思想包袱，全

曾经的 30 亩地厂区

身心地投入到工作中去。反之，可以设想，被动消极的工作状态下，产品品质不可能得到保证，更谈不上工作过程中的降低消耗、成本控制了。

"一支优秀的员工队伍，是由一群优秀的员工组成的。带好一群人，让每一个员工从普通变得优秀，这是带领好员工队伍的标准。这样的标准，要求企业的管理人员真正地做到员工队伍中的带头模范作用。好的管理制度和方法，不仅让公司受益，更能让员工劳有所得，真正体现出按劳分配的原则。作为管理者，如何给员工更多的学习和培训机会、更大的提升与发展空间，满足员工合理的需求，这是管理人员要认真思考和对待的问题。企业的竞争说到底就是人才的竞争。

因此，如何留住人才，是企业管理者应该经常思考的一个问题。我们的用人理念是注重能力和业绩，重视人才培育，打造学习型组织，敢于大胆地使用人才，并不惜以高薪留住人才，倡导员工与企业共同发展。长期以来，恒达富士非常注重企业与员工之间的和谐关系。2012年，公司还被评为'南浔区劳动关系和谐企业'。"钱江明说。

作为家族制企业的掌门人，钱江明按住民营企业的"命门"，决心打造百年老店。他要求自己的二子一女，必须在职业经理制下恪尽职守，容不得有半点私情。在不同岗位上培养、锻炼他们的能力与进取心，为电梯王国打造忠于职守、视野开阔、勇于拼搏的钱氏接班人。

身为读书人，钱江明十分清楚，电梯制造企业的销售业绩要想做得更大，需要建设代理商这一终端销售渠道。他始终秉承讲道理、交良心的原则，真心地对待经销商。他们本来可以代理各个品牌的电梯，为什么要卖你的产品？因此，钱江明始终坚持为代理商提供一个稳定的有利润、无风险的销售平台，让他们能生存并能良性发展。即使在竞争激烈、生产成本增加的前提下，恒达富士电梯每年都会出台一些更有利于销售的新规定和新政策，制定新的销售业绩奖励措施及激励办法。钱江明承诺为经销商提供保姆式服务，悉心培育、培训经销商，他甚至把一本叫《电梯营销100问》的书赠送到每个经销商手里，希望能够提升经销商的业务水准。钱江明感怀：经销商只要做到"滴水之恩，滴水相报"，我们就能双赢。

　　伴随着商品房价格的下跌，房地产商的利润空间也会减少，市场就更需要质量好、价格合理的电梯产品，而这正是恒达富士的优势。钱江明推出了三大法则，以练就"内功"，积极争取保障房、廉租房这一极具潜力的市场。法则之一，质量第一，确保乘用安全，重视设计、制造、安装、维保每一个环节的质量；法则之二，保姆式服务，销售网点售出去的恒达富士电梯，服务要一包到底；法则之三，成本控制，优化供应商，获得质优价廉的部件。提升内部管理，做到管理精干。恒达富士凭借其在保障房、廉租房市场的"声望"，赢得了更为广阔的市场空间。

　　经历了大环境的突变和企业成长过程中的磨难，视野开阔的钱江明的思维已经达到"忘我"的境界，并且炉火纯青。"做大做强"不再是恒达富士的梦想，他更加致力于品牌的崛起和思想的升华。

　　"企业的发展，需要与人的全面发展相统一。只要把员工队伍带好，任何工作的开展都将是非常顺利的。这便要不断地完善企业各项管理制度，建立健全各项激励机制，用感情留人。只有这样，才能稳定员工队伍，让员工抱着更大的希望留在企业。'精于所从事的专业，精于所做的事业'。要让员工满怀希望而来，还要让员工充满期望地留在这里，这样才能真正实现企业的发展与人的全面发展统一和谐。"在谈到企业与员工之间的关系时，钱江明如是说。

5. 只要你们真正富了，恒达富士电梯就成功了

2013年3月，阳光明媚，春风浩荡。恒达富士电梯厂在古城西安召开了"2012年西安销售网点大会"。会上，恒富集团董事长钱江明发表了如下激情澎湃的重要讲话：

阳春三月，我们从全国各地相聚而来，来到这个古称"长安"的西北地区第一大城市，举世闻名的世界四大文明古都（意大利罗马、希腊雅典、埃及开罗和中国西安）之一——西安。古城西安是中国历史上建都朝代最多、影响力最大的都城，是中华民族的摇篮和中华文明的发祥地。今天在这里隆重举行我们一年一度的"锦绣花开，龙腾天下"——恒达富士2012全国经销商年会。到会的有我们合作多年的老朋友，还有刚开始合作的新朋友。在这么多朋友面前，我心潮澎湃，非常激动！回想恒达富士24年来走过的风雨历程，有你们的一路陪伴，一起见证坎坷，见证彩虹，我心里特别高兴。恒达富士电梯能做出今天的成绩，与你们的大力支持是分不开的。此时此刻，我思绪万千，百感交集，千言万语，汇聚成一颗感恩之心——感恩各位的不离不弃，风雨相随，陪伴我和恒达富士电梯公司走过了不寻常的24年，见证了企业的发展壮大，不断成长。在此，我谨代表恒达富士电梯有限公司，向各位领导、在座嘉宾和远道而来的朋友们表示热烈的欢迎和诚挚的问候！感谢你们的到来！

我借此次销售年会召开之际，向大家简单地汇报一下恒达富士电

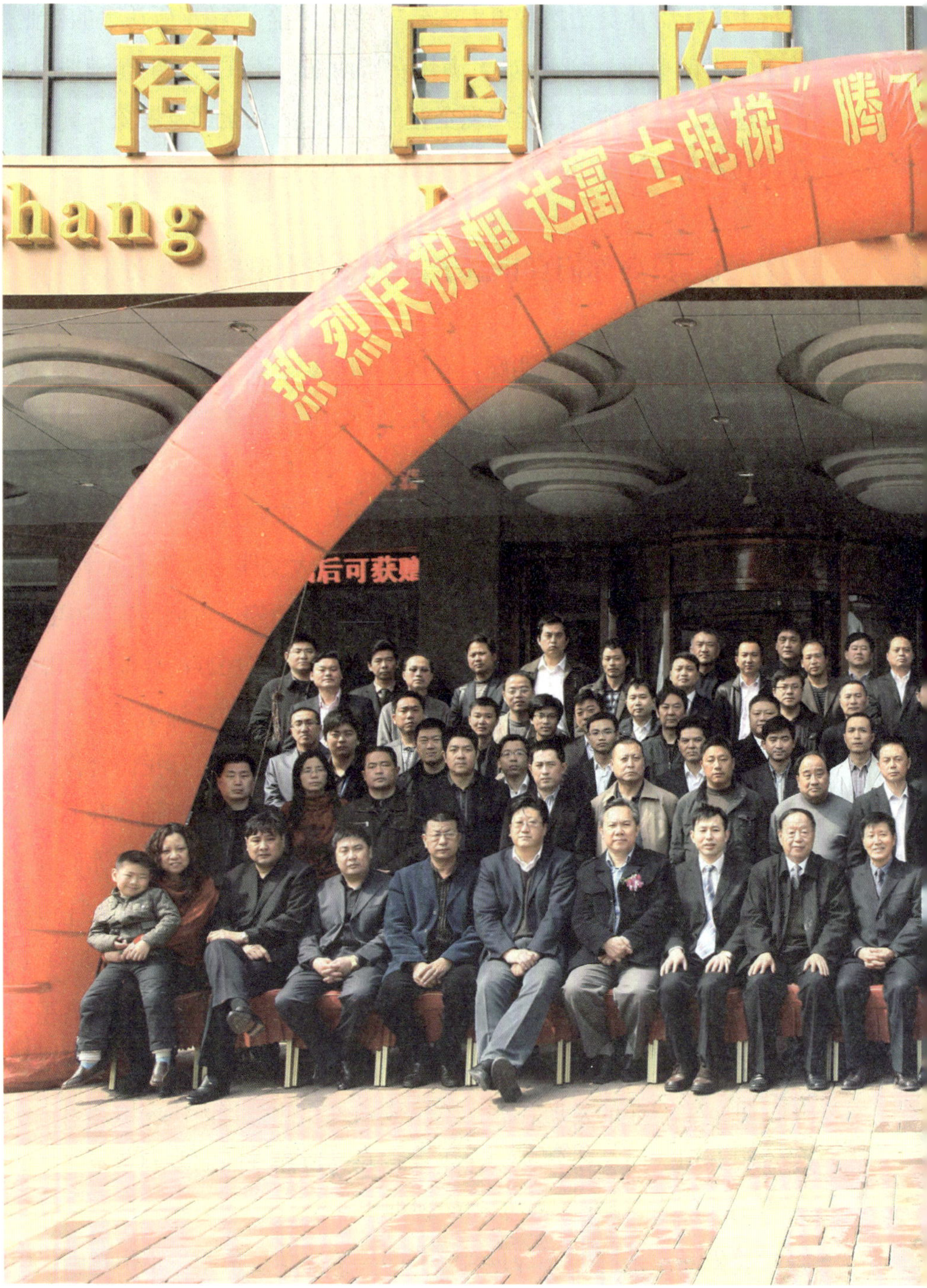
商 国 际
hang
热烈庆祝恒达富士电梯”腾飞
后可获赠

第八章 销售之道在于心

梯公司在去年和今年的工作。

首先回顾过去的2011年，我们恒达富士电梯与电梯行业所有的兄弟企业一样，面临着比较严峻的外部环境：一是房地产业受宏观政策调控影响而逐步下行；二是去年7月5日北京地铁4号线自动扶梯事故使社会公众和媒体舆论对电梯安全的关注度极大提升，也就是说，我们电梯人已在众目睽睽的监督之下；三是稀土和钢材等电梯产品的主要材料涨价；四是企业用工成本大幅度增长，加大了企业消化成本的压力。尽管如此，在过去一年，我们恒达富士电梯对内"狠抓内部管理"，对外"积极开拓国内外销售市场"。恒达富士电梯公司取得了丰硕的成果：2011年公司签订有效电梯销售合同量达到了5800多台，电梯产品发货量达到了4000多台，总产值近5亿元人民币，上缴国家的税金为2000多万元。销售、产量、利税等各项指标均比上年度有所增长，增长幅度达30%。特别是在2011年，恒达富士电梯有限公司新建造的第三期厂区正式投入使用，新办公大楼装饰工程已基本竣工，目前正在安装办公用品和调试空调，给企业持续发展创造了有利条件。

在过去一年中，公司又获得了"湖州市先进制造装备重点骨干企业"称号。由于公司积极开展科技创新，已获得国家专利局批准的各项专利达38项，其中发明专利2项；去年新上报专利12项，这12项新报专利中有11项是发明专利。所以荣幸地被湖州市政府评为"市级专利示范企业"；2011年，公司又被评为"浙江省千家成长型企业和百家最有投资价值企业"；2011年度我们恒达富士电梯有限公司向省上申报的高性能电梯等各项研究项目，后经浙科发条〔2011〕245号文批准，恒达富士电梯被新增为省级高新技术企业研究开发中心。这些荣誉的取得为恒达富士电梯有限公司未来的发展奠定了坚实的基础。

在2011年，公司积极开拓销售渠道，内销市场大有增加，新的代理商不断加入。今天的大会现场就有力地证明了这一点。我特别高兴地向大家报告，除了国内代理商有增加外，国外代理商也同样在增加，我们的国际市场不再像往年那样只销往非洲和东南亚地区，去年还销往了世界发达地区。其中有件值得向大家报告的事就是，在世界193个国家中，有一个国家的总统府安装的是我们恒达富士的电梯。虽然这个国家小一点儿，但面积也有六个浙江那么大——那就是新独立的南苏丹的总统府。我们的员工去那里调试电梯，被警卫持冲锋枪守护——毕竟这个国家的元首用的电梯是我们恒达富士的。

2011年，我们的代理商和分支机构在整个电梯市场十分严峻的形势下，依靠大家的共同努力，还是做出了值得赞扬的成绩，比如上海的成效荣总经理团队、嘉兴的唐贵长总经理团队等。因为，我们清楚地知道，一个电梯制造企业，如果要得到更大的发展，必须不断地扩大销售渠道，而要开拓销售渠道，公司必须给我们的代理商和分支机构提供一个很好的发展平台。这个平台必须具备三点：一是我们的电梯能卖得出去，就是说要有一个好品牌；二是要让我们的代理商卖我们的电梯能挣钱，这就是要有一个好的性价比；三是这个制造企业具有强大的抗风险能力，就是说这个制造企业必须有一定的规模。以上三点恒达富士电梯都能做到，因为我们恒达富士有三个强大的竞争优势：第一，我们是一家正规的中外合资企业，有正规的中华人民共和国外商投资企业批准书；我们足足有24年电梯专业制造历史；"FJHD""FEHD""HD"商标和品牌已布满全国各地乃至世界各地。中国有句老话"远来的和尚会念经"——外来的总是好的，本地人总有点不太容易接受本地的品牌。可是这几年我们改变了这个老观念，我们湖州当地乃至南浔本土的房地产商也喜欢我们恒达富士这个本土的电梯了。在全国，很多重大项目都用了恒达富士电梯，比如首都钢

2004年恒达富士电梯全国经销商年会合影

铁、新疆乌恰县政府工程、重庆政府城投公司、四川龙泉房产、湖南富湘房产、河南宏基房产、山西大同仁和房产和吉林德路房产等。特别是属于廊坊京御房产的北京华厦幸福基业项目的300台电梯全部采用了恒达富士！所以市场覆盖面极大，品牌已得到广大房产商和公众的认可。第二，我们的性价比十分高，因为我们公司到目前为止没有一分钱的负债，银行没有贷款只有存款。我们的销管成本十分低，今年将争取做到更低的销管成本。在同样的价格下，制造企业要保成本这是前提，这样其他电梯公司就保证不了你们能挣到钱，但恒达富士能保证让你挣钱。第三，我们企业已经是一家规模企业了，新厂区、新办公大楼安装有6米/秒的乘客电梯，从上到下中间没有一个建筑圈梁的室外观光电梯试验塔，这在全国也是少有的。公司具有极强的竞争优势和强大的抗风险能力，让你们无半点后顾之忧。所以今天，恒达富士电梯如果得到在座各位的继续支持，我们的发展就具备了更

浙江恒达富士电梯2007年度销售会议留念

2008恒达富士电梯销售会议合影

第八章 销售之道在于心

加强有力的优势和更加扎实的根基。

展望2012年，希望大于困难，锦绣花开，龙腾天下。

有关调查数据显示：2010年，全国土地成交比上年增加36.1%；2011年，全国土地成交面积比2010年仅增2.4%，这表明房地产商的日子不好过，它直接影响到了我们的电梯企业。从去年下半年开始，全国一线城市纷纷出现大幅度降价退房潮，今年房价下跌已经影响到二线城市，对房地产的整体冲击不言而喻。一旦房价出现全面下跌，降价风暴就会愈演愈烈，整个房地产行业的总体利润空间将被大幅度缩减。电梯作为现代房地产不可缺少的组成部分，对其影响也不可小觑。从利润与成本角度看，房价的下跌要求我们电梯制造企业必须给予房产商"质优价廉"的电梯，这将让我们电梯制造企业面临更大挑战，所以我们必须在危机中寻找机会。政府关注的是商品房价格，但对经济适用房、廉租房持扶持态度，所以我们的战略眼光应由商品房转向经济适用房、廉租房。此类房产是关乎国计民生的工程，我们未来的主战场应放在经济适用房和廉租房上，同时作为民生的示范工程，还可以不断提升品牌形象，等到地产政策逐步转向之际，就是我们电梯企业品牌和业绩双丰收的时候了。因此在今年，我们要大练"内功"，在保证产品质量的前提下降低企业运营成本和原材料成本，争取今年销量的平稳增长，提升产品性价比优势，加强管理，提高产品综合竞争力。

1.降低成本是今年的头等大事。

我们一定会抓好：一是降低采购成本，优化供应商；二是增添现代化设备，努力创新产品，改进工艺；三是发货和补货要规范化和细分化（每箱货物都有摄像或照相记录），保证不多发也不少发。这方面也要我们的代理商配合好，比如井道数据精确、配置表的修正与价值关联问题、发货时间精确、合同的法律纠纷预估等。

我们今年将全国分成七个销售区域和一个出口部，分别由七个区域负责人和区域"客服"来服务好大家，做到保姆式服务。公司对区域负责人考核指标设定两条重点：一条是你对所服务区域的代理商，是不是真正把自己当成了他们的真保姆？另一条是新的合格的代理商（有机构、有资质、有销量）你"培育"了几个？当然，我们的代理商也要多想想总公司，因为公司给了我们这个平台，做了我们的保姆，培育了我，我也得有一点感恩公司的心。中国有句老话，"滴水之恩当涌泉相报"。而我不要你涌泉相报，只要"滴水之恩，滴水相报"就可以了，也就是说让我们双赢。

今年公司的销售目标是全年销量达到8000台，主要办法就是培育和发展代理商，加大力度鼓励我们的优秀代理商（VIP），也就是说你为我们恒达富士公司一年卖出了100台以上、200台以上、300台甚至更多的电梯（有效合同），我们将给予重奖。这就是说，当我们给予你们按规定的标准下浮点后，只要你达到了100台以上、200台以上、300台以上或更多，我们将再给予一定的返点或现金。当然，如果是我们为了开拓市场做的样板工程，前提是保证你能挣钱的项目，即买断结算价已经超出了我们的标准下浮点，承受能力已经不允许下浮的除外。会后，我们会将相关的新销售政策通过电子邮件和其他方式发给大家。新销售政策就是鼓励大客户（优质VIP代理商），你越卖得多，你就越挣钱，让你拿到钱回家会从睡梦中笑醒。因为只要你们真正富了，恒达富士电梯也就成功了。

2. 规范电梯销售市场。

一是今年董事会将执行董事钱伟华调来总公司，目的是加强对公司销售部全体人员的监督作用，监督他们为各位嘉宾做好服务，同时让钱伟华本人更好地服务各位嘉宾。为了规范电梯销售市场，公司对区域做了调整，全国分七大区域，区总主要分管协调大家的工作，服

务好各位嘉宾。我们的销售政策是重点倾向优质代理商，逐步规范销售渠道，避免一个项目有两家甚至几家恒达富士电梯报价和投标的现象出现。

二是及时结算业务费。这是公司今年必须要保证的，但这必须有个前提，一切按正规渠道来：必须要发票；货款要到位；业务费必须付给我们的代理商（指打卡的），以免除后患。

三是所有电梯我们都要开销售发票给用户，用户不要发票是他们的事，但公司一定得开发票。这一点跟往年有所不同，为了公司未来的发展必须要这样做，我们绝不偷税漏税，少缴给国家哪怕一分钱。

3. 加强维保队伍建设和安装人员能力的提升。

三分产品、七分安装和维保，这是大家都清楚的。我从1978年开始从事电梯这个行业，到今年算起来将近有34年的历史。《中国电梯行业三十年》这本书中有我两张老照片。从1988年开办的恒达电梯厂算起，恒达富士电梯到现在也有24年的历史了。这么多年来，我发现了一件奇怪的事情：哪个代理商电梯卖得越多，反而是哪个地

方的问题就越少，两者成反比。比如上海的成效荣总经理和嘉兴的唐贵长总经理还有义乌的钱伟华那里，一年都是卖出电梯200台以上的，但他们那里什么缺货呀，什么调试呀，什么电梯控制板烧掉了……还真是闻所未闻。我从来没有接到过他们那里打电话向我来投诉的。反而是只卖了几台电梯的一些代理商事情特多。这是什么原因呢？我百思不得其解。后来我问了上海的小成和嘉兴的小唐，他们说：不是什么事情都没有，而是绝大部分事情他们自己都能解决。因为他们的安装维保队伍能力强，许多问题他们自己给解决了。这就说明了一个极其重要的道理：我们代理商自身的人才培养和人才扩张是十分重要的。比如嘉兴的唐总，他为了让自己的团队强大，今年大年初五就去安徽招人了。唐总说，隔年已经联系过了安装人员，春节时他们在家好找人，所以小唐春节放弃休息，初五就出发去找人才。我希望大家把自己的队伍建设好，现在有资质的电梯安装人员确实难找，所以我们要更加珍惜电梯安装人才。据业内人士讲，世界上的发达国家如美国，在其所有工种中，数电梯安装工的工资最高，这就说明了电梯的安装质量是何等重要。据专家们说，截至2011年底，中国在用的电梯有200多万部。而与发达国家相比，中国有600万部才算得上达到了发达水平，所以电梯企业的发展空间还相当大。而现今这200多万部电梯的维保力量，中国还相当弱。去年7月5日发生的北京地铁口扶梯事件正好暴露出维保力量的相对重要性。做好一家企业，不仅要靠电梯销售量，更重要的是靠安装后的电梯售后服务，因此我们的代理商和分公司一定要重视自己所销电梯的安装和服务。再说电梯的安装与服务也是我们每一个在座代理商的财源呀！所以我们一定要做好。

我们的代理商和分公司自身的强大是生存的必然。此外，我们一定要守法经营，规范维保电梯。我们坚决反对和杜绝各种违法行为，规范经营，遵纪守法。

在座的都是营销高手，营销其实是世界上所有职业中最难做的，因为营销的过程实际上就是：一是想方设法把自己的思想通过各种方式放到别人的脑子里去；二是想方设法让别人把口袋里的钱自愿地交到自己的手上来。所以我们要脚踏实地地去做工作，不能讲空话。谁都知道这一句大话："给我一个支点，我就能撬起地球。"如果真的给了你一个支点，你就能撬动地球吗？搞营销的，在过程面前，你可以有一千个理由、一万个原因、十万个无能为力、百万个尽心尽力，可是在结果面前，却只有一个简单的数字：你卖了多少台电梯？人人都想成功，但要想成功必须要经历以下三条：一是人生必须经过磨难，比如今天被客户拒之门外啦，好像人格被人家小看啦，面子受到伤害啦……没什么大不了的，这叫磨炼自己，只有经过人生的磨难，你才能成长；二是把知识转化为工作能力，这就是要在工作中学习，在学习中提高。这次开会公司发了一本书《电梯销售100问》，值得大家好好地读一读，内容很好，对大家很有帮助；三是不断地创新思路，不断地设定新目标、新起点，不断地创新自己的营销规划。做到了这三条，成功是必然的。

各位嘉宾、朋友们，未来任重道远，但美好的前景值得期待。西安是十三朝古都，名人辈出之地，多少个思想家、政治家、外交家和谈判高手出生在这里。我们愿借西安之灵气，以这个会议为新起点——我们坚信，在上级领导的关爱下，在各位忠诚于恒达富士电梯的你们的共同努力奋斗和大力支持下，通过大家的团结奋斗、凝聚合力和开拓创新，恒达富士电梯的明天将会更加美好，前途将会更加宽广！

同时我要感恩各位朋友一直以来对我们恒达富士电梯的支持和厚爱！最后祝各位朋友在会议期间心情愉悦。龙腾天下，锦绣花开。千言万语，现在只能汇聚成一句话：我钱江明和恒达富士电梯公司谢谢大家！

钱江明

2012 年 3 月 29 日

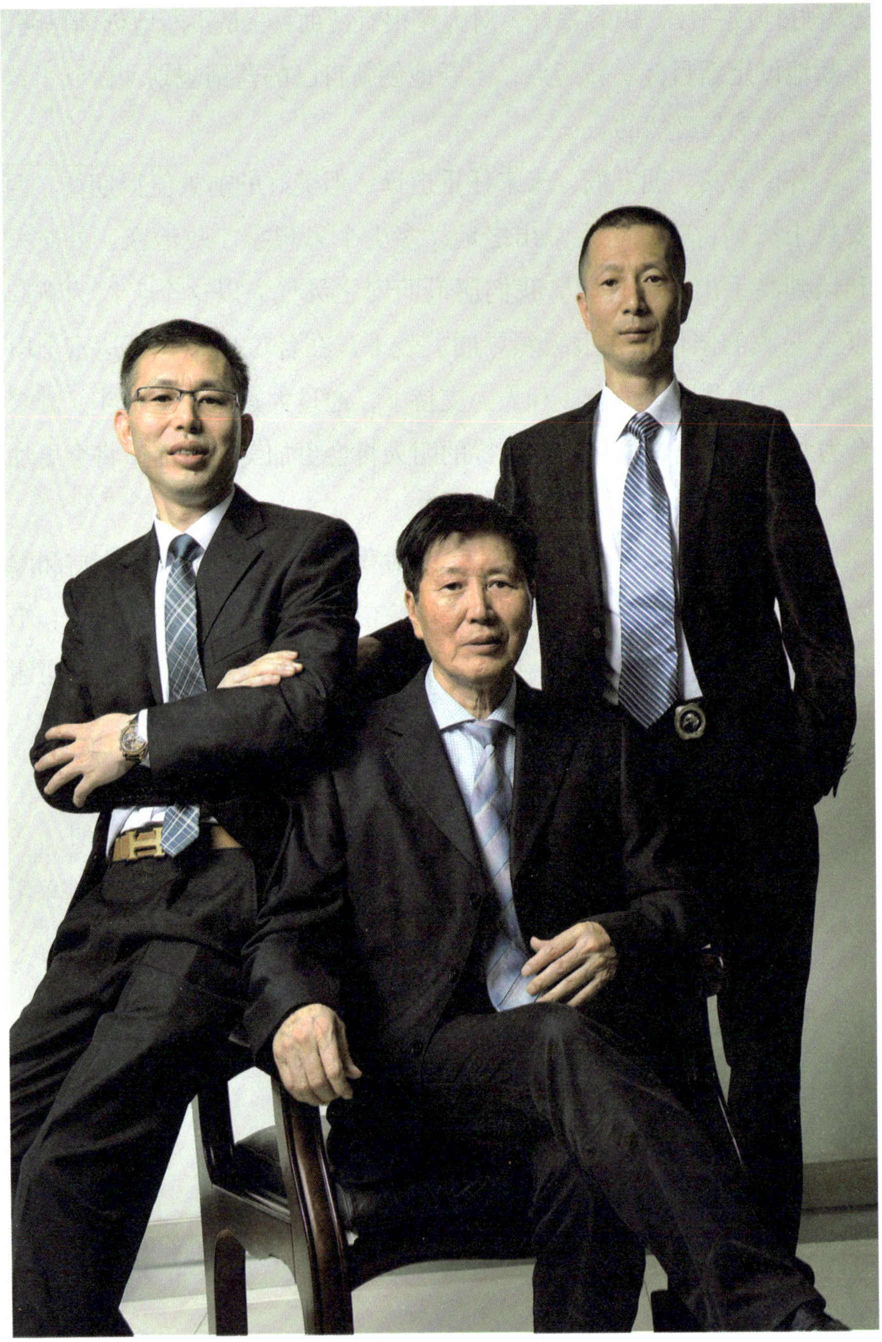

下卷

品牌之路

品牌是企业的命脉。

第九章　创业有方，信用无价

1. 合作共赢，创造价值

2004 年，钱江明通过朋友牵线搭桥，认识了一个香港商人陈波先生。陈波是做变频器生意的，为人真诚，处事热心，乐于助人，恒达电梯使用的就是他们企业的变频器。当时中外合资企业很吃香，刚好陈波有一个朋友是日本人，是日本富士 FA 系统制御株式会社的老板。2005 年，对方邀请钱江明去日本考察。钱江明发现日本富士 FA 系统制御株式会社的电器制造技术相当先进，便有了合作的意向。

这家日企创立于 1946 年元月，近六十年来以其雄厚的技术人才、高科技设备为基础，形成了机电产品的综合制造优势，无论在基础领域的研究还是在应用领域的开发方面均获得了重大成果。名列日本榜首的富士电脑控制技术、富士调频调速技术及富士功率半导体技术，使其在市场上具有领先的地位。在产品设计开发、品质工艺、生产管理方面，富士电梯积累了丰富的经验，并不断追求技术创新，秉持踏实诚恳的专业精神，向客户提供了具有高可靠性、高标准的划时代产品，从而深受用户的信赖。

"为了赶上中外合资这个当时中国电梯销售市场的时髦企业构造形式，增加销售量，再加上日本富士 FA 系统制御株式会社也看上了我们恒达电梯公司的产品质量和我老钱为人忠诚，不久，恒达公司便

中日合资签协议式

与日本富士FA系统制御株式会社签下了总投资4000万元人民币的技术合作条约，其中恒达公司出资3000万元，富士公司出资1000万元。"钱江明介绍道。经过三年的磨合，2008年，以钱氏拥有75%的股权、日资占25%的股权比例，双方正式合资，并将公司更名为"中外合资浙江恒达富士电梯有限公司"。合资后，恒达富士电梯的销量大幅提升，年销售量达到了5000台以上。

但是，到了2010年，随着中日两国关系的变化，钱江明与日本富士FA系统制御株式会社商量后，日方本着相互理解的多年友好关系，愿意撤回投资，恒达富士电梯从而成为真正由中国自然人投资的民营企业。

借助中国改革开放的发展优势，恒达富士电梯的销量不断增大，企业规模急需扩大。因此，恒达富士电梯有限公司董事长钱江明决定投资 1.8 亿元人民币，在南浔区人瑞路 1888 号购入 80 亩地，建造起新厂房。

"真正的电梯企业应该做到：电梯配件从上游企业车间生产出来，直接被送到紧邻的下游企业进行组装。目前，'恒富集团'除了恒达富士之外，2011 年开工建设了大众电梯项目，建成后可形成年产 1.5 万台整机、5000 套立体停车库及 2 万套电梯配件的生产能力。与此同时，集团旗下还有恒鼎、江华机电等配套企业，为的是更好地开拓中原及北方销售市场。2012 年，集团抓住了河南许昌招商引资的机会，以控股 51% 的条件，将设在当地的销售网络升格为隶属于恒达富士的分公司，调整为有着 100 亩地的整机制造分厂。当然企业还可以与下

公司的现代智造

游的科技型中小企业开展协同创新、协同制造的分包协作，建立紧密的长期合作关系，最终实现双赢。因为大企业涉足配件需要技术和时间，而中小企业依靠精湛的技术，也可以成为细分领域的老大，双方合作，可以促进产业链内部的资源整合、产能对接和平台共享。"钱江明说。

2012年，位于南浔区人瑞路的新厂房竣工投产。新厂区电梯专用生产车间占地面积达20000平方米，电梯试验塔高80米，里面装有非常先进的速度为6米/秒的试验电梯。办公楼占地8000平方米，设施一新。新厂房投入使用后，公司年产量一跃而上，达到了近7000台，年产值达8亿多元，一跃而成为南浔电梯业的龙头企业之一。恒富集团全面实现了生产管理和品牌的提升，迈进了先进电梯品牌制造企业的行列。

随着电梯销售量的增长和企业的不断发展，2013年，恒富集团在南浔练市镇又征地150亩，准备建设现代化新厂房。电梯试验塔高150米，是当时南浔区最高的电梯试验塔。公司四期智能化生产基地配备了四条机器人生产线和一条智能化喷涂线，并安装了从意大利原装进口的萨瓦尼尼柔性钣金自动生产线。6万平方米的智能制造中心，1.8万平方米的办公场所和获得国家CNAS认证的试验检测中心，150米高的试验塔内驻装有10米/秒的高速电梯，同时安装了2台获得相关部门科技成果登记备案并代表国内金属自立式一体化快装乘客电梯（旧楼加装电梯）领先技术与安装工艺的"恒富乐居佳梯"，以及跨度26米的室外公共交通型自动扶梯，全新的智能化生产基地已于2017年初蓄势起航。新工厂引进的全自动钣金生产线、全自动化喷涂生产线、全自动化曳引机生产线、全自动化萨瓦尼尼柔性生产线等顶级设备，将用于打造"互联网+智能化"工厂，全面提升公司的电梯生产工艺技术和生产管理水平。结合公司强劲的创新能力，公司今后将研发生产出更高品质的电梯产品，让"中国制造"影响世界。新厂房投入使用后，公司年生产电梯超过10000台，销售额突破了10亿元，连续五年纳税5000万元以上，成为南浔区"金牛企业"，进入选湖州市"金牛"培育企业行列。后来又连续三年纳税1亿元以上，成为南浔区"金象企业"，并入湖州市"金象"培育企业行列。

湖州市"金象金牛"大企业培育计划始于2014年。在这年，湖州市为加快"中国制造"试点示范城市建设，加快湖州大企业培育，充分发挥大企业在湖州经济社会发展方面的引领、示范和带动作用，推动湖州经济快速发展，深入实施工业强市、产业兴市战略，培育了一批主业突出、拥有知名品牌、创新能力强、带动作用明显、具有国际竞争力的"金象金牛"大企业，为湖州的经济发展提供了强有力的主体支撑。

清末民初，南浔涌现的号称"四象八牛"的儒商群体，不仅创造了"富可敌国"的财富神话，同时也创造了当时的丝绸产业产品和技术的辉煌。南浔的"四象八牛"都是以湖丝发家。《元和郡县志》记载："湖州外开贡丝布。"早在唐开元年间，湖丝已成为贡品，形成了产业。《宋史·食货志》称："茧箔山立，续车之声连屋相闻。"南宋湖丝已出口海外。《嘉泰吴兴志》有"湖丝遍天下"之说。辑里湖丝更是驰名国内外，因为辑里湖丝质地洁白细匀，富有拉力，优于其他湖丝。正如《南林报国寺》中所载："南林一聚落耳，而耕桑之富，甲于浙右。"（南浔古称"南林"）当时的湖丝生产之盛和质地就数南浔最佳。清道光年间诗人董蠡舟在《蚕桑乐府》中赞道："蚕事吾湖独盛，一郡之中，尤以南浔为甲。"南浔借天时地利以营丝而富，光绪间形成豪绅大户"四象八牛"。刘大均的《吴兴农村经济》："南浔以丝商起家者，其家财之大小，一随资本之多寡及经手人关系之亲疏以为断。所谓'四象、八牛、七十二狗'者，皆资本雄厚，或自为丝

钱氏父子与合资的日方代表合影

通事，或有近亲为丝通事者。财产达千万两白银以上者称之曰'象'，五百万两白银以上不过千万者称之曰'牛'，其在百万两白银以上不达五百万者则譬之曰'狗'。所谓'象''牛''狗'，皆以其身躯之大小，象征丝商财产之巨细也。"

2014年，湖州市制定的"金象金牛"企业门槛很高，其中"金象"企业具体要求如下：

1. 企业当年市内实缴税金达3亿元以上或市内全部主营业务收入100亿元以上；
2. 近三年市内工业性投入3亿元以上；
3. 拥有省级以上企业技术中心（研发中心、研究院、设计中心）等机构；
4. 企业产业符合我市产业发展导向，当年未发生重大环保、安全生产事故，节能降耗减排达标，企业及其法定代表人社会责任感强，劳动关系和谐，诚实守信，合法经营。

"金牛"企业具体要求为：

1. 企业当年市内实缴税金2亿元以上或市内全部主营业务收入50亿元以上；
2. 近三年市内工业性投入2亿元以上；
3. 拥有省级以上企业技术中心（研发中心、研究院、设计中心）等机构；
4. 企业产业符合我市产业发展导向，当年未发生重大环保、安全生产事故，节能降耗减排达标，企业及其法定代表人社会责任感强，劳动关系和谐，诚实守信，合法经营。

入选"金象金牛"培育企业的具体要求为：

1. 企业当年市内实缴税金5000万元以上或市内全部主营业务收入20亿元以上；
2. 近三年市内工业性投入1亿元以上；
3. 拥有省级以上企业技术中心（研发中心、研究院、设计中心）等

恒达富士公司获金象奖

机构；

4.企业产业符合我市产业发展导向，当年未发生重大环保、安全生产事故，节能降耗减排达标，企业及其法定代表人社会责任感强，劳动关系和谐，诚实守信，合法经营。

"金象金牛"企业的评定，旨在增强湖州市企业的创新能力，强化企业创新的主体作用，促进创新资源合理配置和高效利用，加速科技创新成果转化。重点鼓励"双金"企业加大技术创新投入，推进企业创新体系建设。引导企业搭建企业研究院、技术中心、工程技术研发中心、重点实验室、院士工作站等研发机构，推动省"三名"培育试点企业加快省级重点企业研究院建设；推动企业牵头组建产学研用创新联盟，聚焦产业升级方向，主攻关键核心技术；鼓励企业与高校、科研院所以智力投入、技术转移、团队合作等多种形式开展合作，促进优质科技资源的互利共享，加快科技成果转化；完善知识产权公共服务体系，加大知识产权的应用和保护力度；引导和激励企业加大人才"引、育、用"的投入，夯实人才的支撑；促进智能制造，鼓励"双金"企业加大智能制造投入，提高企业智能制造水平，开发智能化新产品；引导企业应用智能化、网络化的新技术和新装备，提升企业装备水平；鼓励企业实施"机器换人"，发展联网协同、智能管控、大数据服务等新型制造模式；鼓励企业建立信息化管理体制，逐步实现车间级、工厂级的智能化改造，实现设计研发、内部管理、生产过程、品牌营销、安全生产等环节的信息技术应用，全面提高智能化制造水平；推进绿色制造，鼓励"双金"企业积极融入"中国制造"试点示范城市建设，大力实施绿色制造，开展"生态＋"行动；推动企业开展绿色设计、开发绿色产品，优先支持企业争创产品生态设计试点示范，推动"双金"企业牵头或参与探索制定行业绿色产品、绿色工厂、供应链等绿色制造标准；引导企业研发和推广应用新技术和新工艺，实施清洁生产，发展低碳经济，提高资源利用效率，打造行业节能领跑企业；引导"双金"企业采用新技术、新工艺、新装备、新材料，围绕两化融合、品种质量、节能减排、安全生产等领域，加大技术改造投入力度，全面提升企业设计、制造、工艺和管理水平，促进提质增效、转型升级；鼓励企业围绕产业高端，加大产业链升级重大项目储备和实施，跟踪重大项目实施进度，及时帮助企业解决项目推进过程中的困难问题，加快项目落地投产。优先推荐"双金"企业申报国家、省级中国制造、智能制造等重点项目；加快上市步伐，积极推进企业股份制改造和上市挂牌，促进企业利用资本市场做大、做强、做优；加强对拟上市企业的服务和指导，开展全过程跟踪服务，建立企业上市和新三板挂牌"绿色通道"机制，重大事项实行"一事一议"，及时研究解决企业挂牌上市中的困难和问题，加大政策扶持的精准性；积极引导培育企业进行股份制改造，优化股权结构，完善法人治理机制，建立现代企业制度，为企业挂牌上市梯队积蓄后备资源；支持上市企业开展再融资工作，通过兼并收购和扩大投资，进一步做大、做强企业规模；推进战略重组，大力推动"双金"企业，利用优质资产、优势资源引进战略投资者；引导企业通过兼并、收购、联合、参股等多种形式，开展跨地区、跨行业、跨所有制和跨国（境）兼并重组及投资合作，发展成为具有较强国际竞争力的大企业（集团）。突出重点产业和重点领域，积极推动"双金"企业与世界500强、国内500强、制造业500强等知名企业的战略性合作，以存量吸引增量，以增量提升存量。到2019年，实施国内外兼并重组80项以上，兼并重组金额200亿元以上；提升质量标准品牌，引导"双金"企业实施质量标准品牌战略；推进企业导入卓越绩效管理、精细化管理等先进质量管理方法，积极争创各级政府质量奖。鼓励企业争创世

与合资的日方代表聚餐

界名牌、中国驰名商标、浙江名牌产品、出口名牌、省著名商标等省级以上的品牌，鼓励企业在境外注册商标；鼓励企业牵头或参与制定国际标准、国家标准和行业标准，提升大企业参与国内外标准活动的话语权；鼓励和支持企业参与"浙江制造"品牌建设，牵头制定国际先进、国内一流、拥有自主知识产权的"浙江制造"标准，积极申请"品"字标、"浙江制造"品牌认证；鼓励和支持企业将技术创新成果转化为技术标准，进一步转化为团体标准，实现"区域品牌＋支柱产业＋产业链＋龙头企业"联动提升发展；支持企业加大品牌宣传推广投入，做优品质、做大品牌，实现品牌产品系列化；加强企业家的队伍建设，大力实施"三个一批"优秀企业家建设工程，加强对企业家在理念、知识、能力等方面的培养；加强企业家的系统培训，不断提升企业家的战略眼光、管理水平、创新能力和创业魄力。定期举办企业家讲堂活动，有针对性地邀请一批国内外知名专家学者、大型企业高级经营管理者来湖州开设专题讲座，开阔企业家的视野，拓宽企业

恒达富士销售年会

家的思路；注重对"创二代"的培养，推动"创二代"的加快成长。提升企业经营管理人员的层次和水平，每年选派一批企业中层及以上管理人员到国内外智能制造、绿色制造先进地区（国家）学习培训。努力造就一支具有国际视野、战略眼光、强烈开拓意识和社会责任感，能引领湖州产业优化升级的高素质企业家队伍。

目前，南浔电梯业获得这一殊荣的企业仅有5家，包括巨人通力、沃克斯迅达、恒达富士等，作为南浔电梯业的领头羊，为南浔区的经济发展做出巨大贡献。

"卖点与技术都有了更多的支撑。"钱江明评价与日方合作带来的利好。目前，恒达富士主要从事垂直电梯和自动扶梯的研发、制造、安装及维保服务，是具有国家特种设备制造和安装改造维修许可证"双A1"资质的中外合资企业。多样化发展亦使其产品结构多元化，恒达富士的产品涵盖乘客电梯、病床电梯、住宅电梯、载货电梯、观光电梯、液压电梯、汽车电梯、无机房电梯、自动扶梯和自动人行道等系列。"恒达富士"已经是一家拥有国家质量总局颁发的电梯制造、安装A1级许可证的企业，是集设计、研发、制造、销售、安装及维保为一体的现代化专业电梯企业。

2. 逆势增长，赢得全球更多客户

年逾70的钱江明仍是恒富集团的"大发动机"。他每天准时到公司上班，处理大量公务，甚至亲自拟写合同，行程被安排得满满当当的。大时代的浪潮考验过他，也为他带来了"无名山丘崛起为峰"的机遇。"我的命运是和电梯厂的命运捆绑在一起的。"时至今日，在这个行业奋斗了44年后，钱江明如此感叹。这位已经四世同堂的企业家，精力充沛，思维活跃，行动敏捷，让人猜不出年龄。

回望自己从业44年、创办恒达富士电梯有限公司34年的历程，钱江明多次强调，是"坚持"的信念让他一路走到今天，"对电梯行业的坚持、对技术的坚持、对员工的坚持和他们对我的坚持，让恒达富士在最困难的时候非但没有倒下，而且越来越好。"

在个人清晰的突破体制的改革实践者形象之外，钱江明亦是一位颇具前瞻意识的父亲，他言传身教，将财富观、企业治理理念一一教授给在自己身边打理企业多年的两个儿子。

大儿子钱振华负责行政和生产管理，他熟悉生产制造的各个环节，对企业供应链管理已经得心应手。小儿子钱惠华则带队销售，在这个恒富集团的核心环节，他丝毫不敢懈怠，全程跟踪订单谈判、攻下高标准要求的客户，积极挖掘新代理商。他事无巨细，亲力亲为，甚至连报价这样的小事都亲自参与，为恒富集团发现了不少新商机。兄弟两人在跟随父亲摸爬滚打的多年历练中，褪去了青涩，成长为助推恒富集团越走越远的关键人物。而与父亲的默契配合，也使父子三人在应对市场变化的考验中成为最佳"拍档"。

如今，在南浔这座江南小镇上，已经聚集了数百家与电梯产业链相关的企业，而在恒富集团占地 160 亩的特大型新生产基地，6 万平方米的制造中心内设有 6 条全球先进的自动化机器人生产流水线和 1 条自动化喷涂线，光设备投资就花了 1.6 亿元。

"这是规模企业现代管理的一部分，避不开。"和三十多年前一样，钱江明对先进技术与生产力的渴求和认可始终没有改变。2000 平方米的研发中心、近百名技术人员、每年 2000 多万元的研发费用，且在逐年慢慢递增，为的是给企业的研发、设计、生产提供切实保障。迄今为止，恒达富士已拥有 200 多项发明及实用新型专利，这也是它在行业下滑期间逆势上扬的秘诀之一。

"我们在 2013 年自主研发的太阳能电梯，通过在户外安装的一块太阳能光伏板供能。这块光伏板能够自主根据太阳光的照射方向与强度调整光伏组件的倾斜度，最大限度地将太阳能转化为电能，再通过逆变器把交流电转换为直流电，供电梯运行。并且，在该系统的 10 个主要部件中，单晶硅电池组件、逆变器、监控系统及软件是核心部件，这些都是由我们企业自主研发的。可以说，科研是最重要的。其次是在生产过程中，通过引进新设备，降低能耗，节约成本。"钱江明主张在绿色经济领域发力，他给产品设定的目标是从生产到使用的整个生命周期的节能。

钱江明算了一笔账，以宾馆电梯为例，宾馆 24 小时运营，其中电梯工作总时长约 8 小时，一台电梯每年需要用电近 3 万千瓦时，一年电费几万元。"而完全依靠太阳能供电，这笔支出就可以节省下来，几年就可以回本。"2015 年，在整个电梯市场下滑的大背景下，恒达富士销售量首次突破一万台，实现产值超 15 亿元，同比增长 10.8%；

国外客户和钱江明等合影留念

自营出口近 2000 万美元，同比增长 53%，在整个南浔区经济体中名列前茅。在全区所有的电梯企业中，恒达富士更是荣登纳税大户第二位，成为领航整个电梯园区最重要的企业巨头之一。进入新时代以来，高速增长多年的电梯行业的增速明显放缓，与其密切相关的地产市场景气再度回落，许多电梯生产企业遭遇到多年未遇的订单骤减、开工不足的状态，企图以价格战和外资品牌贴身肉搏。

面对严峻的市场挑战，钱江明依旧淡定从容。

"销售是每一个企业的灵魂，一个公司没有销售那就等于没有了一切，所以今年将继续加大力度支持销售，努力扩大销售渠道，规范市场、扩大市场、开拓市场工作，销售服务网点要落实到地级市，做好销售报备制度，以免内部相互争夺。我们在努力提高管理水平，积极降低企管成本，积极创新产品，再度下调销售价格，让利于代理商。同时，恒达富士利用比同行企业更扎实的经济实力，做到及时给代理商结算业务费，尽快结算应该拿的钱，我们将以更强的实力参与市场竞争。截至 2016 年 5 月，恒达富士的订单比 2015 年同期增长了 18%，出口订单已经有 500 多台，同比增长 50%。"钱江明兴奋地介绍说，恒达富士目前在海外的市场集中在东欧的俄罗斯、乌克兰以及东南亚、非洲等新兴市场，有个非洲国家的总统府也选用了他们的产品。

值得一提的是，海外市场对恒达富士的太阳能电梯青睐有加。"节能产品的订单基本来自跨国企业。"钱江明表示，差异化创新正为恒富集团打开新世界的大门，"越来越多的人已经意识到节能产品是大趋势，所以我们在研发新产品时，焦点就放在节能降耗、提高太阳能的利用率上，通过技术创新将多余的太阳能收集起来，直接并入公共电网。"

恒达富士电梯外贸业务逆势强劲地增长。

恒达富士电梯进入国际电梯销售市场始于 2008 年。在最初几年，

HL－组合式智能化电梯零部件喷涂生产线

年销售量从几十台到上百台不等。随着集团公司对国际市场的投入与重视，如今已经提前实现了在2016年前三季度出口电梯1000余台的"小目标"，并已跻身于国内电梯出口企业的前列。

恒达富士电梯针对国际市场，积极调整销售策略，提升了产品性能与品质。尤其是在电梯安装和调试方面，更是狠下工夫，很多外贸销售员与安装调试人员一起亲临现场，赢得了国外客商的一致肯定和赞扬，也为开拓当地市场树立了企业形象，扩大了品牌效应。很多国外客商更是以各种形式表达他们的敬意与赞扬，土耳其的客户更是亲临公司，向公司领导反映和表达他们的感激之情。在战火纷飞的南苏丹，恒达富士的电梯在总统府依然安全舒适地运行着。据负责安装调试的工程部工程师王建明回忆，当时在安装现场，总统府安保人员提出一定要保证所有安装和调试人员的人身安全和财产保障，安保人员真枪实弹守护安装，这才使得恒达富士的电梯在南苏丹总统府顺利完成安装调试。在马来西亚、越南、老挝、泰国、卡塔尔、菲律宾、伊朗、韩国等国家，也有恒达富士的电梯在安全、舒适、快捷地运行着。特别是近两年来，恒达富士电梯已出口到西方发达国家，比如以色列、美国都有恒达富士电梯，俄罗斯近来更是销售势强。

近年来，恒达富士电梯有限公司更是注重和加大对国外重大专业电梯展会的关注与投入，每年在国际大型电梯专业展会上都能看到恒达富士的品牌。在土耳其展会、迪拜展会、印度电梯展、德国电梯展、俄罗斯电梯展、巴西电梯展等展会上，都有恒达富士的国际销售精英的身影。在2016年中国国际电梯展览会上，恒达富士以485平方米的超大展位面积，吸引了来自全球100多个国家的客商齐聚展台。多家媒体对新颖的展台设计、火爆的客商洽谈场景进行了现场和会后报道。恒富集团董事长钱江明表示，恒达富士能够在国内和国际市场上获得广大客商的信赖和支持，得益于公司对产品质量和品牌推广的重视,也得益于国家对电梯出口的鼓励和支持。

"Lifting the world with ease"(轻松举起这个世界)已然成为恒达富士的一句响亮的国际宣传口号,恒达富士电梯将继续保持外贸出口行情的逆势增长态势,赢得全球更多客户的信赖与支持!

3. 向管理和服务要利润

提起"为客户服务",很多人会简单地认为只要给予客户良好的服务体验即可。但在钱江明看来,为客户服务是一项系统工程,它还包括帮助客户创造价值、保护客户投资、为客户提供解决方案、帮助客户成长等关键内容。

钱江明说,恒富集团的一切服务工作都是围绕"以客户为中心"这一企业核心价值观而展开的。恒富人不管在什么样的环境中,不管接待什么样的客户,始终坚持以客户需求为导向,努力满足客户。客户之所以青睐恒富,除了恒富拥有大量的高素质人才和先进的技术外,最重要的就是恒富始终对客户保持虔诚的态度,想客户之所想,做客户之想做,与客户打成一片,帮助客户赚钱。恒富人坚信,只有与客户共同进步,才能获得各自想要的利益和影响力。当前企业人工成本快速上涨,原材料成本疯涨,但产品和服务却很难提价,极大地压缩了企业的利润空间。因此,成功的企业家开始向管理要利润。企业利用绩效管理重建和升级企业的经营管理系统,逐步实现企业管理规范化,解决了企业的执行力问题;持续提升企业利润,确保了企业的持续发展。

中国的电梯产量和消费量均在全球占比60%以上,2015年全年电梯产量接近80万台,按每台均价20万元计算,已经是一个千亿级市场。与此同时,需求存量基数和下游景气度的变化,致使行业需求

集团领导与 2018 年销售精英一等奖获得者合影

放缓，进入后市场时代。数据显示，经历近 10 年均速达 20% 的高速增长后，到 2015 年，国内电梯保有量已突破 430 万台，以制造为主、服务为辅的电梯黄金时代已经远去，在创新制造的背景下深耕服务，已成电梯制造企业无法回避的路径。与此同时，430 万台电梯形成了新的需求，安装维保后市场有望迎来爆发。这 430 万台电梯将产生至少 200 亿元的维保费用，而且随着运行超过 15 年的电梯逐渐进入高维保费用阶段，这一后市场规模还在爬坡增长。与此同时，电梯维保后市场的形态也在发生变化，出于安全和法规考虑，越来越多的电梯业主倾向于选择电梯原厂进行专业的维修保养。根据行业专家预测，未来五年电梯维保业务收入在企业营收中的占比将达到 30% 以上。

而"保姆式"维保服务正是钱江明竭力打造的恒达富士的强项之一。

电梯产品涉及人身安全，其安装维护相当重要，优质的售后服务

是销售的保障。所以，恒达富士一直提倡24小时保姆式的创新服务。目前恒达富士已在全国建立了40多个售后服务中心，从电梯土建技术支持到产品终身使用年限，都旨在为客户提供精细化的"保姆式"服务。除了配备专业的服务中心之外，恒达富士还有覆盖全国的售后网络服务系统，并配有24小时急修服务以及定期派员全面检修等，实现了售前、售中、售后全程跟踪式服务。2015年，恒富集团还与电梯安全共保体正式签约，成为当地首家与之签约的企业，今后每台恒富集团合格出厂的电梯，均将由保险公司保驾护航。

"以加强售后服务为重要的发展方向，或许会在一定程度上造成成本的增加，但是对于企业而言，有利于塑造良好的口碑。比如今年大年初一凌晨2点，在接到义乌市的一个电梯故障电话后，我们立即安排当地的抢修人员进行现场维修，30分钟内就解决了难题。这样的工作效率，让恒达富士在义乌市场有了很好的口碑，订单量大增，在当地拥有了 2800 多台电梯的市场份额。"钱江明说。

与此同时,钱江明坦言售后服务面临着相当大的挑战,其中一条就是服务标准与客户认知都处于不成熟的状态。

"首先是要帮助我们的客户理解售后服务的重要性。比卖产品更大的挑战是卖服务给客户。目前不少企业的售后服务管理不太规范,造成了服务质量跟不上。而我们希望无论从质量、安全还是服务的角度,都能给客户提供全方位的体验。"钱江明进一步强调。

4. 与时代共成长,与客户共成就

2014 年在海口全国销售年会上,恒富集团董事长钱江明发表了激情洋溢的致辞:"回首过去的一年,一大批新合作伙伴加盟恒达富士电梯,是你们带来了新的客户源,成为恒达富士电梯新的市场增长点;一大批长期与我们风雨同舟、一起成长的老朋友,一年来继续动力强劲,担当着主力角色,发挥着标杆作用,令人振奋和鼓舞,我由衷地敬佩你们持续地让公司的销售业绩有所增长!因此,2013 年,尽管依然面临着严厉的房地产调控政策和全球金融环境的不利影响,但恒达富士电梯还是取得了较好的成绩:电梯包括自动扶梯和自动人行道,其总销售量已经达到了万台指标,销售额突破了 10 亿元,上缴国家各项税金和费用 5000 多万元,所以 2013 年恒达富士电梯公司首次被南浔区政府评为全区工业企业最大的 13 个经济实体之一,拿到了用 2 公斤纯黄金做成的'金牛'大奖!

"2013 年签订成功的百台以上电梯项目合同有十多个。这一年,我们和优秀合作伙伴由公司组织了一次出国考察活动,看到了欧洲及世界的电梯新技术和各公司在德国电梯展上的盛况。2013 年,恒达富士电梯又获取了 15 个新专利,如今共拥有发明、实用、新型专利达近百项之多。新研发的太阳能电梯新产品已成功地进行了安装、成功地通过了专家鉴定、成功地申报了国家专利。太阳能电梯在节能环保上填补了国内空白，并顺利地被续评为国家高新技术企业。更值得一提的是，2013年，'恒达富士'成功地被浙江省工商局评定为全省知名商号——也就是说，'恒达富士'这四个字被认定为金字招牌。

恒达富士电梯如今拥有湖州市先进装备重点骨干企业、浙江省高科技研发中心企业、湖州市百家出口重点企业、南浔区慈善会副理事长企业、纳税先进企业、中国共产党湖州市南浔区五星级支部等荣誉。2013年又涌现了一大批全心全意、忠心耿耿为公司销售电梯，使销售量又达到可喜业绩的优秀合作伙伴和代理商。

以上，公司所取得的每一项成绩和发展与在座各位的努力是密不可分的，所以我再次向各位表示感谢！

今天，在一年一度的营销年会上，我有很多话想与各位说。有成功的喜悦想与各位共享，也有很多想法向各位商讨，真是千思万绪，千言万语。归纳为一句话就是：努力增强企业核心竞争力，请各位尽心尽力地销售公司的电梯！具体而言就是让我们共同做好三件工作：一是进一步扩大销售渠道；二是加强内部管理、提高产品质量、实行产品创新、大砍成本和下浮销售价格，以增强销售亮点及销售卖点；三是做好全面服务工作。

1. 扩大销售渠道。

也就是规范市场、扩大市场、开拓市场工作；销售网点要落实到地级市；做好销售报备制度，避免内部相互冲夺。

一是在开拓销售渠道这一点上，今年与往年有所不同的是你开拓的代理商是属于你的考量，被算在你的业绩中，年终的台量奖理所当然地属于你，公司不直接干预，公司只为你做好服务。如果你发展的代理商直接与公司联系，公司只是代你沟通，最终还是属于你的业绩。

外商客户来恒达富士

所以我要求大家今年一定要努力发展新的代理商，这条政策将长期不变。另外，我们平时一定要相互沟通、相互支持、相互帮助，共同开拓业务。如果你的地区有个别客户资源你不知道，我给你开发了这个客户，成功地签订了电梯合同，那么公司有销售，你有安装，还有长期的维保收益，更主要的是增加了恒达富士电梯在当地的市场占有率，给将来更好地销售电梯提供了市场份额优势，这样的大好事我们有什么想不通的？当然如果这个客户是你知道的，那我们绝对会交给你自己去开发这个客户源。

　　二是再度下调销售价格，让利给经销商和客户，实现双赢的局面，目的是让我们的代理商和合作伙伴多挣钱。公司除了每台有一点微利或者说在保证不亏本的前提下，就是靠降低销售和管理成本来达到盈利目的。2014年公司提出向管理要盈利的方针。

　　三是业务费如期结算。公司方面做到一个'快'字，让应该拿的钱早些结算给大家。但有一点必须按规定来，该要的票据必须真实有效地提供。

四是做好销售合同的质量并规范好合同条款。我们每一份合同的签订必须要考虑到将来如何应对诉讼这个法律问题。企业在于诚信，在于公平竞争，在于互惠互利，以实现双赢的局面。因此，我认为有必要把所有可能会出现的问题摆在桌面上，童叟无欺，尽量避免业务合同纠纷的发生。

2. 增强内部管理。

一是加强管理团队建设，责任落实到每个部门、每个人。企业发展就是靠人，讲到企业竞争实际上就是人才的竞争，所以企业一定要培养和挖掘人才，同时还要不断地引进人才，在适当时期适度地淘汰个别人也是有必要的。今年公司一定会加强人才培训，提高公司相关人员的管理水平，给予各合作伙伴和分公司技术力量方面的大力支持；

乌克兰客户来恒达富士签约

第九章　创业有方，信用无价　255

同时，公司要加强产品创新能力和市场竞争能力。这是公司必须要做好的大事。

二是逐步调整优化电梯配置，逐步使产品达到规范化、标准化、统一化。所以不断地筛选供应商，已在去年年底对每一个供应商做了供货质量和价格座谈，把采购配套价格降到最低。

三是降低管理成本。每个企业有个性也有共性，共性就是管理费用问题。我们说开门七件事，企业也一样，开了门就有不可缺的管理费用。许多费用每年必须产生，哪怕一台电梯也没有卖出来，这些费用还是存在的。这就是我们常讲的销管成本。一个企业要承担那么多费用，包括对国家负责（你得交税）、对社会（供应商、银行、员工、代理商）负责，最后才轮到企业自身发展。去年年底，我跟一个朋友谈到过这个事，结果他知道后大吃一惊，恍然大悟：原来一个企业要有那么多销管成本呀！我说，这还不包括一年好几千万元的增值税和所得税呢！这些费用怎么来减少呢？这就要加强管理，从管理中出效益。今年公司提出向管理要盈利的思想，目的就是要让销售量上去。销售量一增加，就稀释了管理成本，企业盈利就会增加，企业竞争力就会加大。这是最好的结果，也是大家最想得到的。

四是提高产品质量。首先从生产制造上着手，先是投入先进设备，再提高员工的技术水平。去年焊接工位、轿壁轿门生产流水线投入使用后，工艺工装得到了加强，又完成了车间物料小车、托盘等的改造，新增了电梯轿门上坎装配线的投入使用。机械设备上，今年还要加大投入力度，将新增一条自动化设备流水线，为公司生产优质产品夯实基础，塑造优质形象。

3. 做好全面服务。

服务好用户，服务好合作伙伴。公司无论在技术上、发货上、安装上、使用上处处要做到想用户所想，处处为大家服务。方法上是启用保姆式服务（包括服务代理商和直接用户），真诚和诚信地做好服务。比如做好客户接待工作，经常走访合作伙伴，收集产品在制造、安装和销售等相关问题上的信息反馈，从而提高公司的竞争优势。我们的合作伙伴和代理商要服务好用户。我们不是常说客户是上帝嘛，上帝是谁？我认为，这个世界上根本就没有上帝，上帝只不过是人们的精神理念而已，只有实实在在的一个一个的客户。我经常问员工，你的工资是谁发的？是公司？是老板？都不是。是客户发的。没有客户就没有了一切。一个企业的销售就是这个企业的灵魂。你可以得罪你的家人，可以得罪你的父母，可以得罪你的老板，但你绝对不能得罪客户。我说的'客户'不等同'用户'，我们行政部、技术部、生产部、销售部等各部门的员工不太理解'客户'的含义，总狭隘地认为客户就是'用户'。我跟他们说：'客户'就是站在你面前叫你做事情的人。换句话说，今天我的客户是谁？那就是你们，你们就是我和公司员工的'客户'，我们一定要服务好你们。但是我们在座的各位也应该想到'恒达富士电梯'这个平台。没有这个平台，我的歌唱得再好听，我的舞跳得再好看，到哪里去唱？到哪里去跳？难道去跳街舞？去马路唱？总得有个舞台，总想拿高一点儿的出场费吧？所以我们要共同来维护好恒达富士这个舞台，让我们实现双赢。

朋友们，今天是3月9日，我们已经奔走在2014年的征程上了，新的目标是：恒达富士电梯今年销售目标为10000台，我们每一个代表都为电梯年销售量能上'百台量'的新任务而努力吧！这是一个新的经济挑战。有利的外部条件和内部优势让我们有理由相信，2014年我们将继续取得成功！而成功，我坚信来自努力加运气。抓住增长的机会，使销售保持在一个较高的水平，我们需要继续致力于对市场更细致的理解。作为在座各位和市场信任的信号，我们应该继续保持较高的市场增长率，这才是任何企业健康发展和成功的真正标志。风正时济，自当扬帆破浪；任重道远，还需策马扬鞭。硕果累累的2013年值得我们庆贺，但2014年的宏伟蓝图已在我们眼前展开。展望未来，我信心百倍，要做盛世百年的恒达富士品牌。我期待来年再与各位共聚在又一名市，共享丰收的喜悦，共同欢庆！

最后，让我们团结在恒达富士电梯有限公司这个大家庭里，拥有一颗纯洁的心灵，倾注自己全部的热情，发挥自己的天赋和才能，永远做好'感恩和结缘'这两件事，得到真正的幸福生活！这就是人生获得成果的秘诀，就是人生成功的真道理，也是人生幸福的源泉。'恒富集团'——恒达富士电梯永远是我们大家的家。

今天我讲了那么多话，都是我的心里话，目的无非只有一个：我只想请大家今年给'恒富集团'——恒达富士电梯、大众电梯卖出很多台电梯！通过我们的共同努力，到明年开销售年会时"，我想让更

钱江明与乌克兰客户在一起

钱江明与俄罗斯客户洽谈

多的优秀代表登台拿到更高的台量奖金!"

台下,数百名经销商爆发出雷鸣般的掌声。大家欢聚一堂,共商恒达富士的电梯大计,为来年更上一个台阶献计献策,加油助力。

第十章　学会感恩

1. 惜缘、诚信、创新、感恩

钱江明是个求知欲很强的人，读书、看报是他的两大嗜好。由此，他对当今中国乃至世界的工商行情的了解是由浅入深、步步紧跟的。因此，他才能清醒地认识到作为掌舵人，其企业不能只有一种技术品牌，只有与时俱进，才能立于不败之地。于是，他在与日资富士进行技术合作、参股的情况下，又把目光投向了老牌工业技术强国的德国"大众"，通过强强联手，共同打造精品电梯。

站在"恒富集团"电梯产品的销售版图前，钱江明有一种创业成功者所特有的自豪：在国内，除台湾外，都有他的销售市场；在国外，从东南亚一带到俄罗斯、乌克兰、非洲等50多个国家与地区，都能看到"恒达富士电梯"品牌。至此，一个让钱江明引以为豪的"银行没贷款、民间没债款、银行里有存款"的恒达富士集团，傲然屹立在南浔这一方宝地上。

成功者自有成功的法宝。钱江明成功的秘诀有五个：第一，对人才不仅要善于识别其优点，而且要敢于大胆地任用，让其充分显示自己的才能，并不惜以高薪留住人才；第二，找合格的代理商，且要让他们有利可图；第三，抓好售后服务，令客户无售后之忧；第四，建立一支由40多名检验员组成的"恒达富士电梯安装检验队"，确保电梯质量百分百合格；第五，作为家族制的民营企业的掌门人，钱江明按住家族制的命门，绝不允许富二代出纨绔子弟。他的二子一女，必须在职业经理制下恪尽职守，容不得有半点的私情。钱江明说，这样才能培养、锻炼他们的能力与进取心，从而为钱氏电梯王国打造出肯吃苦、有才干的接班人，才能打造出百年昌盛的优秀企业。

谈起这些年成功创业的体会时，钱江明总结道："第一，做电梯，一定要懂行，让专业的人做专业之事，才能做好；第二，讲诚信，绝不偷工减料；第三，要懂得感恩。"他一生信奉"惜缘、诚信、创新、感恩"八个字并努力践行，这已经成为恒达富士企业发展的理念。作为南浔区慈善总会的副理事长单位，恒达富士电梯每年都向镇区慈善单位捐款，其中最多的一年冠名捐款1000万元。

钱江明认为，人和人之间能够成为朋友，是有一定缘分的，客户亦如此。所谓有缘千里来相会，企业与客户达成合作关系，就一定要珍惜这种缘分。缘分化作一些企业文化的核心，不仅包括"追求卓越，缘结天下"的企业精神，更包括向上向善的企业道德氛围。惜缘，践行核心价值观，与日常工作紧密结合，塑造企业内部"齐修身、做好人"的氛围，用实际行动书写出关注社会冷暖的企业情怀。

关于结缘，钱江明认为，除了企业与客户之间的关系，企业与员工能长期相处、同甘共苦，也是一种难得的缘分。在谈到企业与员工的关系时。钱江明认为，企业与员工之间的关系如同江河海洋与水滴的关系。对于员工而言，企业是施展个人才华、实现个人价值的舞台，这个舞台越宽广，环境越宽松，个人的价值体现就越充分；如果失去这个大舞台，自我价值的实现便成为空谈。对于企业而言，企业的发展源于每个员工的劳动和创造，员工实现自我价值的过程，就是企业蓬勃发展的过程，二者相辅相成，相互推动，共同发展。正如"大河涨水小河满"和"不积细流，无以成江海"那样，是一个问题的两个

门机曳引机展示区

方面。企业选择员工，是因为这个员工能够给企业创造价值，带来利润；员工选择企业，是因为企业为员工提供施展才能的舞台，让其有机会实现自己的人生之梦，并且得到自己想要得到的利益。因此，企业与员工之间是一种相互依存的关系，唇亡齿寒，荣辱与共。企业与员工是一个共同体，二者之间是"利益共享、风险同担"，双赢、共好的关系。

2. 让员工得到幸福，让客户得到满意

"曾经有一个商业巨头说：'员工是我们最重要的资产，即使我们所有的资产被大火毁于一旦，但是只要我们的员工还在，我们就可以循序渐进地重建我们的家园。'钱总对这句话认可吗？"在采访钱惠华的过程中，我提出了这个问题。

恒达富士电梯冠名第二届"恒达富士"杯男篮联赛并获得年度总冠军及"特别感谢奖"

"趣味运动会"颁奖盛况

"我认为确实如此，员工在企业中发挥着基石般的作用。随着工业化社会的发展，在全国大大小小的企业中，似乎都出现了一个普遍的用工难的问题，这个问题的背后其实展现的就是企业员工的管理不合理。很重要的一部分就是忽略了企业文化，让员工无法发自内心地融入一个企业，就像融入家庭那样，因此在管理员工中非常重要的就是要培养员工正确的思想意识以及强化他对企业的认同感。另外需要注意的是，不可以把企业文化停留在口号或者形式上，而应深入地把思想贯彻开来。

"2012年我回到公司后，除了负责企业营销，还负责企业文化建设。我认为，在物质极度丰富的今天，企业经营除了要加强硬件建设，还要加强软实力的打造，包括人员、品牌、品质、文化等诸多方面，并建立完整的体系。常听有人说，'企业文化是个筐，什么都可以往里面装。'但是，从本质上来说，企业文化是组织在发展过程中所形成的共同的价值信仰和共同的行为方式，它体现在企业经营活动的细微之处，无声无息，潜移默化，成为一种自觉的认知与行为。就目前的中小企业而言，企业文化主要体现在企业是如何对待员工的，是如何对待客户的。以人为本，关爱员工，把员工当亲人，这是一种家的文化，会让员工感觉到温暖，愿意在公司里待下去。恒达富士公司倡导员工是衣食父母，公司就是家，要求管理人员为员工提供服务，帮助员工成长进步，这样的企业自然会吸引到员工，也不会有所谓的劳动力紧张的问题。企业文化的核心是价值信仰，体现在我们员工的行为上，也体现在我们的产品上，体现的是企业的价值与企业的社会责任。大而言之，可以是人类、宇宙的责任。企业组织中影响企业文化的因素有许多种，比如领导行为、制度规范、先进人物、典礼仪式、教育培训等，以及综合性形成的企业氛围，但这些并不是企业文化本身。我认为相当多的企业，没有从根本上进行修炼，误把形式当内容，舍本逐末。我们常常见到一些把口号贴满墙，却不注重价值塑造与纠正的企业，缺乏柔性，缺乏对人的关照，没有感召力，也没有吸引力，如此自然造不出好产品，照样走向消亡。根本原因就是企业缺乏健康的文化，而不是简单的经营失败。

"我认为良好的企业文化可以增强企业的内部凝聚力，让士气更高涨，可以提供有特色的服务，对外形象良好，产品有竞争力。日本企业、德国企业之所以能够得以延续，其根本（原因）是得益于企业文化的力量。包括我国的一些优秀的企业，无不重视企业文化的建设，诸如格力、福耀玻璃、华为等，他们已经成为我们学习的典范。毛主席曾经也讲过：'没有文化的军队是愚蠢的军队，而愚蠢的军队是不能战胜敌人的。'我在金华担任电梯协会副主席时，曾组织员工参加电梯协会举办的电梯维修工职业技能竞赛。这促进电梯从业人员进一步提升自身技能水平、加强电梯安全管理、规范维护保养工作，具有积极深远的意义。"钱惠华接着说，"这些年来，恒达富士非常注重企业文化建设，对员工培训工作特别重视。我们经常组织员工进行拓展训练。面对一堵4米高的墙，要想快速爬过去，就需要团队共同作战，我们一百多人相互协作、相互信任，结果不到一分钟就顺利地爬过去了，这体现了团队的力量。公司举办员工趣味运动会，邀请员工家属参与，增加了员工对企业的归属感。中秋、春节也会邀请职工家属到公司参加活动、表演节目，并经常与其他单位搞联谊活动，让员工有一种幸福感。我们的发展理念是'让员工得到幸福，让客户得到满意'。我们经常会组织员工参加各种各样有意义的活动。2019年8月，南浔举办了首届由'恒达富士电梯'冠名的篮球联赛，恒达富士公司篮球队发扬顽强拼搏精神，一路过关斩将，历经两个月的角逐，在16支参赛队伍中脱颖而出，最终取得进入四强的骄人战绩。在这两个多月的时间里，我选择每天与员工在一起锻炼，他们也十分信任我。

"我认为企业的发展,要靠第一生产力——员工。员工的执行力不到位,一切都是空谈。在恒达富士,我们彼此尊重,领导也融入员工之中,工作时与员工打成一片。

"出差时我经常与员工同吃同住在一个房间,也不让他们替我拿包、搬行李。有些员工半夜打呼噜,声音特别大,为了不影响他休息,只好自己忍着。员工醒来后见我一个人坐在那里发呆,非常感动。在公司,我是企业领导,也是带头人,所以处处应该以身作则,带着员工冲锋陷阵。在国内战争时期,八路军说得最多的是:'兄弟们,跟着我冲!'国民党喊的口号是:'你们给我冲!'在恒达富士,我父亲钱江明已年过七旬,却每天坚持上班,以身作则,亲自接待客户,成为大家学习的榜样,他的精神已成为恒达富士企业的宝贵财富。社会变革、企业转型升级,重要的就是增强软实力,强化企业文化建设、关

恒富集团首届"趣味运动会"之拔河比赛

执行董事钱惠华先生和李小丽女士带队恒富集团野外素质拓展训练活动"毕业"合影

第十章 学会感恩 267

注细节，由粗放型向精细化管理转变。文化是先锋，与时俱进，提升我们产品的附加值，这已经是大势所趋，是时代的要求。纵观世界风云变化，大浪淘沙，一切都是过眼烟云，唯有文化可以传承。百年老店，基业长青，永葆活力，是文化给企业注入了灵魂，使企业具有了活力，企业文化建设可以帮助企业统一发展战略。俗话说：'兄弟同心，其利断金。'也就是说，只有在思想上统一，企业上下全体员工才能往一个战略方向走，才能成功打造品牌！"谈到恒达富士公司的企业文化时，集团执行董事钱惠华如是说。

3. 企业文化是一种隐形品牌

企业的发展离不开全体员工的同心同德和同甘共苦，员工只有在奋斗的过程中与企业的目标保持高度一致，才能加快企业的发展速度，使企业的核心竞争力得到有效增强。因此，建设先进的企业文化是实现企业科学发展、增强企业软实力的重要途径。

在当今激烈的市场竞争中，企业文化发挥了不可替代的重要作用。美国兰德公司的研究表明，世界500强之所以强，固然受多种因素的影响，但关键在于以文化取胜，这是毋庸置疑的事实。在当今激烈的市场竞争中，企业要实现稳步发展、做大做强，无疑就要重视和加强企业的文化建设，增强员工的归属感。

人的行为往往受到规则的约束。但规则不是凭空制定的，要回归到事业理论层面，要符合企业的价值观和管理哲学。文化是制度之母。当文化和制度具有一致性时，人的行为就会高度一致。当二者分裂时，人的行为也会分裂，甚至会产生阳奉阴违和表里不一。这就要求企业在针对未来构建自己的制度体系时，首先要去梳理文化。企业没有对文化的清晰定义，制度就是凭空捏造和人云亦云，并不具备对行为的指导意义。因此，只要践行企业的价值观和管理制度，就会在价值观的统领下达成企业愿景，实现商业的成功。而客户价值驱动就是在各方面真正体现了以客户为中心，体现了以客户的价值为纲，以客户的满意度为准绳。从客户中来，到客户中去。这些都是商业文明的常识，是企业持续发展的不二选择。而急功近利、注重短期利益，甚至有违商业道德的行为则难以长久，应该在企业行为中严格杜绝。

企业文化是一家企业或一支团队在完成一项事业的过程中所形成的共同追求、价值观念和行为准则。由于企业文化具有凝聚、约束、向导、激励等几方面的重要作用，决定了企业文化是一种以做大做强为基本内容的企业发展观和经营理念。良好的企业文化可以进一步增强员工对企业的认同感和责任感，激发员工奉献企业的积极性、主动性和创造性，是推进企业持续发展的思想灵魂。

企业文化包含了员工价值观的培育，价值观是关于价值的一种信念、倾向、主张和态度。说白了，价值观就是人的追求。要什么、不要什么，赞成什么、反对什么，喜欢什么、讨厌什么，都属于价值观的范畴。因此，培养全员共同的价值观是企业文化建设的灵魂。任何文化建设都是以某种价值观为核心的，企业文化建设也不例外。经营思想的革新、综合素质的提高都要以某种价值观为指导，并要把价值观有效地引入到现代企业管理和企业创新中来，使企业发展体现企业的发展目标和员工的价值取向。

"企业文化从某种特定意义上可以说是'企业家'文化。因为企业是由领导者进行管理的，企业文化在很大程度上取决于领导者的思想和行动。企业领导者应该带头学习企业文化知识，对企业文化的内涵形成深刻的认识，对建设本企业文化有独到的见解，对本企业发展有长远的战略思考。企业领导者要亲自参与文化理念的提炼，指导企业文化各个系统的设计，提出具有个性化的观点，突出强调独具个性

新春晚会中车间员工团结一心，激情献唱恒富集团之歌《共创辉煌》

新春晚会中高层合唱《恒富之歌》（指挥：董事长钱江明；女声独唱领唱：执行董事李小丽；团队领唱：总经理钱振华、执行董事钱惠华）

和前瞻性的管理意识，感染和促进员工发挥最大的潜力。加强企业文化建设并不意味着抛开制度管理。没有较完善的规章制度，企业就无法进行有效的生产和经营活动。但是，不论规章制度多么完善，也不可能包罗企业的一切活动，不能从根本上规范每一位职工的行为。而企业文化则是一种无形的文化上的约束，可以形成一种规范和理念，来弥补规章制度的不足。企业文化对于管理的作用，其意义就在于挖掘文化管理的本质，丰富文化管理的内涵，发挥文化管理的导向作用。离开了生产经营，企业文化建设就成了无源之水、无本之木。"在谈到企业文化建设工作时，钱江明董事长如是说。他还专门创作了企业之歌《共创辉煌》：

天空洒下金色阳光，照映我们腾升的希望，
"恒富集团"茁壮成长，感恩惜缘，友深情长！

"恒富集团"是精英的梦想，用青春谱写出绚丽华章。

科技、创新、安全、环保，精品电梯由我们领航。

啊！"恒富集团"我们的家，我们团结一心，我们勇攀顶峰，我们是恒富人，为电梯事业共创辉煌！

进入新时代以来，产品日新月异，企业领导都已经达成共识，那就是品牌时代已经到来。品牌就是企业的生命，更是企业核心竞争力的集中体现。进行企业文化建设就是要将企业的文化建设与品牌建设有机地结合起来，用企业文化铸就企业品牌，用企业品牌展示企业文化。

4. 感恩的心

"共生、合作、包容、感恩"，感恩是核心要义。一个人的感恩是一种美德，一个企业的感恩是一种责任。

在2015年桂林恒达富士经销商大会上，钱江明激动地说：

"现在已经是2015年了，回望过去的一年：纵有千言万语想说，但最确切的只能归结为两个字，那就是'感恩'！

"因为在这一年，又有一大批新的合作伙伴加盟'恒达富士电梯'，是你们带来了新的客户源，成为恒达富士电梯新的市场增长点；一大批长期以来与我们风雨同舟、一起成长的老朋友，一年来继续动力强劲，担当主力，发挥着标杆作用。这一年，我们出口的电梯量达到了一个新高，电梯产品覆盖全球40多个国家，年出口量近1000台，创外汇1600多万美元。除了前几年南非总统府、巴西国际机场用了恒达富士电梯，去年坦桑尼亚150米高的东非第一高楼'MZIZIMA'（米兹米大楼）也是我们恒达富士中了标。

"这一年，我们恒达富士电梯又获得了 20 多个新专利，迄今共拥有发明、实用、新型专利达到 200 多项。其中太阳能电梯成功地申报了国家专利。太阳能电梯在节能环保上填补了国内空白，并顺利地被续评为国家高新技术企业。此外，企业荣获湖州市先进装备重点骨干企业、浙江省高科技研发中心企业、湖州市百家出口重点企业、中国共产党湖州市南浔区五星级支部等荣誉。

"这一年，大众电梯正式拿到了制造和安装 A 级许可证，大众电梯 47000 多平方米的巨大新生产车间已经落成，100 多米高的电梯试验塔和 17000 多平方米的现代化办公大楼已平地而起，目前已升至 2 层。大众电梯业务也从去年 3 月份拿到许可证起，仅有 9 个月的时间销售量从零起步达到近 300 台，并有出口销售。

"这一年，又涌现出一大批全心全意、忠心耿耿为公司销售电梯的人，销售量达到了可喜的业绩，货款回收率达到 95% 以上。优秀分公司和没有拖欠总公司一元钱货款的优秀代理商及合作伙伴正在增加。

"公司取得的以上佳绩是所有关心、支持企业发展的人们鼎力相助、共同努力的结果。所以，我感谢这个时代和社会，感谢我们的各级政府领导和行业领导，感谢遍布大江南北的客户们，感谢恒富集团的生产供应商，感谢每一位员工——特别要感谢的是今天在座的所有合作伙伴。所以，请允许我再一次向各位表示深切的感谢！

"在过去一年中，我深切记得很多合作伙伴，在第一时间用电话、短信、微信、邮件让我共享你们签到大单时的成功和喜悦，也让我充分地体会到大家一年中所付出的辛苦。我虽有千言万语，归纳起来只有两个字'感恩'，谢谢大家！

"各位销售精英和朋友们，我们的情谊是永恒的，我真诚地感恩大家。在我经营恒达富士电梯企业的三十多年中，酸甜苦辣我自知，但是我最大的感悟就是'感恩'二字，感谢各位成就了今天的恒达富士电梯。我深切地体会到只要真诚合作，与人为善，一定会共赢。我在这里向大家保证：公司一定发扬精益求精的工匠精神，增品种、提品质、创品牌、树标准。一定会以高科技和智能化产品来开拓市场，以性价比高的产品来引领市场。只要大家多多销售恒达富士电梯，我想一定能让大家实惠多多，钱包鼓鼓，汽车更新，住房敞亮。

"现在我们很多人会有这样的想法——有钱就是成功。然而事实上，一个真正的强者，不是看他有多少钱，而要看他帮助了多少人，服务了多少人，成就了多少人，实现了多少个人价值与社会价值！未来的世界，一定属于一群善良、快乐、共享、拥有正能量、乐于助人、以诚相待、懂得感恩的人！记住：善良，一定会成就你的未来！"

恒达富士电梯在发展的过程中始终不忘投身于慈善事业，多年来

2012年，国家总局领导视察恒达富士

恒达富士支助贫困村

获得南浔区"慈善突出贡献单位"、南浔区"水晶晶南浔慈善之星企业"等多项献爱心殊荣，为企业所在地练市镇党员关爱基金捐款 30 万元，以慈善大爱庆祝"中国共产党建党 100 周年"。公司先后为甘肃天水儿童福利院、丽水市雅里小学等单位捐款捐物，为的是把恒达富士的社会责任传递出去。董事长钱江明个人为浦江县捐款 30 余万元，用于当地的教育事业建设，体现了一个企业家应有的担当，为社会做出了自己的贡献和力量。

第十一章　品德、品质、品牌

1. 品质是品牌发展的根本保障

道德是人类先进文化发展产生的精神文明。早在2000多年以前，我国古代著作中便出现了"道德"这个词语。从中国儒家的创始人，伟大的思想家、教育家孔子开始，千百年来，人们就一直很重视道德问题，主张按照道德规则处理人与人之间的关系，养成良好的品质和习惯。

作为一家企业，质量是产品的本质、根底，也是品牌的生命。美国著名质量管理学家约瑟夫·朱兰博士曾说："20世纪是追求生产效率的世纪，21世纪将是追求质量的世纪。"今天，这句话不只是一则预言，质量已成为一个企业的生命线。如何保持并不断地提高产品质量，在日趋激烈的市场竞争中立于不败之地，是所有企业面临的重要问题。质量问题存在的因素有很多，但恒达富士的质量管理团队认为，首要的还是自身是否具有"精工"态度，态度依然决定一切。

2014年，钱江明在全国销售会议讲话时说："新的一年，我们必须更加努力，要更上一层楼。总公司今年设规划和目标，经过董事会认真和反复地研究，归纳起来是要为这两句话而奋斗：'一定要让我们的所有合作伙伴更幸福！一定要让我们的所有用户更满意！'落实到行动上就是做好两个字，'品'和'赢'。'品'字就是：品德、品质、品牌。品德，就是我们要懂得尊重别人，懂得互谅互让，懂得爱护恒富这个平台，懂得勤奋努力。不因小事而毁誉，不因私利而废公。一个人和一个团队的能力固然重要，但人品更重要。品德好的人总是能赢，因为他有人缘且被人信任。有了人品作航标，你的人生之舟就能乘风破浪，到达成功的彼岸。"

在2015年桂林经销商大会上，钱江明谈到品牌建设时强调："一个好的品牌必须有好的产品，要用更好的产品来维护自己的品牌。所以品牌很重要。大家都知道，LV是好包的代名词。人们不会去关心它的包能放多少东西，能使用多少年，只知道LV是好包。'恒达富士'品牌是经过多年的打造才能树立在人心之中的，而我们目前维护好品牌的第一步就是要有好的质量。电梯的质量我认为最关键的就是以下三条：一是安全和性能；二是舒适美观；三是使用寿命。这三条都涉及我们共同的努力。公司要做好产品，分公司和代理商要做好安装和服务，我们合并成一体才能让其质量好、品牌好。我记得中国百年老品牌'同仁堂'最重要的是它的司训：'品味虽贵必不敢减物力，炮制虽繁必不敢省人工。'意思是做产品，材料即便再贵也要用最好的，过程虽烦琐也不能偷懒。换句话说，要真材实料。所以同仁堂的老祖宗又讲了第二句话：'修合无人见，存心有天知。'你做的一切，只有你自己和老天知道。这一句话，是关于怎样保证第一句话被执行的。我认为要基业长青，就要做到两条：第一要

用真材实料，第二要对得起良心。所以做品牌，首要的是人才才能的发挥，团队建设。讲到团队管理这一点时，我去年曾经在这里宣布过一件人事上的事：原销售部副总曾主动辞职，但去年他出去打拼了大半年，感到不太好，还是想回到恒富集团这个平台来发展，所以他回来了。我很欢迎他回来！"

在谈到品牌建设时，钱江明强调了五个要素：(1)诚信是品牌建设的一个关键。他认为，诚信是衡量一个人的重要标准。在品牌建设中，诚信尤其重要。品牌标示着企业的信用和形象，是企业最重要的无形资产。在市场经济下，环境每天都在不断变化，谁拥有了品牌，谁就掌握了竞争的主动权，就能处于市场的领导地位。(2)品牌建设需要一个过程。钱江明说，品牌不是短时间就能累积起来的，它是一个循序渐进的过程。在品牌的建设时期，会经历品牌定位、品牌架构、

萨瓦尼尼柔性生产线

品牌推广、品牌识别、品牌延伸、品牌资产这几个过程。（3）发展战略。钱董事长说，企业在做战略规划时，就应该将企业的品牌塑造与企业宗旨有效地结合起来。企业发展到这个阶段，应该让用户对品牌有什么样的认知，品牌的宣传范围应该有多广；当企业达到下一阶段时，又应该如何树立品牌，并将其与企业的未来发展相结合。（4）多向发展。钱江明认为，品牌是由厂家创造出来，再灌输给市场，让市场接受，但最终还是要消费者认可。消费者的口味在变，喜好风格在变，因此企业单纯地依靠一个品牌很难获得长期的发展。（5）品牌名称。品牌名称是品牌的核心要素，它往往简单明了地反映了产品的中心内容，能使消费者产生相关的联想。理想的品牌名称应该做到记忆方便，对产品类别及特质、优点等具有准确的定位性说明；有趣味、富有创造力、易于向更广泛的产品种类和地域背景转换；含义持久，在法律和竞争上都能获得强有力的保护。例如"恒达"，"恒"是持之以恒，代表坚韧不拔，持续长久；"达"是到达，飞黄腾达。寓言企业繁荣昌盛，欣欣向荣。

"恒达富士电梯在发展过程中，逐步调整优化电梯配置，使产品达到规范化、标准化、统一化。同时也在不断地筛选供应商。去年年底已经对每一个供应商做了供货质量和价格座谈，在保证产品质量的同时，把采购配套价格降到最低。降低销售和管理成本使企业增加了竞争力。所以，今年公司投入了从销售报价系统、产品配置系统、物料管理系统、物流发货系统、应收款到位系统、财务管理系统等全套ERP信息管理软件，它将大大地缩短从报价、备案、生产、采购到发货的整个流程，提高工作效率。同时，我们一定要提高产品质量。首先从生产制造上着手，一是投入先进设备，二是提高员工技术水平。去年在焊接工位、轿壁、厅门投入使用4条'机器人'生产流水线；今年还要加大投入力度，早日进入工业4.0时代，实现智能制造和信息化管理。工业4.0就是不断地完善已有的物联网网络，是工业自动化的更高范畴。在这种情况下，具备互联功能的智能设备能够在优化工厂运作、改善设备维护、节省生产成本等方面起到很大的作用，帮助企业显著提升运营效率。"在公司销售年会上，钱江明非常兴奋地说。

2. 追求品德、品位，构筑金字品牌

随着我国经济的高速发展、房地产开发的普及和电梯配置数量的增加，各地的电梯事故时有发生，电梯质量严重影响到电梯的运行安全。电梯质量靠什么来保证，品牌、制造，还是售后服务？由于电梯的特殊性，它无法像家电产品、汽车那样完整装配，并能通过严格的质量检测，保证出厂产品的高可靠性。电梯送到用户单位时，往往还是零部件，需要现场的工人对零部件进行组装。相比一致性，与家电、汽车行业相差甚远。因此，电梯行业通常有一个说法，就是"三分靠制造，七分靠售后"，而且售后尤其以长期的维保服务最为重要。电梯维保是指对电梯各个零部件的维修和保养，对运行的电梯部件进行检查、加油、清除积尘、调试安全装置的工作。

"电梯的售后，除了对电梯的维护，还有对电梯的适当改造升级。在业主方电梯安装调试验收完毕后，便进入为期24个月的产品质保服务期（正常使用的情况下负责免费修理和更换部件）。在产品质保服务期中，我公司会派专业维保人员为业主方电梯进行巡回维护保养，每台电梯的维护保养内容按国家标准严格执行。"钱江明说。

在谈到电梯品牌的构成核心时，钱江明巧妙地将"品牌"两个字进行了分解，他讲道："若将'品牌'分解开来，'牌'字就是'牌子'的意思，我们用什么牌子的东西，我们买什么牌子的产品；而'品'

数控折弯机

字就像喝茶一样慢慢地品味一个牌子。从企业实际运作讲，我认为品德、品位、品质是企业追求的三个方面。"钱江明董事长这样解释"品德、品位、品质"，他认为"品德"对电梯企业来说不仅仅是造电梯，而是要提供一种生活方式。

"许多厂家将电梯卖给客户之后，服务就结束了。但从我们企业来看，卖电梯只不过完成了产品出售的一部分，我们希望通过产品的优质性能，带给客户幸福、快乐的生活。我相信所有做产品、做项目的人都希望把产品做好，但有时受限于客观环境，在技术、投入或品质方面会出现一定的差异。恒富电梯在品质方面倡导企业理念'真诚相待追求完美'，一直孜孜不倦地追求高品质。"钱江明董事长说。

企业的品牌是一个错综复杂的象征，它是产品、服务、声誉、效益、消费群体及社会形象等的无形总和。企业形象是企业在消费者心

检测中心

目中的地位和价值的体现，是企业在长期经营中形成的消费者对企业及产品的评价或口碑。良好的企业品牌和企业形象是各企事业单位的一项重要的无形资产，它不仅代表了一批忠实的顾客，形成了稳定的消费群，还因其知名度、信任度和美誉度使企业的营销成本减少，使销售额稳定，利润增加。

"综观现在的企业，我们可以得出这样的结论：业绩突出的企业往往具有优秀的企业文化，企业文化最终影响着企业的经营绩效。"恒达富士总经理钱振华说。

3. 市场是试金石

最近，网上有人发布了一则博文，题为"见证历史，一部上世纪

90年代出厂的老恒达电梯仍在正常运行",同时配有图片。博文中写道:恒达富士电梯有限公司的前身是创建于1987年的湖州恒达电梯厂,后经过改制、合资等一系列适应市场变革的举措,目前演变成为一家具有三十多年生产制造历史的电梯整机制造企业。市场是检验产品好坏的试金石,恒达富士电梯在台州的合作伙伴无意中发现了湖州恒达电梯有限公司在20世纪90年代出厂的一部电梯,为电梯过硬的品质感到惊叹,更为恒达富士电梯多年来良好的发展和运营感到高兴!接下来,就让我们来看看这台90年代出厂的电梯产品都有哪些特点吧!

从控制屏铭牌上面可以清楚地看到,这台电梯是由恒达富士电梯有限公司的前身——湖州恒达电梯有限公司制造的,上面显示的日期为1999年12月,层门为4层4门。从控制屏的铭牌上来看,当年的铭牌制作技术还是略显粗糙的。

1998年,湖州恒达电梯有限公司推出了第二代产品,这个控制屏采用的就是第二代的控制系统。该控制系统更新为PLC可编程控制器,维修更方便,故障率明显降低,同时也提升了电梯的运行舒适感。目前,随着恒达富士电梯技术的不断革新,全新开发的控制系统结构更为紧凑,全PCB板设计,故障率更低,乘坐舒适度更是不能同日而语。

当时采用的双速曳引机,变速主要是通过电机接法的变化来改变电机极对数,也称为变极双速曳引机。由于电机供电的频率并没有产生变化,故称为工频。主要缺点是散热风扇在低速运转时因为电机转速下降而散热能力下降,给机房温度和曳引机的环境温度带来一定的影响。

恒达富士电梯有限公司采用的内转子永磁同步无齿轮曳引机的最大的优点就是结构紧凑、噪音小、散热系统好、能耗低,运行更加平稳舒适,检修更加方便快捷,同时适用于小空间机房,有节省建筑空间、减少用电量等一系列优势。

一部当年由乡镇企业生产的电梯，运行20多年仍然状态良好，这说明恒达电梯质量品质优良，值得信赖。

"品质，就是要靠好产品，而产品来源于人品，有了好人品就不怕生产不出好品质的产品。今天，对于参会的大家来说，我们的品质就是为客户做好服务，服务出一流的品质。'质量就是生命'，这句话不是老生常谈，而是千古不变的商海准则，只有这样才能实现'典范行业龙头企业'的目标。品牌，来源于品质，没有好品质，没有好服务，品牌就是无源之水、无本之木。有了过硬的服务体系，我们就能全力创品牌、创名牌。现在，恒达富士电梯公司的客户已遍布全国乃至世界各地，但这还不是我们的目标。我们的下一步目标是把我们的品牌做大做强，让恒富品牌响彻神州大地。这里，我强调一个字——'赢'，这个'赢'字我早就在前几年销售年会上讲过：它由五个汉字组合而成：上面是个'亡'字，表示要时刻保持危机感，碰到危机要积极面对、及时处理。比如去年重庆分公司就能及时有效地处理一件伤害事故，分公司总经理很努力、有担当，圆满解决了此事。他不仅保护了品牌，而且保护了自己，也保护了受伤的当事人。我们一定要有解决和处理危机的能力，不要动不动往总公司身上推，这是很不好的，是致命的不负责任。下面的'口'字是积极沟通，'月'字是时间紧迫，'贝'字是珍惜金钱，'凡'字是一颗平凡之心。赢，是指双赢。我赢你输，我输你赢，都不是赢。真正的赢就是双赢，是皆大欢喜，大家都获益。对于企业来说，这里包含两层意思：

"第一，企业与客户双赢。客户是我们的衣食父母，客户的利益就是企业的利益，我们对客户要一诺千金，说到做到，诚信相得，让客户使用我们的电梯就能得到价值的提升，客户提升了使用价值，我们才能赚到钱。你的工资不是会计发的，不是总经理发的，是谁发的

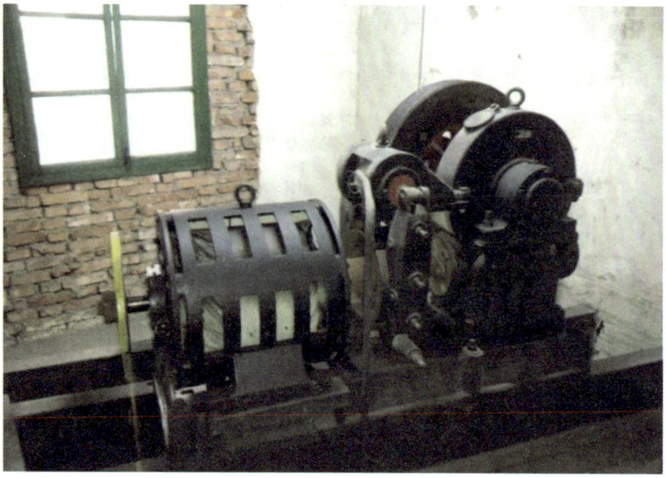

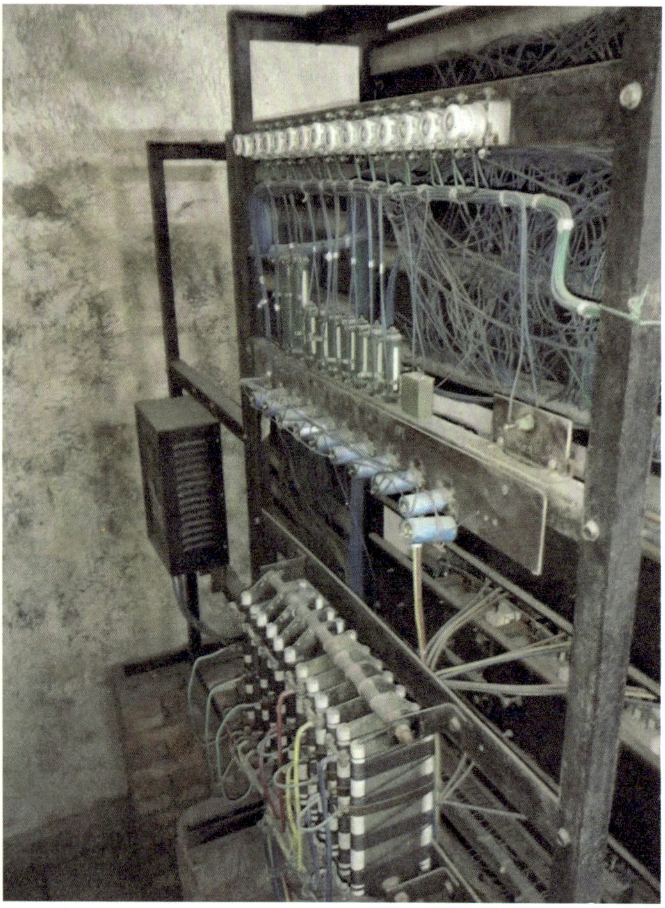

呢？是客户！客户越多，我们的收入就越多。

"第二，企业与合作伙伴双赢。上善若水，与人为善。让别人挣到钱，自己才能赚到钱。跟我沟通时，经销商说得最多的话是：'钱总呀！你要保重身体。我跟你，跟恒达富士电梯多年来的合作，是你钱总，也就是恒达富士电梯成就了我，让我有了今天。今年又换新车了，家里又买大房子了，好多女孩都要追我，会不追吗？'电梯人是中国最能吃苦、最能担当、最能承受客户骂而从不还口的好人，你们说是吗？这些感恩的话，我听后真的心情激动万分。我说：我也得感谢你呀！没有你同样也没有'恒达富士'的今天！我成功的标准，不是你有多少钱，而是有多少人通过你赚到钱，过上了幸福的生活。今天我作为一个年长者，我的切身经历让我更深地懂得一个人生的王道，那就是'人要有一颗感恩之心'。我认为，良心和感恩是成就一个人事业的成功法宝。恒达富士电梯平台就是为你而搭的，让你在这个平台上好好地表演自己，拿销售量来感谢我，这是对我的最大安慰！下一步，我们还会根据市场需求和客户反馈，加大服务力度，规范服务流程，形成服务体系，确保服务质量。"在经销商年会上，钱江明一诺千金，掷地有声，给经销商们吃了一颗定心丸。

4. 为人之道，执企之根

目前，国内电梯品牌比较多，市场竞争也很激烈。如何能够在市场中立于不败之地，这是每个企业都该去面对和深思的问题。

"品牌价值是为客户提供更好的产品与服务，想用户之未想，做用户之未做。中华民族是一个讲究感情与礼节的民族，维护好用户对恒达富士品牌的信任与口碑，是公司品牌创新与发展的起点，也是动力与信念。"恒达富士总经理钱振华介绍说。

企业在发展的过程中都难免遇到阻力和困难，回想当年公司刚成立那段，钱振华感慨道："当生产出来的电梯没有市场去销售，当想要发展壮大企业的时候没有资金……这些问题都曾经困扰过我们。但是既然已经进入了这个行业，就一定要坚信自己能够在电梯行业打拼出一片属于自己的天地，于是就勤勤恳恳、兢兢业业地把企业一步步地发展到今天这个状态。这些年来，我们一直未曾懈怠过对企业的管理及对市场的洞察，一直在努力地在自己的事业上耕耘着。恒达富士发展到现在已经三十多年了，可以说见证了中国电梯行业的起步、发展、壮大的历史。公司一直坚持'认真做事、诚信经营、结缘人脉、感恩彼此'的企业理念，把每一台电梯都做成样板梯，让客户对我们的产品及服务给予赞美与支持，对我们的品牌口口相传，这一直是我们当前在做而且未来一直会去做的动力与源泉。"钱振华说，对待客户和员工，恒达富士一直心存感恩。经营一家企业就犹如经营一个家庭，一定要用心去做好每一件事，用情对待每一个人。

"无论是我们的客户还是我们的员工，我们都积极友好地去对待。我们珍惜相逢的每一份缘分，更珍惜每一个客户和员工带给公司的美好与感动。我们感恩客户对我们的信任与理解，更感恩员工对我们的奉献与支持。做企业说到底就是做人，只要把人做好了，就没有做不好的企业。恒达富士一直坚持为客户提供精品电梯、为员工与社会创造价值的理念，风雨三十载，秉承 24 小时保姆式服务的承诺，为用户创造价值，为员工提供舞台。我们在用心经营企业的同时，也将企业的管理与文化深耕细作；在提升企业硬件建设的同时，也将企业的软实力展现给客户与员工。恒达富士电梯发展至今，可以说都是一步一个脚印、脚踏实地地发展着，没有跨越式的发展，更没有操之过急的规划与步骤。公司从 1987 年成立到现在的三十多年间，基本是五年一个计划、一个跨度，而且基本都实现了当初制定的计划与目标，可以说是有计划地在实现着自己的蓝图与梦想。截至 2021 年上半年，国内已有 700 家整机制造企业。如何能够在行业内耐得住寂寞、沉得住气，这个还真的需要长期的历练和摸索，绝非一朝一夕之事。"公司总经理钱振华说。

5. 上阵父子兵

在恒达富士，如果是第一次来访的客户说是要拜访钱总，工作人员总会善意地提醒道："您找哪位钱总？"在电梯行业内，钱江明、钱振华、钱惠华三父子的默契合作堪称典范。钱江明作为电梯行业的专家，长期工作在生产一线，对电梯行业的发展有着自己独到的解读，对产品的品质有着严苛的要求；长子钱振华作为公司总经理，在父亲的指导下，现已承担起了公司大部分发展方针的制定和决策的决断；次子钱惠华，在恒达富士集团中负责销售部门的工作。可以说父子三人的合作就是公司的"产、供、销"一条龙，父亲严把产品质量，以一个行业专家的眼光来审视生产线下的产品；长子钱振华在确保生产的同时用心与国际先进水平接轨，曾与日本富士 FA 系统制御株式会社深度合作，引进国际一流的技术工艺；次子钱惠华则长期负责销售工作，在工作中不断学习积累，将恒达富士电梯推广到更多的国家和地区。

每每说到自己和父亲的关系，钱振华总是幽默地说："与其说我是创二代，不如说我跟父亲是合作伙伴，我们是一起创业的。"在企业发展过程中，钱振华起到了承上启下的关键作用。回忆起当年父亲创业初期的艰辛，钱振华坦言，当时是全家共同努力才帮助企业渡过难关的。在企业发展过程中，最早一次扩建厂房的资金，就来自父子三人的共同出资。可以说，正是有了父子和兄弟间的团结一心，才换来了恒达富士跨越式的发展。

"一个篱笆三个桩，一个好汉三个帮。"每一位成就了一番事业的企业家背后总少不了家人的支持。在采访过程中，总能感到父子情、兄弟情的自然流露。无论是父亲钱江明对钱振华、钱惠华兄弟俩的言传身教，还是兄弟之间的默契合作，大家都各司其职，为公司的健康

智能立体式料库

发展提供了强大助力。

"如果企业是在大海中航行的一艘巨轮，父亲就像是经验丰富的老船长，把握着巨轮的行驶方向，我们两个兄弟亲密无间的默契配合，为大船的航行提供了源源不断的动力，助企业乘风破浪，扬帆远航。"钱振华慷慨激昂地说。

随着宏观经济发展以及大量高层建筑的拔地而起，市场对电梯的需求开始"井喷"。为了提升产品在市场中的竞争力，钱振华想到了"走出去、引进来"的策略。在第一个五年计划中，恒达电梯与日本富士FA系统制御株式会社开始了深度的技术合作，企业质量和品牌实现了质的飞跃，迅速发展成为业界翘楚，引起世人的广泛关注。在第二个五年计划中，钱振华已经慢慢地成长为企业的实际掌舵者，由他主导的合资计划也结出了丰硕的果实。可以说，正是这一时期的发展，使恒达富士电梯在真正意义上成为享誉四海的知名品牌。

全自动厅门流水线

如果说第一个"五年"是创业，第二个"五年"是立业，钱振华在恒达富士的第三个"五年"就是"守业"了。在企业不断做大做强的同时，对市场部署精准分析的钱振华和父亲钱江明深刻地意识到，只有保持技术的领先，不断消化并吸收新技术，提高自主创新能力，才是企业长久健康发展的根本。恒达富士在注重技术引进的同时，积极响应国家关于建设创新型企业的号召，不断加大人才引进和研发投入。

在企业快速发展的几十年间，钱振华、钱惠华兄弟与父亲钱江明共同见证了从恒达电梯厂到恒达富士集团翻天覆地的变化。从仅有5亩土地，电梯年产量不超500台的老厂，到占地30多亩的南浔丁家港二期工厂，再到如今拥有现代化厂房、专业科研所和150米高的电梯试验塔的四期工厂，每一个五年计划，都见证了钱氏父子脚踏实地、一步一个脚印的进步。

在采访中，钱振华一直强调：恒达富士一脉相承的就是对电梯行业的坚守，也是父亲一贯以来对事业的坚持。有一句老话说得好："多年父子成朋友。"在钱江明、钱振华、钱惠华父子三人齐心协力的领导下，恒达富士的明天必将更加美好，他们的梦想定会让企业插翅腾飞。

关于梦想，许多人有自己独特的认识。托马斯·伍德罗·威尔逊曾经说过："我们因梦想而伟大，所有的成功者都是大梦想家：在冬夜的火堆旁，在阴天的雨雾中，梦想着未来。有些人让梦想悄然绝灭，有些人则细心培育、维护，直到它安然度过困境，迎来光明和希望，而光明和希望总是降临在那些真心相信梦想一定会成真的人身上。"

因为有梦想，我们不再渺小，它让无数人跨越了前进道路上的坎坷。因为有梦想，我们的生命尽情绽放灿烂之花。一人有一个梦想，共同编织成了一个关于美好生活的大网。前辈的梦想或令人瞩目，或微不足道，但他们都是梦想的征服者，我们循着他们的足迹，渴望摸索出自己梦想的前进之路。

"梦想是对未来美好生活的愿望，它能不断激发我们生命的热情和勇气，让生活更有色彩。有梦想就有希望。虽然梦想总是和现实有一定的距离，有时甚至不切实际，但是人类需要这样的梦想，因为有了它，才能不断地进步和发展。明确的人生目标犹如灯塔，能够帮助我们在茫茫大海中找到前进的方向。少年的梦想与个人的人生目标紧密相连，少年的梦想与时代的脉搏紧密相连，与中国梦密不可分。生活在这个时代的我们共同享有人生出彩的机会，共同享有梦想成真的机会，共同享有同祖国和时代一起成长与进步的机会，所以我们要不懈地追梦、圆梦，才能改变生活，改变我们自己。努力，是梦想与现实之间的桥梁。"谈到梦想，钱振华如是说。

成功者自有成功的法宝。钱江明成功最重要的秘诀之一，就是对电梯事业的执着坚守。追求让电梯更好、更完美的技术，是钱江明一生为之奋斗的梦想。见证了几十年间中国的电梯技术从无到有、从弱到强的飞速发展，目睹了电梯业内的一次又一次技术革命，从继电器到微机版的控制器革新、变频调压技术的诞生，再到永磁同步曳引机的流行，钱江明是欣喜而自豪的。同时，他还有更高的关于电梯制造技术的创造性梦想："我希望能造一种电梯的动力驱动系统安装在轿厢上，让电梯像汽车一样在导轨上运动，摆脱曳引机和钢丝绳的束缚，那样电梯就能造得更高、更快、更节能；在电梯轿厢内还可以安装一个注入新鲜空气的供氧系统，让乘梯者的感觉更舒适；LED照明系统、安检、节能等方面都有很大的改进空间……"恒达富士人相信，怀着一个技术梦的钱江明，一定还有更大的关于电梯的英雄梦想，那也是中国民族企业走向世界的梦想。

谈及目前电梯行业新梯需求量增长放缓、出口贸易低迷、行业开始洗牌的严峻形势，钱江明展现出乐观的态度和充足的信心："行业要洗牌、要发展，都是不争的现实。面对激烈的竞争，像恒达富士这样规模比较大的电梯企业是有优势的。"面对挑战，恒达富士正在积极应对：第一，在保证电梯优质的前提下，降低成本，提供性价比最高的电梯给用户；第二，把控风险，优选客户，最大限度地避免债务包袱；第三，修炼内功，降低管理成本。钱江明认为，未来中国的房地产经济会走"L型"的发展道路，慢慢地进入常态化，与之相关的电梯新梯需求也会逐步稳定，恒达电梯已经做好了长期的思想准备。为弥补中国电梯需求量下降的趋势，恒达富士看好像印度、古巴那样的发展中国家蓬勃发展的国际市场，且正在积极开拓这些国家的市场。恒达富士海外的电梯销售量与上年度相比增长高达50%，该成绩相当喜人，这也是对企业发展战略的高度肯定。

2019年全国营销年会

第十二章　只有创新，企业才能走得更远

1. 以科技谋创新，以创新谋发展

孔子云："逝者如斯夫！不舍昼夜。"历史的车轮滚滚，时代的脚步匆匆，云谲波诡，瞬息万变。因此，如果不想被时代抛弃，就要让自己不停地向前奔跑，在奔腾中不断地调整自己，寻求改变和进步。

"穷则变，变则通，通则久"(《周易·系辞下》)，只有变化才会有发展，只有发展才会有前途。时移世易，物换星移，不变的是求生存的精神。

2016年，钱江明在贵阳恒达电梯厂全国经销商年会上，以《携手同赢恒久远，创新发展达未来》为主题，发表了重要讲话。钱江明说："2016年，在全球实体经济市场大局形势不利的情况下，我们凭借优秀的产品质量、良好的市场口碑，取得了意想不到的好业绩！电梯销售超10000台；上缴国家税金7000万元；公司连续四年被区政府授予'新牛'企业荣誉；还入选了由国家发改委、中国企业报集团、中国国际企业品牌文化博览会共同发起的'2016中国品牌影响力（电梯行业）十大最具价值企业、十大创新企业'。在中国电梯行业协会里，恒达富士在李会长组织的专家考评下晋升为'中国电梯协会常务理事单位'，这是中国电梯行业最高组织机构对我们的肯定，当然这与大家的努力是分不开的，同时也要感谢我们李会长的提携。2016年公司还获得了'浙江制造精品企业''湖州市工业企业设计中心''南浔区亩产税收十强工业企业''国际贸易先进企业''服务贸易先进企业''税收超千万企业''党建强发展强两新党组织'等多项荣誉。

"新的一年，经济形势将更加严峻，各行各业正面临着不同程度的困难和考验，企业生产经营困难将进一步加大。国内电梯市场同样并不乐观，随着竞争的白热化，价格和利润将进一步降低。我们每一位同仁必须要有'逆水行舟，不进则退'的危机意识和责任担当。公司将紧紧围绕'创新服务'这个中心开展工作，不但管理要进行创新，技术、产品、服务都要创新。对于恒富集团来说，只有用科技的创新进步来优化产品和服务，才能推出更多能赢得客户青睐的差异化、个性化的产品和解决方案，为客户带去高附加值，从而避免同质化恶性竞争。虽然销售形势严峻，但我们也具备了在市场竞争中的强大优势：

"第一，坐落在南浔区练市工业园的恒富集团现代化新工厂将投入使用，由于采用的是全机器人生产线，它将大大降低制造和管理成本。公司的现代化生产将紧跟形势，快速步入工业 4.0 时代，打造一流的企业面貌。新工厂位于练市工业园，它的地理环境相当好，将来就在沪湖高铁站和新 318 国道南侧，申苏浙皖高速、练杭高速以及连接二条高速的浔练大道就在新厂区的周边。附近的交通真可谓四通八达，十分方便，以后若城际高铁通车，从上海虹桥机场到公司只需 20 分钟。我们的新厂区有 60000 多平方米的生产车间，18000 多平方米的办公大楼，2000 多平方米的电梯部件型式试验和测试中心，它将成为南浔最大和自动化程度最高的工厂。拥有四条机器人钣金生产线，一条自动喷涂线，一条曳引机生产线，电梯控制微机板生产线及其他部件生产线，这将给我们带来强大的价格竞争和产品质量竞争优势。

"第二，我们要通过产品的差异化来扩大市场。（1）将电梯物联网和移动通信技术运用于电梯技术中，此技术将作为公司的标配产品，销售过程中不再另外加钱；（2）公司开发出了永不坠落自动扶梯平台和开关门永不夹人的乘客电梯产品；（3）旧楼加装观光式的框架一体机在福建也有大量样梯在现场安装，已经通过国家认定的型式试验机构的型式试验认证。

"第三，我们将继续培育和发展优秀的合作伙伴。从历史上看，只要是一心一意（而不是三心二意）与公司合作的伙伴，没有一个不发达的。我记得好几年前，就有一位合作伙伴亲口对我说：'钱总，幸亏我跟你恒达富士电梯干，我是个背负 20 万债务的人。这几年靠这个平台和自己的辛苦付出，现在不仅买了房，还换了高档汽车。'确实，我们的宗旨是要先让你富，再让我们恒达富士得以发展。当然，还要大家配合的一点是必须要建设好自己的安装维保队伍，为客户提供更为贴心的服务。公司今年还要建立省级恒达富士企业特种设备研

恒达富士电梯公司连续三年获得"新象奖"

究院和型式试验中心，为各地培养安装维保人员。

"第四，开展特色营销和创意营销。恒达富士电梯除了下调价格外，对全额货款付清的，给予成本价。还要有新的创意，让客户了解公司的产品差异化体现在哪里。

"第五，公司有着良好的经济实力。我个人总结过，企业若要健康发展，就必须坚持以下三条：第一，永远不要跟银行贷款；第二，永远不要向民间借贷；第三，办事量力而行。企业要正规化发展，逐步走入资本市场。有一点我可以告诉大家，恒富集团是一个最懂感恩的企业，做人要这样，做企业也要这样。要牢记'感恩'两个字：一要感恩天地，二要感恩父母，三要感恩师长，四要感恩朋友。我们能有那么多优秀代理商，其中最主要的一条就是相互懂得感恩才能合作得长久。恒富集团是一家成熟的企业，它在银行没有一分钱贷款，反而有一定存款。在这里我可以悄悄地告诉大家，恒达富士公司一年的存款理财利息收入将近 1000 万元。单纯用这笔钱我们就可以让利给产品，那一定能让产品的质量更好、价格更优，让产品技术更创新、

《人民日报》的报道

第十二章　只有创新，企业才能走得更远　　299

更先进、更有竞争力。我相信一定会带给大家更好的开拓恒达富士电梯市场的条件。

"创新是企业发展的不竭动力，也是其永恒的主题。恒达富士电梯在一次次的发展过程中锐意创新——对产品进行了创新，对营销进行了创新，对收入分配进行了创新。这些年，按照新的形势、新的要求、新的市场情况，我们与时俱进，积极创新。比如产品创新，要在质量上、技术含量上有所创新和突破。这些年在不断地学习同行业先进企业的基础上，根据我们自身的特点，来搞好改变，搞好了改变就是创新。所以我觉得创新是每时每刻都存在。经常地、反复地把这个工作做好，体现出创新应是永恒的主题；没有体现出创新就没有创造，没有创造就不会发生大的变化。'变则通，通则存，存则强''尊新必威，守旧必亡'，无论是一个人还是一个国家，如果不求改变，最终会与这个时代脱节。

"只有创新才能创业，只有创新才能使企业升级。一定要培育精益求精的工匠精神，才能增品种、提品质、创品牌。现在很多人都有个误区，总以为挤垮了谁，超越了谁，整'死'了谁，就是成功。然而事实上，一个真正的强者，不是看他挤垮了多少人，而是要看他帮助了多少人，服务了多少人，凝聚了多少人，影响了多少人，成就了多少人！未来世界，一定不会属于一群面目狰狞、尔虞我诈的人，而是属于一群善良快乐、懂得分享、拥有正能量、乐于助人、以诚相待的人。

"所谓创新，其关键之处就在于创造，没有创造就没有发展。如果因循守旧，原地踏步，恒达富士就不会实现跨越式发展。世上唯一不变的就是一直在变。当时代抛弃你时，连声招呼都不会打。从恒达富士第一台电梯诞生之日起，产品质量和销售市场就成为公司发展的重要影响因素。好的产品会通过市场检验赢得客户的认可；好的企业会为客户定制差异化产品，服务和满足不同客户群体的产品需求。在市场布局方面，在保持国内市场稳步持续增长的同时，还要积极开拓国际市场，用口碑赢得世界多个国家和地区的客户的信任。在南苏丹总统府、肯尼亚五星级酒店、开罗新首都奥林匹克城市综合体、乌克兰最大商场等地方，都能感受到恒达富士快捷安全的电梯乘坐体验。同时，恒达富士服务于国内众多城市综合体、保障性住房项目、大型房产企业、三甲医院、高铁新城、五星级酒店等场所。正是因为我们一直在创造，在创新，走在时代前列，引领时代潮流，恒达富士电梯才会一天天地壮大起来，成为市场信赖的驰名品牌。为此，所有恒达富士电梯的从业者都做出了不懈的努力。在此我对他们的辛勤付出表示衷心的感谢！"

钱江明的演讲赢得了阵阵掌声，得到在座的电梯行业领导以及经销商的高度肯定和褒扬。

以科技谋创新，以创新谋发展。进入21世纪以来，恒达电梯创新发展的脚步从未停歇：

2000年，企业扩大规模，搬迁到南浔区凤顺路，占地5亩。

2003年，随着企业进一步的发展，产品和销量日益增长，原有的厂房已经无法满足生产需要，搬迁到南浔区方丁路，占地30亩的新厂房投入使用。

2008年，企业实现与外资技术合作，引进先进控制技术，更名为"浙江恒达富士电梯有限公司"。与外商进一步洽谈技术与资本等方面的合作，其中外方占股25%。企业更名为"中外合资的浙江恒达富士电梯有限公司"。

2009年，公司注册资本增加至1.2亿元，更名为"恒

智制造

达富士电梯有限公司"。

2012年,在南浔区人瑞路向政府购买新厂区,投资1.8亿元人民币,占地80亩、实验塔高度近百米的现代化三期厂房竣工投产。

2012年,公司首次获得南浔区"金牛"企业称号,成为当地企业中的佼佼者。

2013年,公司注册资本增加至2.8亿元,年生产20000台整梯,全面实施现代化管理与运作。

2014年,公司获得南浔区政府质量奖。

2014年,公司获得"浙江省知名商号"荣誉称号。

2015年,公司品牌全面提升与优化,获得了由中宣部、科技部、新华社等多家媒体颁发的"最具创新力企业""浙江制造精品""浙江名牌""浙江省企业技术中心"等多项权威荣誉。

2015年，公司正式晋升为中国电梯协会常务理事单位，并成为当地首家与电梯安全责任险共保体签约的企业，公司出厂的每一台电梯产品都将由PICC保驾护航。

2017年，公司第四次投资近10亿元，在南浔区练市工业科技园购置了150亩地，建成近150米高的试验塔，内驻10米/秒的高速电梯，近6万平方米的制造中心，拥有6条全球先进全自动化生产流水线。新厂区建成的更大规模的制造中心璀璨启幕，开启了公司发展的新篇章。公司迎来了品牌提升与30周年庆典，未来将以更加完善的产品体系、人性化的产品设计、温馨周到的服务理念，为全球客户提供了快捷、高效、安全的电梯产品。

2018年，公司在各级政府领导、国内外客户的厚爱和

清华大学学子来恒达富士电梯有限公司实习

支持下，取得了令人瞩目的和业绩。国际出口业务和国内销售更是以 28% 的增长速度，受到行业内的关注。

未来，恒富集团将继续以"让客户满意，让员工幸福"为企业使命，为国内外客户提供令其满意的产品和服务，同时争取获得湖州市政府质量奖殊荣，为实现"浙江省政府质量奖"打下坚实的基础。

多年来，恒达富士电梯与国内多家科研机构、大专院校开展技术革新与人才培养工作，先后与浙江省特检院、浙江大学设计工程及自动化研究所谭建荣院士团队签订了人才培养与技术指导协议，依托双方的技术优势，结合恒达富士多年来在技术与人才培养方面的创新模式，提升产品的创新能力。在 2019 年 9 月，公司建立了浙江省博士后工作站，为公司科技创新与研发提供了进一步保障。公司在科学技术成果转化等方面也成就斐然，金属自立式一体化快装乘客电梯、大跨度重型自动扶梯、安全舒适超高速电梯等科技成果已被相关部门登记备案，进一步增强了恒达富士的科技研发实力。

2. 我们只做电梯，做好电梯

"在激烈的市场竞争中，企业面临着环境条件会随时变化的情况。由于条件的改变，企业将面临新的挑战，企业的竞争地位会受到巨大的威胁，也会因此使员工丧失使命感而削弱企业的凝聚力。当然机遇也在其中。创新机遇的预测和把握，对企业的决策来说十分重要。把握得准，可以给企业带来丰厚的利润；把握不准，则会给企业带来灾难。比如盲目跟风，标新立异，追求个别客户的猎奇心理，都会使企业陷入危险的境地。恒达富士电梯之所以这么多年来稳步前进、快速发展，关键在于对市场的了解，对客户的了解，对产品功能及服务的不断创新，才让企业立于不败之地。"在谈到企业的创新与机遇时，恒富集团总经理钱振华说。

在市场经济时代，企业家和市场都认可这样的说法：那些不能创新的经营者，终将免不了被淘汰的命运。企业通过创新经营，在市场的某些领域或层次捷足先登，就能与竞争对手拉开差距，这是确定企业优势的最重要的手段。

"我们认为，对于多元化经营创新来说，并非仅仅扩大经营领域这么简单。进入一个陌生行业的企业，如果没有做好充分准备，很可能会碰得头破血流。术业有专攻。恒达富士几十年如一日，我们只做电梯，做好电梯，而不是好高骛远，盲目跟风，跨界经营。我认为那样什么也做不好。恒达富士的销售经营模式有着自己独特的理念和贴合企业自身发展的经验之道，我们一直在创新。从董事会成员到区域经理，对每一个代理商都会根据市场的需求制定营销策略和方案，用公司的产品优势、产品差异化、服务理念去赢得客户的信任和好感。董事长再三强调，公司的销售指导思想，就是让代理商与公司携手共赢，用好的公司产品做好增值服务，让客户感受到恒达富士的产品价值，让代理商感受到经销恒达富士的产品能够为自己带来更大的利益和收获。杭州分公司的负责人虞总从恒达富士成立之初就一直跟随企业发展的步伐，多年来，为恒达富士品牌在杭州及周边市场的扩展打下了坚实的基础；嘉兴分公司负责人唐总之前是其他电梯品牌的代理商，在与公司董事会成员深入接触和了解后，决定代理恒达富士的电梯产品，第一年就摘得公司代理商的销售桂冠，并在今后多年合作中名列前茅。公司每年都会召开经销商年会，把公司在过去一年取得的销售业绩、发展过程中的重大决策、来年的销售政策分析、新产品和新技术等内容分享给与会嘉宾，同时在会上对优秀代理商进行表彰，激励他们更好地开拓市场，为恒达富士的市场布局和营销网络建设继

与中国电梯协会理事长李守林（中间）在中国电梯展合影

续奋进。同时，公司会安排优秀代理商出国考察参观，让他们开阔眼界，进一步领略各地的电梯行情。在服务代理商方面，公司不惜一切代价满足代理商的合理需求。2013年，山西临汾代理商于文清总经理带客户考察恒达富士厂区，考察期间一位同行人员因工作单位有急事须连夜返回，在机票和高铁票都售罄的情况下，公司决定安排车辆直接将其送到目的地。此举感动了代理商，也让客户认识到了恒达富士在满足客户需求方面所做的努力。广西代理商吴总是浙江建德人，早年在广西南宁做过其他电梯品牌的代理商，但是合作一直不顺畅，在了解到恒达富士电梯的经营理念和策略后，毅然加入恒达富士的代理大家庭中。多年来，不但实现了自我价值，也为恒达富士电梯在广西及周边地区品牌的建立贡献了力量。在国际市场上，比如埃塞俄比亚

恒达富士电梯参加中国电梯展览会

代理商邢总是浙江金华人，在非洲大部分的标志性项目中都可以看到恒达富士的电梯产品。在坦桑尼亚、肯尼亚、尼日利亚等国家，恒达富士的电梯产品可谓占据了半壁江山。恒达富士的工程和技术人员深入一线，从技术指导到工程安装调试，与国外客户建立了良好的合作关系，收获了国际友人诚意满满的赞誉和表扬。"谈到公司这些年来的创新发展，恒富集团执行董事钱惠华有感而发。

  随着市场的不断成熟，由销售部门主导的价格、品质等战术层次的竞争因素，已经不是决定性因素。这些因素很容易被模仿，因此吸引力正渐渐变小。为了与众多对手相区别，企业在整体策略层面开始设计竞争手段，竞争内容出现了许多新的变化，如品牌、客户满意度服务、公益广告、企业文化等因素的组合，以左右顾客的选择。在每一个竞争领域，由于企业的模仿能力强、竞争压力大，在同一内容的竞争中也出现了多种变化。所以在任何一个竞争领域，企业都必须跟上市场环境的变化，不断地弥补、修改、提升、创新整体竞争力。

"从现在到将来，毫无疑问，对中国企业来讲，新一轮增长的内在驱动力只有一个，那便是创新！"谈到企业创新，恒富集团董事长钱江明坚定地说。

3. 技术是企业最核心的竞争力

在恒达富士电梯有限公司提供的一本2020年《中国电梯》杂志上，笔者看到一篇题为《深耕企业文化，引领创新趋势——访恒达富士电梯有限公司执行总裁》的文章。

记者：相对同类电梯企业，贵公司都有哪些竞争优势？

公司总裁：我们公司从1987年成立到现在已经有34年的历史，我认为企业的技术沉淀是非常雄厚的。我们不仅有自己研发的10米/秒的高速电梯，有不受限制的大吨位的载货电梯，也有载重量5吨的无机房电梯，此外还有国内少数厂家能够生产的防爆电梯，所以在产品的覆盖方面是比较丰富的。也就是说，我们在产品技术积累方面有很大的优势。另外，我们企业三十多年来，每一个部门、每一个员工都按照董事长的要求，一直把客户和产品质量放在企业经营的第一位，这保证了我们公司34年来一步一步、踏踏实实地走到了今天。所以我认为作为一个民营企业，从产品方面的优势，到对客户、对质量的深刻认识，都是我们最大的一笔财富。

记者：面对当前行业市场的需求和企业竞争的态势，贵公司都有哪些新举措和新战略？对未来的业绩有何预期？

公司总裁：从海外市场来看，因为疫情的影响，我们做了大量的线上销售工作。通过线上销售，我们不但巩固了原来的客户，还发展了一批新的客户。到目前为止，我们与60多个国家的客户在进行接洽，并且有了良好的业绩。比如，在疫情防控期间我们成功拿下了马来西亚的一个速度为4米/秒的酒店式公寓电梯项目，目前已经在出货安装的过程中。就国内市场而言，大家都在拼服务。对于我们企业，我们一直强调对客户现场的服务能力，通过强化服务才能够把我们的产品特性充分地发挥出来。从房地产客户来看，国内房地产市场中前100强的这些大型开发商通过不断地兼并，市场规模也在不断地扩大。针对这些客户，我们通过强化现场的服务赢得了他们的认可。另外，在政府安居工程、旧楼加装电梯方面的市场机会也比较多，我们也加大了对相关项目的支持力度，并取得了不错的成绩。比如，我们在疫情防控期间获得了云南省一个超过350台电梯的国家级重点安居工程项目订单。最近内蒙古的一个加装电梯项目，我们成功中标了83台。为了响应当地政府的要求，我们用了5天时间完成了生产制造，用了2天时间运输到现场，又用了2天时间完成了现场安装。

所以在这些方面我们抓住了市场的热点，积极响应市场和客户的要求。今年上半年，取得了10%以上的业绩增长。按照目前的态势，可以肯定的是，到今年年底，我们能够完成我们原来的预期目标。

记者：面对新冠肺炎疫情的持续，贵公司在制造、销售、安装、维保等环节采取了哪些应对措施？

公司总裁：在疫情防控期间，我们比较快速地开发了跟疫情相关的产品和功能，比如电梯轿厢的空气净化、杀菌功能，以及语音、手势呼梯功能。在3月份，我们为担负河南抗疫任务的河南省人民医院提供了防疫电梯，里边配备了跟防疫功能相关的这些技术，有力地支援了河南地区的抗疫工作。所以围绕着疫情，我们在产品销售、制造、安装、维保等方面都有快速积极的应对。通过这些工作，我们也得到了客户和市场的认可。

记者：那么站在用户的角度来看，您觉得什么样的产品是优秀的产品？您是怎样理解"为用户创造价值"的？

公司总裁：首先，一个优秀的电梯产品，要满足客户的需求，就要有一个好的产品特性。另外，电梯大量的工作是在现场安装完成，所以还需要有一个好的服务属性。再往更深一个层次来挖掘的话，未来的电梯企业将从单纯

多功能展示厅内景

依靠制造获取利润变成一个增值服务提供商，通过提供增值服务来获取效益。也就是说，它的盈利模式发生了转变。所以从制造业与互联网的结合来看，如何在一个更大的产业平台上面，把需求、监管、制造、服务、配件供应、维保等业务联系起来，然后在电梯行业原本提供产品、提供维修服务的基础上增加智能化增值服务，进而转化公司的盈利模式，把公司从单纯的制造产品变成一个增值服务提供者，从而完成角色转换。这是未来整个行业努力的方向。

记者：在本届展览会上，贵公司展出了哪些新技术、新产品和新服务？

公司总裁：目前的市场热点是旧楼加装电梯市场，这方面我们有相关的产品展示，我们在加装电梯领域已经取得了13项国家专利。其中一个是弧形井道，该井道是分离

气势恢宏的行政办公大楼内景

式井道，建筑是不受力的，不会影响建筑的寿命，而且能提供比传统井道更大的一个空间。井道系统按照我们的要求具有50年的寿命，这也体现了我们对未来负责任的态度。因为井道可能会伴随着我们的建筑走很远，所以可能很多的厂家并没有关注到它的使用寿命，这一点也是我们的展示中一个比较大的亮点。再补充一下产业互联这个话题，如何将保险产业也纳入电梯建设的产业平台，未来电梯产业如何去跟保险公司做一个很好的产品互动，我们也正在研究。

值得一提的是，恒达富士建立了一个24小时的远程监控网络，每一部卖出去的电梯都将纳入其中。

"任何一部电梯有问题，我们都能利用互联网进行追踪处理，突破了电梯使用无实时监控的空白。"恒富集团董事长钱江明说。

"到目前为止，在中国市场上，2015年新增了西藏，今年已有1台别墅电梯销往台湾，销售版图渐渐地覆盖了全国！我们在尽自己的努力，希望在快速发展的市场中能够把我们最优秀的品牌、技术、产品和服务提供给我们的用户。

"恒达富士成立之初，技术是企业最核心的竞争力。1500平方米的研发中心、60多名技术人员、每年2000多万元的研发费用，为企业的研发、设计、生产提供了保障。目前企业已经拥有80多项发明专利和实用新型专利，先后获得国家高新技术企业、省专利示范企业、省高新技术企业研究开发中心、省著名商号企业、市重点骨干企业、市科学技术进步奖等，电梯品种已经涵盖十多种系列。在技术研发上，恒达富士除了自主研发之外，还加强了与院校的合作，向外'借智'。前不久，企业以350万元拍下了一项科技成果——'恒温恒湿智能电梯的研发'项目。该项目可以使轿厢内的调温迅速、均匀，也避免了空调直吹问题。技术购买也是一种方式，不仅可以节约研发时间，还可以节省研发成本。我以前也是一名技术人员，所以对技术型人才比较看重。在管理上，我觉得一是对人才不仅要善于识别其优点，而且要敢于大胆地任用，让他们充分显示自己的才能，并不惜以高薪留住人才；二是找合格的代理商，且要让他们有利可图；三是抓好售后服务，令客户无售后之忧；四是建立一支由40多名检验员组成的'恒达富士电梯安装检验队'，确保电梯质量百分之百合格。做一部真正代表南浔的电梯，是我一直以来的梦想。"

近年来，南浔区正在积极引进一些高端的配件企业，努力提升本地的配套率。钱江明表示，政府的积极引导，对产业发展有积极的推进作用："目前，不少大型配件企业纷纷进驻南浔，这对于我们企业而言是一个好消息，我们十分欢迎高端配件企业落户南浔。"从电梯产业发展的角度而言，众多配件企业"托"起少数整机企业才是整个电梯产业的合理结构。实际上，南浔区的电梯整机企业与配件企业的关系却恰恰相反。这一方面是南浔配件企业起步晚的客观原因造成的，但从另一方面来说，南浔区电梯产业仍然有不小的发展空间。"做大整机、做强配件、提高本地配套率"仍有无限的可能。

蓝天白云掩映下的行政大楼与试验塔

第十三章　精装智造，工匠精神

1. 匠心筑梦

2016年3月，李克强总理在政府工作报告中指出："要鼓励企业开展个性化定制、柔性化生产，培育精益求精的工匠精神。"什么是工匠精神？工匠精神意味着具有高尚的职业道德、一流的职业品质和超人的职业能力，代表从业者集中的价值取向。随着社会的发展和国家产业战略的调整，工匠精神将成为衡量企业精神的重要标准，助推人们的观念转变，包括个人的求学观念、单位的用人观念以及社会风向都会因之改变。届时，工匠精神不仅会成为个别行业的追求，还会带动社会的普遍风气，让更多的能工巧匠崭露锋芒，脱颖而出。随着国家对工匠精神的大力倡导，我们可以看到，"工匠精神"及其"中国制造""中国创造"等概念，已经从决策层面自上而下地进行传达，最终成为社会层面的共识。这意味着工匠精神不单单是个别行业的精神标杆，或

将成为整个社会共同倡导践行的价值标准。

著名企业家、教育家聂圣哲指出："'中国制造'是世界给予中国的最好礼物，要珍惜这个练兵的机会，绝不能轻易丢失。'中国制造'熟能生巧了，就可以过渡到'中国精造'。'中国精造'稳定了，不怕没有'中国创造'。"从"中国制造"到"中国精造"，再到"中国创造"，短短几个字的变换，形象表述了中国作为制造业大国的艰难转型之路。如何从劳动密集型产业发展到独自制造出高精尖技术产品？这是几代中国匠人不断追求的梦想和一生的坚持。如果没有"工匠精神"，我们难以由手动化走向自动化，完成产业的转型和蜕变。而在这一漫长的征程中，坚持"匠心制造"，匠魂筑梦，方是中国民族工业发展中一以贯之的追求。

一流工匠要从少年时期培养，有些行业甚至是从十多岁时开始训练。只有持之以恒，孜孜以求，坚持不懈，最终才能成长为"大师""大国工匠"，成为民族工业的脊梁。

2016年12月，由《浙商》传媒、世界浙商网主办的2016年第九届《浙商》年会在杭州隆重举行。在此次盛会上，恒富集团电梯有限公司董事长钱江明先生凭借其对技术革新的钻研与执着、对制造业改良的慧眼与匠心，荣膺"2016浙商年度创新人物"。授奖词为：

> 钱江明，恒达富士电梯有限公司董事长。他技术出身，在电梯市场博弈37年，又与外资融合共生，持以匠心精耕制造，自1987年至今，始终致力于科技创新，带领恒达富士一路开辟版图，并拥有被评定为"浙江省重点项目"的全球先进现代化智能工厂。

"'创新'一词，早已不限于推陈出新地研发新产品这般单一，需要用工匠精神不断创新制造工艺、提高制造标准、升级制造业技术和知识。同时，制造业发展要善假于物，保持年轻态，企业下至基层员工、上至董事会，均需不断吸收新兴信息，用互联网工具提高制造效率，改良工艺，刺激创新。此外，也要借助金融的力量撬动转型升级，顺势而为，整合产业和金融资源，以资本为纽带，构建企业孵化平台，才能全方位地提升整个企业的硬实力与软实力。"钱江明董事长说。

一路披荆斩棘，钱董始终不忘初心，坚守信念——为集团所有员工创造更好的平台，为家乡经济发展做好强有力的助推剂与助燃剂，为整个中国电梯制造业的腾飞贡献一己之力。他秉承着精益求精的制造业工匠精神，带领企业迈入工业4.0的"潮流一线"。公司先后被评为"国家高新技术企业""浙江省高新技术研究开发中心""浙江省专利示范企业""浙江省知名商号""浙江制造精品""浙江省企业技术中心""2016年度电梯行业'机器换人'示范企业""湖州市企业工业设计中心""湖州市科学技术进步奖""湖州市重点骨干企业""湖州市工业'三强'"等殊荣，并屡次在"中国知识产权（电梯产业）创新创业大赛"上获得大奖。正是得益于企业过硬的产品品质和与时俱进的创新理念，其产品深受广大用户的青睐，公司电梯年销量连续两年破万台，其中出口电梯量更是连续两年蝉联当地所有电梯企业的"状元"。

2021年，恒达富士电梯有限公司正式晋升为中国电梯协会常务理事单位，成为领跑全国电梯企业的1/32。

2. 精益求精，锐意创新

时代呼唤工匠精神。工匠精神是规范社会文明的一个尺度，指引着大国智造之路，奠定了企业发展的底气，带领匠人横渡梦想之河。

恒达富士电梯有限公司门前的金牛

企慕卓越，刻意求工，用户至上，是工匠精神的永恒追求。

它的精神内涵包括以下四点：

1. 敬业。敬业之源，由来已久。从字面意思来看，敬业指一个人对自己所从事之事的一种负责任的态度，一种对工作的基本尊重。无论是从朴素道德观还是中华传统思想来看，敬业都是中国人的传统美德。早在春秋时期，孔子就主张"执事敬，事思敬，修己以敬"。"执事敬"，是指做事要严肃认真不怠慢；"事思敬"，是指临事要专心致志不懈怠；"修己以敬"，是指加强自身修养，保持恭敬谦逊的态度。"敬业乐群"和"尽忠职守"作为古语流传至今，流露出的是中国人敬业奉献的生命底色，而这也是社会主义价值观所倡导的"爱岗敬业"的不懈追求。

2. 精益。朱熹在对《论语·学而》作注时道："言治骨角者，既切之而复磋之；治玉石者，既琢之而复磨之，治之已精，而益求其精也。"这句话的意思是，不论是磨骨角的人还是做玉石的人，都对自己的作品磨了又磨，雕了又雕，反复刻磨直至满意，这是在精益求精啊。老子有云，"天下大事，必作于细"。清代刘蓉在《习惯说》中也提到："一室之不治，何以天下家国为？"此三语皆指向一个道理，做事应当精益求精，即便已经做得很好了，还要做得更好。"即使做一颗螺丝钉也要做到最好"，切莫挑剔偏私，捡大漏小。匠人是如此，企业亦是如此。纵观历史发展，凡能基业长青的企业，无不是精益求精才获得成功的。精益求精，不仅是对自己作品品质的坚持，更是对顾客信任和托付的回报。

3. 专注。在中国早就有"艺痴者技必良"的说法。如《庄子》中记载的游刃有余的"庖丁解牛"、《核舟记》中记载的奇巧手艺人王叔远，更有董仲舒三年不窥园、匡衡凿壁偷光等勤学故事，这说明，专注执着的精神，是成就一番事业必备的品质，更是匠人身上不可或缺的精神。工匠精神是一种执着的韧性，且"术业有专攻"，一旦选定行业，就要心无旁骛，扎根于此，在一个细分产品上不断积累优势，在自己领域成为"领头羊"。

4. 创新。创新便是打破常规、突破革新。没有创新就没有发展。纵观人类历史，有多少划时代的发明诞生于一次打破常规的思维火花？如果不是弗莱明在培育葡萄球菌失败时，敏锐地发现了杀死葡萄球菌的强大霉菌并恶心培

育，青霉素便不会被发现，为人类医学带来不可磨灭的贡献。新中国成立初期，我国涌现出一大批优秀的工匠，如倪志福、窦铁成等，他们在长期的工作实践中一丝不苟，孜孜以求，为社会主义建设事业做出了突出贡献。改革开放以来，"汉字激光照排系统之父"王选、"中国第一、全球第二的充电电池制造商"王传福、从事高铁研制工作的技术人员和从事特高压、智能电网研究运行的电力工程师等，都是"工匠精神"的优秀传承者，他们让中国创新重新影响了世界。作为全球先进的智能化工厂之一的恒富集团，科学求变，创新发展，弘扬工匠精神，力争成为电梯行业百舸争流中的领军舵手！

在谈到企业创新的发展方向时，钱江明提出"新产品、新亮点、新市场"的战略方针。

"公司现在的硬件条件已具备，比如自主研发的额定载重量达2000千米，10米/秒的超高速电梯已经通过各项型式试验，这是国内少有的几家电梯企业才有的生产能力。提升高度24米、速度0.75米/秒的大跨度公共交通型室外自动扶梯，载重2000千克、速度为4米/秒的目前国内规格最大的消防员电梯，圆弧形立柱组建的框架式加装电梯等大项目已顺利完成。"恒富集团董事长钱江明说。

"新产品：将突出高质量、低价格。新亮点：尤其是旧楼老楼加装电梯，党的十九大政府工作报告已经写进去了。我们的弧形加装电梯井道立柱，做到了全国唯一。我们设计出框架电梯一体机的新梯种，并且制定了企业标准，进行了设计计算和现场安装，现已申报国家专利。加装电梯将成为我们电梯制造企业未来销售的新亮点。

"新市场：我分析过，恒达富士电梯2017年电梯销售布局的重点在浙江、江苏、安徽、河南还有山东五个省，所以今年要有新举措，在销售政策上要大力鼓励销量大的代理商，并且重点扶植新的代理商。在管理方面，我认为管理就是办一切事情，用'简单、实用、高效'

六个字来概括，用制度和 4.0 系统工程来管理。我个人总结过，人要健康，就需保持一定饥饿感和一颗感恩之心；企业发展，我认为一定要有危机感和感恩之心。危机感对于销售而言，每接一个单子、每一次投标如履薄冰，脚踏实地，细而又细；企业的发展一定要懂得感恩，感恩领导、感恩客户——特别是客户！因为客户让我们生活得更好，让我们的事业得到发展，让我们的品质得到进一步的提升。"钱江明接着介绍说。

2021 年 10 月 15 日，由赛尔传媒主办的"中国梦·品牌梦"第四届电梯行业用户优选品牌评选颁奖盛典在上海隆重举行。颁奖盛典以"匠心·创新·共赢"为主题，汇聚了电梯行业优秀企业的代表和房地产行业的领袖精英、资深专家及主流媒体的代表近 300 位嘉宾，共同探讨行业的未来，现场见证优秀品牌的荣耀时刻。

恒达富士电梯董事长钱江明在此次颁奖盛典上荣获"2021 电梯行业年度风云人物"，以表彰其在电梯行业辛勤耕耘四十余载的个人影响力，以及初心不改办民族电梯企业的情怀与坚守。并且，恒达富士电梯在此次颁奖盛典上从众多参选企业中脱颖而出，荣获"2021 电梯行业用户优选值得信赖整梯品牌"，这也是恒达富士电梯一直以来以用户需求为导向、以科技创新为动力的体现与证明。

从左到右：总经理钱振华、南浔区委书记杨卫东、湖州市副市长董立新、中国电梯协会理事长李守林、董事长钱江明、执行董事钱惠华、执行董事李小丽

从左到右：公司执行总裁田建华、董事长钱江明、湖州市市长洪湖鹏、总经理钱振华、南浔区区长程佳、区委常委沈振宇

第十四章　一起向未来

1. 抓住机遇，再接再厉

2019年，国家工信部公布绿色制造企业（绿色供应链管理企业）名单，恒达富士电梯公司荣列其中，成为此次浙江省内电梯行业唯一获此殊荣的电梯企业。这是恒达富士电梯公司继2018年获评"国

轿厢人机界面、厅门展示区

家绿色工厂"后再一次获得绿色环保国家级荣誉,其发展实力再获认可。

绿色供应链是国家工信部开展绿色制造体系建设的重要内容。绿色供应链侧重供应链节点上企业的协调与协作,推动供应链上下游企业共同提升资源的利用效率,改善环境,达到资源利用高效化、环境影响最小化、链上企业绿色化的目标。

一直以来,恒达富士电梯就将绿色环保理念融入供应链管理中,强调产品全生命周期对环境影响的最小化,保证了产品在整个生命周期中资源消耗最少、生态环境负面影响最小,最终实现经济效益、社会效益、生态效益的持续协调优化,为企业的高质量发展带来更多契机。公司分别从准入期、合作期强化供应商管理,开展分级分类、有针对性的管理。通过绿色采购的市场机制,鼓励带动上下游相关企业自愿采取环保、节能和降碳措施,形成绿色企业供应链,提高整个供应链体系环境治理效率,促进整个电梯产业链条的绿色升级,进而提升竞争力,引领行业向绿色制造转型。

2021年2月8日,恒达富士电梯"2020年度年终总结暨表彰大会"在公司多功能厅隆重举行。公司董事长钱江明、总经理钱振华、执行董事钱惠华、执行董事李小丽、执行总裁田建华等公司领导与员工们一起总结过去,展望未来。

董事长钱江明指出:"2020年对于公司来说是极其重要且不平凡的一年。受新冠肺炎疫情的影响,开工复产时间延后,但是全体员工同舟共济、排除万难,顺利实现了复工复产。在复工复产的过程中涌现出很多以公司为家的志愿者,其中有党员,有预备党员,更有普通员工,这些都是恒达富士电梯在多年的企业文化熏陶下带来的良好效应。2020年,在各级政府的关怀下,在全体员工的辛勤努力中,公司取得了不错的成绩。但是,我们还要继续努力,抓住机遇、再接再厉,争取在新的一年中交出更加满意的答卷。"

总经理钱振华在发言中指出："2020年，公司各项事业尤其是在降本增效方面成绩显著。对制造环节中出现的一些问题，我们要引以为戒，更要有不断创新和提升的意识和规划，争取在新的一年里继续推行智能制造的全新理念和布局谋划。同时，公司还将重点加强对产品质量、电梯安装等各个环节的把控和监督，真正做到让客户满意，让客户放心。"

执行董事钱惠华全面总结了在2020年营销方面遇到的问题和挑战。他指出，营销工作是公司发展和运转的重心，做好营销管理工作是体现公司各项管理水平的重要标志之一。服务好客户、维护好合作伙伴，是2021年营销工作的重要考核指标之一。此外还要加强内部销售人员的绩效考核管理工作，真正做到"勤出差、勤拜访、多沟通、常联络"。与此同时，还要加大公司新产品、新技术的开发力度，适应不断变化的市场环境，做到"能打仗、打胜仗"的市场战略布局与规划。

执行总裁田建华就公司过去一年的企业经营和未来的战略规划做了发言，并表示对公司未来的发展充满信心和希望。

在优秀员工和先进工作者表彰环节，公司对过去一年里在各个部门和岗位涌现出来的优秀员工进行了表彰和嘉奖，同时号召全体员工向他们学习。

在本次总结和表彰大会上，公司党总支书记钱江明为公司的5名预备党员举行了授徽仪式，并对他们提出期望和要求，希望他们在各自的工作岗位上发挥模范带头作用，继续发光发热，真正体现一名共产党员的高尚情操和爱岗敬业的职业操守。

征途漫漫，唯有奋斗；永葆初心，再接再厉。2021年是恒达富士电梯新征程开启之年，也是助推高质量发展的关键之年。恒达富士电梯赓续发展，聚力驰骋，积极推动中国电梯品牌做强做大，迎接属于恒达富士电梯的辉煌未来！

2022年2月10日上午，2022年南浔区召开民营经济发展大会。会上，2021年度南浔区"嘉业鼎""新象新牛"企业正式出炉，企业数量、产值规模、税收等方面都超过了历届。

恒达富士电梯在此次大会上荣膺"2021年度南浔区新牛企业"及"南浔区工业企业税收前十强"。多年来，恒达富士电梯在新春伊始的政府表彰会上，屡次获得政府的重要表彰和殊荣，彰显了恒达富士电梯的强劲品牌实力和社会担当，也进一步凸显了恒达富士电梯用实际行动为当地经济繁荣和社会发展贡献一己之力的企业使命。

恒达富士电梯总经理钱振华受邀上台领奖。

2021年，恒达富士电梯在全体员工、海内外合作伙伴的携手奋进

机器人自动折弯工序

和不懈努力下，保持了良好的增长态势，销售业绩和企业各项管理水平得到稳步提升和改善。同时在实现税收、就业等方面，为当地经济建设贡献了绵薄之力。

一年之计在于春。2022年，新的征程已经扬帆起航，恒达富士电梯将继续用科技创新与智能制造铸就新的辉煌。

2. 专利技术赋能，决胜政采市场

"举起这个世界可以很简单。"这是恒达富士电梯的宣传语，语言质朴，但雄心万丈，给人留下深刻的印象。

"我们每年通过招投标承接的电梯项目达到50%~60%，这一方面

第十四章 一起向未来　327

缘于努力做好自己，另一方面也得益于政府采购市场提供的公平竞争机会。"在 2020 年中国国际电梯展览会上，恒达富士电梯有限公司董事长钱江明接受《政府采购信息》报记者采访时说道。

在展会上，恒富集团携恒达富士电梯和大众电梯共同亮相，主要展示了电梯轿厢内新风循环杀菌系统、无接触式呼梯系统和旧楼加装电梯等技术亮点，吸引了众多客户驻足洽谈。

"今年情况特殊，我们带来一款具有环保、杀菌等功能的电梯产品。"钱江明介绍道，当电梯轿厢无人时，可通过紫外线进行瞬间杀活，确保电梯上乘客的安全。恒达富士电梯轿厢内采用空气净化过滤、净化循环和病毒灭杀三重保障系统，其中第三重保障"智能电梯紫外线病毒灭杀系统"已取得专利证书，智能红外线可检测到生物进入电梯，无人使用电梯时自动启动紫外灯消毒，有人使用电梯时立即关闭。

钱江明进一步介绍道，另一个亮点是旧楼加装电梯技术。有别于其他企业，恒达富士旧楼加装电梯技术也取得了专利证书。现在，旧楼加装电梯多采取积木式搭建方法，现场拼装，凸显了安全、快速、不扰民等优势，但旧楼加装电梯外部框架时间长了容易生锈，因钢管内壁无法看见，也不方便处理。

"我们的钢管采用 6 毫米厚的圆弧形钢板一次性压制而成，钢管为半掩映设计，可清楚地看到内壁的情况，当电梯使用一段时间后，可通过人工进行除锈处理，适用于沿海地区。"钱江明说，这个技术专利既增加了框架的强度，还可以节省用料和防锈。

2020 年以来，全球新冠肺炎疫情肆虐，许多企业受到了重创。在这个特殊之年，企业如何抢抓机遇，化危为"机"？恒达富士给出了答案。

在钱江明看来，企业想要保持增长势头，就应不断提升技术实力和产品质量。2021 年上半年，恒达富士参与全国首个既有多层住宅加装电梯地方标准的编制，参与起草的高速电梯团体标准通过审定。通过参与行业标准制定，进一步规范市场，企业才能获得更大的发展。

"让员工心情愉悦地服务客户，客户也更加满意恒达富士的产品，这样形成良性循环，企业才能健康发展，保持持续增长。"钱江明认为，电梯维保至关重要，应根据具体需求和企业实际情况来进行维保。

"按需维保应建立在物联网系统上，通过物联网可监测到每台电梯的运行情况。2018年以来，恒达富士生产的每一台电梯都已安装物联网系统。"钱江明信誓旦旦地说。

2021年，恒达富士相继中标河南省人民医院隔离病房项目、云南扶贫项目等，彰显了企业责任与社会担当。

3. 党建引领业务发展，不断提升公司竞争力

作为一家民营企业，恒达富士电梯公司在发展业务的同时，高度重视党建工作。公司党委书记钱江明说，三十多年来，恒达富士全体员工积极响应党和国家改革开放及发展经济的政策号召，在党的创新理论的指导下，与市场高速发展同步，与电梯行业的大变革、大发展同步。全体恒富人把握发展大势，顺势而为，努力拼搏，用党建凝聚人心、用汗水浇灌事业、用奋斗铸就梦想，公司和个人都取得了长足的发展。恒达富士电梯从一个小小的地方企业，一步一步地不断发展壮大，成为全国性的电梯公司。在新的发展阶段，恒达富士将持续推进党建与业务的深度融合，全面落实好党中央、国务院的有关部署，用党的先进性建设不断提升公司的软实力和竞争力。

2015年，为隆重纪念建党94周年，认真贯彻落实全面从严治党的要求，切实将广大党员的智慧和力量凝聚到"奋战五年，再造南浔"

企业党建

和"重振南浔辉煌"的实践中，中共恒富集团——恒达富士电梯有限公司党总支委于2015年7月1日开展了纪念建党94周年的主题活动。活动由公司董事长、党总支书记钱江明同志主持，公司党员（除外出者）全员参与，积极要求进步的先进骨干也参加了此次活动。

大家共同交流了恒达富士党组织组建以来的好经验、好做法、好建议，活动始终围绕着"发挥优秀党员的带头作用，将恒达富士建设得更强，将恒达富士的经济发展得更好，以映衬整个南浔区实现经济腾飞大背景"的主题，整场活动气氛和谐，各位参会人员热烈交谈，言辞恳切。

会上，经支部讨论并半数以上通过，两位先进积极分子被吸收为预备党员，他们分别是售后服务部部长罗世友同志与一线生产骨干、全自动激光切割机操作员方志伟同志。在谈及此次入党的感想时，罗世友直言内心十分激动和感恩，他表示这对提高自己今后工作的积极性大有裨益。党员马季提出了设立"互助墙"的建议，以及时获悉员工中肯的建议或愿望，使党群关系更为和谐融洽。

董事长、党总支书记钱江明同志也表示，今后应多开展宣传此类正能量和有助于企业更好发展的专题活动，党群也要多交流，以促进恒达富士电梯有限公司科学、可持续地发展。

2019年6月12日，为深入贯彻落实党的十九大精神，持续推进"两学一做"的常态化和制度化，进一步提升党建工作的整体水平，实现优势互补、资源共享、相互联动、共同发展，工行南浔支行党总支与恒达富士电梯有限公司党总支协商一致，开展党建联盟活动，签订党建联盟结对协议书，促进双方的党建工作和业务经营深度合作。

党总支书记钱江明同志表示，民营企业的快速健康发展，离不开高质量党建的支持。作为湖州市高新技术企业之一，恒达富士电梯有

第十四章 一起向未来

限公司将充分发挥党员的先锋模范作用,大力弘扬艰苦奋斗、攻坚克难的"恒富"精神,锤炼拼搏实干的"恒富"作风,展现勇争一流的"恒富"追求,不断地促进生产经营目标的高标准完成,提高党组织的凝聚力和战斗力,做国内外电梯市场上永远努力奔跑的追梦人!

2021年6月5日,为了喜迎中国共产党建党100周年,深入贯彻习近平新时代中国特色社会主义思想,进一步理解"绿水青山就是金山银山"的科学内涵,恒达富士电梯共计40余人在党总支书记钱江明的带领下,赴安吉县余村、鲁家村开展"学习两山理论·践行新发展理念"的主题党建活动。

三面青山竹海环绕,小溪潺潺绕村而过。当党员们走进"两山"理论的发源地——安吉余村时,第一感觉是"这就是最美的乡村"。在讲解员的引导下,大家重温了习近平总书记关于"绿水青山就是金山银山"科学理论的深刻内涵;沿着习近平总书记走过的村路,实地察看了绿色生态的乡村建设成果,真切感受到总书记"两山"理论指导下安吉县山村的小康生活。

通过现场的参观交流,同志们对习近平总书记的"两山"理论有了更直观深入的认识。党总支书记钱江明表示,要立足新发展阶段,深入贯彻"两山"理论:一是各位党员同志要坚定理想信念,把新发展理念与实干奋进融入具体工作中,进一步发挥好党员的先锋模范作用;二是要在工作中勇于发现和探索,让恒达富士电梯的产品能够有更多的优势和亮点,让客户更加满意恒富产品所带来的服务和体验,力争让恒达富士电梯的品牌知名度和影响力得到扩大和认可。

2021年9月2日,南浔区"慈善助力共同富裕"募捐活动暨2021年"慈善一日捐"动员大会隆重召开。恒达富士电梯多年关注慈善事业,为南浔的慈善事业谋求发展之道,助力共同富裕,用企业担当彰显社会责任。恒达富士电梯以科技驱动产业升级,以智能制造引领行业进步，推动企业迈向良性健康的发展之路。同时，在多年的企业发展过程中积极回报社会，勇于承担社会责任，热心于慈善和公益事业。得诸社会，还诸社会。

在 2021 年建党百年华诞之日，练市镇党员关爱基金正式成立。练市有多家爱心企业参与了慈善捐赠，恒达富士电梯捐赠 30 万元，用慈善大爱庆祝中国共产党建党 100 周年。

恒达富士多年来积极参与慈善事业，致力于打造成为一家有温度的民族电梯品牌，通过捐款捐物等多种慈善方式，在力所能及的范围内努力反哺社会，为南浔高水平建设共同富裕示范样本做出更多的贡献。

恒达富士电梯党总支委员会自从成立以来，每年在建党节前夕都会举办党建活动，目的就是进一步加深党员对党的认识和了解，进一步增强党员在工作和生活中的模范引领示范意识。2021 年，恰逢中国共产党成立 100 周年，恒达富士党总支委员会号召全体党员以此为契机，深入贯彻和领会国家智能制造精神，将恒达富士电梯打造成中国民族电梯品牌的标杆示范企业。

4. 聚力驰骋

2021 年 3 月 28 日至 30 日，恒达富士电梯"2021 年全球经销商盛会"在浙江湖州龙之梦钻石酒店隆重举行，旨在促进营销精英与公司内部的互动交流，奖励优秀经销商，鼓励经销商与恒达富士公司共同发展，并分析和探讨了电梯行业的现状以及未来的发展趋势等议题。

出席此次会议的有恒达富士电梯党总支书记兼董事长钱江明、中国电梯协会理事长李守林、恒达富士电梯总经理钱振华、恒达富士电梯执行董事钱惠华、恒达富士电梯执行董事李小丽、恒达富士电梯执

334　浔商之子：钱江明传奇之路

恒达富士电梯有限公司董事长钱江明致辞

行总裁田建华,以及分公司的优秀代表和合作伙伴(销售精英)等嘉宾。此次会议采取线上直播+线下同步进行的形式,让会场外的行业同仁及社会各界人士共同见证了恒达富士电梯2021年经销商年会的盛况,与现场嘉宾一起感受恒达富士电梯30余年的品牌魅力。

大会首先由恒达富士电梯党总支书记、董事长钱江明致辞。钱董事长对到场的嘉宾表示热烈的欢迎和诚挚的感谢,并对过去一年全体合作伙伴和营销精英们的辛劳付出表示赞许和感谢。钱江明说:

"2021年,我们恒达富士电梯全球经销商会议今天在这里隆重召开,此时此刻我的心情十分激动。因为,我看到了与恒达富士并肩34年如一日、无怨无悔、默默耕耘的老朋友们,他们在过去的一年中继续动力强劲,担当着主力角色。我由衷地感恩你们持续给公司带来的销售业绩的增长!更多的想感谢我们的新朋友们,这次有你们加入恒

第十四章 一起向未来　335

达富士电梯这个团队，给我们增添了新的活力和客户资源。感谢大家不远万里、百忙之中来到有着'丝绸之府、鱼米之乡'之称和'湖州丝绸，衣被天下'美誉的湖州，到太湖龙之梦钻石酒店参加'恒达富士2021年全球经销商年会'。我代表恒达富士电梯董事会，代表公司全体员工向大家表示热烈的欢迎和诚挚的感谢，谢谢大家！

"时序更替，华章日新。这是自然规律，新的一年必将取代过去的一年，我们辉煌的事业必将每天展现新的面貌。

"回顾2020年，我们确实有太多的不容易，有太多的难忘经历，但在政府、员工和各位精英的努力奋斗下，我们依然较好地完成了全年各项业绩指标，其中包含了我们全体合作伙伴和营销精英们的辛劳付出和辛勤汗水，比如我们嘉兴分公司唐贵长总经理，他对公司忠心耿耿，任劳任怨。只要有项目，即便烈日当前或天寒地冻，他一定身体力行，砥砺奋进。因此，在2020年全球遭受新冠肺炎疫情的严重影响下，还是取得了有史以来年销售量（有效合同）超过500台的好成绩。又如河南分公司的赵随喜总经理，他不仅认真、合规合法地管理好分公司，而且积极开拓销售渠道，极负责任地代表总公司做好对外销售、安装、服务的窗口。还有我们忠诚的合作伙伴——河南宇通实业公司周海峰总经理，勤勤恳恳、全心全意地销售恒达富士电梯，河南省的一些著名项目比如大学、三甲医院、高铁站等，均采用了恒达富士电梯。

"亲爱的销售精英们，34年我们风雨同舟，是你们的理解、信任、陪伴、实干，让恒达富士得以'奋途时艰克难关，努力拼搏求发展'，成就了现在的恒达富士电梯。今春刚入辛丑牛年，我们又获'新牛'大奖，这也是公司连续第八年荣获南浔区政府'新象''新牛'大奖。借此机会，我向一如既往地为恒达富士电梯的发展贡献心和力的你们再次表示衷心的感谢，并致以崇高的敬意！

"我坚信我们走的这条路是一条在共产党领导下的社会主义的阳光大道,因为中国共产党领导下的社会主义新中国要走向共同富裕的大路。

"潮涌东方风正劲,恒富扬帆正逢时。2021年,我们一定要发扬三牛精神——服务客户孺子牛,科技创新拓荒牛,艰苦奋斗老黄牛。在此,迎来'高光时刻'的恒达富士,正成为人才荟萃之地和客户首选之处。我们将继续秉承'惜缘、诚信、创新、感恩'的精神,在超越中创领新格局,持续锻造精品,不断为客户带来安全、高效、节能、环保、人性和科技价值,给我们的合作伙伴带来更丰厚的经济和价值效益。

"各位销售精英和朋友们,我们的情谊是永恒的,我真诚地感恩大家。在我办恒达富士电梯企业的34年中,酸甜苦辣我自知,但是我的最大感悟就是'感恩'二字,感恩各位成就了今天的恒达富士电梯。我深切地体会到,只要真诚合作,与人为善,就一定会共赢。我在这里向大家保证:公司一定会发扬精益求精的工匠精神,增品种、提品质、创品牌、树标准;一定会以高科技和智能化产品来开拓市场,以性价比高的产品来引领市场。只要大家多多销售恒达富士电梯,我想一定能让大家实惠多多,钱包鼓鼓,汽车更新,住房更加宽敞明亮!

"过去的辛劳值得敬勉,未来的时光值得期待!征途漫漫,唯有奋斗!我们需永葆初心、再接再厉,用智慧、激情和汗水砥砺前行。让我们携手共进,共创共享明日的辉煌。在牛年里,还是两句老话:'让客户满意,让员工幸福。'同时,唯愿各位和顺致祥,唯愿各位幸福美满!谢谢大家!"

中国电梯协会理事长李守林发言称恒达富士电梯是"闪闪发光"的中国民族品牌电梯的代表。他表示,电梯行业更好的发展机会来临了。2020年相比于2019年,整个电梯行业增长了8.5%,产量、销量双双突破了 100 万。行业发展还有很大的空间，因为房地产仍然保持着平稳的发展态势，城市基础设施改造、旧楼加装市场的需求以及出口的需求都将带来电梯市场的增长。

总经理钱振华在演讲中特别介绍了公司重磅推出的"住宅 33& 商务 33"的产品特点及优势：24 小时保姆式的服务，360 度全面护航。

执行董事钱惠华在会上以《锐意融合民族魂》为主题做报告。只有"转市场、讲服务、创品牌、创价值、提升企业互动"才能使企业实现可持续发展，总公司必将持续创新，提高市场洞察与创新能力，做好经销商伙伴们的坚强后盾，从而为广大经销商提供更加宽广的平台，促进经销商合作伙伴们新一轮的快速增长！

恒达富士电梯执行总裁田建华介绍了公司的往年业绩、年度战略

恒达富士电梯有限公司总经理钱振华致辞

课题以及战略目标。2021年第1季度，公司订单量比上年同期增长了137%，出货量与上年同期比为152%。2020年，省级区域订单量全面增加，在31个省级区域中，19个区域订单业绩超过去年同期。未来，公司将着眼于更多的国际标志性项目，产品也将进一步全新升级。

一个企业的成长与发展离不开每一位员工的努力和汗水，在此次经销商大会上，公司的两位销售精英代表分别做了报告。

郑州分公司总经理赵随喜表示，2020年郑州分公司超额完成任务30%。他对公司的高层领导、行业同仁以及合作伙伴的支持表示衷心的感谢。他表示，支持恒达富士将民族品牌做强做大。郑州分公司愿在总公司的带领下齐心协力、团结奋战，取得更好的成绩。

河南宇通实业有限公司总经理周海峰在报告中说，恒达富士的优

恒达富士电梯有限公司执行董事钱惠华致辞

质产品让越来越多的客户体会到了工业制造的神奇。他介绍了公司参与中标的标志性案例以及优质的服务，并表示愿与伙伴们携手为恒达富士贡献力量。

当天会议结束后，还举办了以"锐意融合，共赢未来"为主题的销售精英颁奖暨答谢晚宴。

2022年1月25日下午，恒达富士电梯以"乘梦飞翔，再创辉煌"为主题的年终总结暨表彰大会在位于练市厂区的多功能会议厅举行。公司董事长钱江明、公司总经理钱振华、公司执行董事钱惠华、公司执行董事李小丽等，与恒达富士电梯公司的600余名员工汇聚一堂，总结过去，展望未来。

董事长钱江明在发言中指出，恒达富士电梯在国际大环境不太乐观的情况下，在国内外电梯行业竞争常态化、原材料上涨等多种不利因素的共同影响下，经过全体员工、海内外合作伙伴携手奋进和不懈努力，2021年依然保持了良好的增长态势，销售业绩和企业各项管理水平得到稳步提升和改善。我们应该充满希望地看到，国家也出台了相关政策，鼓励实体经济尤其是制造企业自主创新发展，带动就业，达到共同富裕的目的。房地产市场的不断规范化，也必将促使电梯企业改革创新才能适应新的市场需求。

在新的一年，公司要着重在技术改进、产品工艺提升、销售业绩突破、品牌建设等方面持续改进和发力，使得管理水平日益精进。2021年恒达富士达到既定目标，实现利税持续增长，为当地经济的发展做出了贡献。感谢所有员工的辛勤付出，我们将一起朝着"让客户满意，让员工幸福"的企业宗旨继续努力。与此同时，公司得到社会和客户的认可和信赖，新的技术投入和智能制造得到了提升，专利申请和授权进一步得到加强。员工的面貌焕然一新，主人翁意识进一步增强，归属感也得到了提升。

总经理钱振华在发言中指出：在过去的一年中，企业在管理、降本保增、技术创新等领域都得到了提升。在2022年的管理工作中，尤其是要加强对公司非标定制产品的关注和改进，服务好客户，做到让客户满意；要严格把关产品品质和对物流流通领域的监管；要在合同质量审核、工程验收等方面要做到管理上的进一步提升；要运用标准化技术进行智能化生产。

执行董事钱惠华表示：在新的一年，要继续开拓海内外市场，维护好忠诚客户，开发新的代理商和抢占空白市场，同时在旧楼加装电梯领域也要持续关注和加大投入，做好民生工程，提升企业综合竞争力。希望进一步加强对分公司和区域经理的管理工作，做到勤出差、多拜访，让客户真切感受到与恒达富士合作能够持续共赢。

在总结和表彰大会上，公司还对2021年度在各个岗位和部门涌现出来的优秀员工进行了表彰。同时，还颁发了企业忠诚风雨同舟特别奖项，对在恒达富士电梯发展过程中一直与公司同频共振、风雨同舟的员工进行了表彰，感恩他们一直以来的付出和奉献。优秀员工代表和企业忠诚风雨同舟奖代表发表了获奖感言，表示定不负重托和使命，继续在各自的岗位上爱岗敬业、努力工作。

新征程，新气象，新未来。恒达富士电梯将以更加完善的企业管理水平和定制化的产品服务理念，服务更多的海内外客户，将恒达富士打造成为更多优质项目的绿色智能交通解决方案首选供应商。

恒达富士电梯2022年度经销商会议圆满结束，新的征程即将开始。回首2021年，恒达富士人满怀豪情，重任在肩；展望2022年，他们踌躇满志，激情澎湃。

"随着国家对'智能制造2025'理念的深入贯彻与执行，恒达富士电梯也将以此为发展契机，以成为一家'受社会尊重的企业'为发展愿景。我们坚信，在全体恒达富士人与经销商伙伴们的共同协作、

2022年8月6日,《人民日报》海外版报道恒达富士发往海外的电梯

持续创新下，恒达富士必定能再续辉煌，书写中国民族品牌电梯新的传奇！"

提手邀日月，宝盖化屋檐。展望未来，恒达富士董事长钱江明意气风发，成竹在胸，心潮激荡，豪情满怀。

2022 年 3 月 6 日于咸阳第一稿
2022 年 4 月 10 日于咸阳第二稿
2022 年 9 月 23 日于咸阳第三稿

后 记

南浔是江南名镇，文化底蕴深厚，素有"湖丝之源""院士乡里""鱼米之乡""丝绸之府""文化之邦"等美誉，是"马家浜文化""良渚文化"的重要发祥地之一，汇聚了丝绸文化、桑蚕文化、湖笔文化、浔商文化、园林文化、民俗文化等丰富多彩的地方文化，是驰名中外的"辑里湖丝"的故地。这里曾商贾云集，涌现过"四象八牛"；商业繁荣一时，成为江浙地区的财富之都，名震中外。南浔名人辈出，有着"九里三阁老，十里两尚书"之称，近现代先后出现过张静江、庞元济、徐一冰、章鸿钊、梁希、屠守锷、徐舜寿、潘镜芙、徐迟等名人，影响深远。进入21世纪后，南浔日新月异，发展迅猛，特别是在电梯、木地板等行业领域一些企业脱颖而出，区位优势明显，为世人所瞩目。

2018年6月，在中国报告文学学会的推荐下，笔者有幸走进南浔，在南浔区委宣传部、木地板协会、电梯协会的大力支持下，先后在南浔、练市等地，深入多家企业进行采访，发现这里除了木地板、电机、电磁线之外，还是知名的"电梯小镇"，电梯行业蓬勃发展。本人多次从陕西至南浔走访，通过两地电梯协会互通介绍，发现南浔在全国电梯产业界有着举足轻重的地位，曾涌现出诸多可圈可点、可歌可泣的行业领头者和吹号人。这些企业家大多白手起家，凭借超人的意志、过人的胆识，以及锲而不舍、百折不挠的精神，将企业从无做到有、从小做到大，一路走来，留下许多动人的故事，可歌可泣，令人十分感动。他们的血液中融入了浙商的优秀基因，专心致志、潜精研思的工匠精神在他们身上踵事增华，发扬光大。他们伴随着祖国改革开放四十年的步伐一路走来，又成为"一带一路"建设的排头兵。

经过几年来的实地走访和深入了解，笔者在这些蓬勃发展的浙商大军中，发现有一家电梯企业与众不同，有着不同凡响的发展历程。该企业的掌舵者钱江明先生年逾古稀，从事电梯行业已超过45年，电梯事业占据他的大半生，是其人生篇章中浓墨重彩的一段，给我留下了深刻的印象。该企业从一家改制型小厂发展到如今全国知名的电梯企业，各种源远流长的历史因素、鲜活灵动的成长历程，以及企业负责人对电梯事业浓厚的热爱之情，都有必要写成一本传记，作为南浔电梯企业大军中的一个生动缩影。在与恒达富士董事长钱江明交谈的过程中，我发现他平易近人，不卑不亢，有着企业家敏锐的战略眼光，且与人和善，胸怀宽广，令人十分钦佩。钱江明具有坚韧不拔的意志和坚持诚信经营的信念，突出体现为对电梯事业的执着、坚守以及一丝不苟、精益求精的工匠精神。

经过一番认真思考，我决定以恒达富士电梯的发展历程为框架，以董事长钱江明父子不屈不挠、砥砺奋进的感人事迹为主线，用文学的细腻笔触，记录恒达富士电梯掌舵者钱江明在电梯行业戎马倥偬的大半生，并将书名定为《浔商之子》。

"长风破浪会有时，直挂云帆济沧海。"浔商作为浙商之中的一个闪光的团队，正是因为有着像钱江明那样的开拓者，在艰苦的年代仍能发挥拓荒精神，以其睿智过人的资质和坚韧不拔的决心，创造出一个个具有传奇色彩的事迹。在这百舸争流的电梯行业竞争中，董事长钱江明用其近一生的心血，全力倾注在他热爱的电梯事业中，传承着浔商精神，不忘初心，精益求精，发展电梯事业！

希望此书的出版能令全国读者了解到以钱江明为典型代表的商人，是如何在艰难岁月的长河中，披荆斩棘、筚路蓝缕、风雨兼程，凭着一腔对自己所从事的事业的挚爱，将恒达富士从名不见经传的小企业发展成为名扬四海、出口海外的驰名品牌，为当地的经济发展做出了突出贡献！

附录：恒达富士电梯公司大事记

1987年　湖州恒达电梯厂成立，开启了"恒达"电梯品牌的辉煌之路。

1993年　企业实现改制，开启了勇担使命的新篇章。

1998年　企业实现转制，更名为浙江恒达电梯有限公司。

2004年　企业实现与外资技术合作，引进先进控制技术，更名为浙江恒达富士电梯有限公司。

2008年　与外商进一步洽谈合作，实现在技术与资本等方面的合作，更名为中外合资浙江恒达富士电梯有限公司。

2009年　公司注资资本增加至1.2亿元，更名为恒达富士电梯有限公司。

2010年　公司获得国家高新技术企业荣誉称号。

2010年　公司全面实现生产管理水平的提升及品牌的升级更新，迈进了一流电梯品牌制造企业的行列。

2011年　公司荣获湖州市重点骨干企业称号，成为规模以上企业的代表。

2012年　公司投资1.8亿元人民币，占地近百亩、实验塔高度近百米的现代化三期厂房竣工投产。

2012年　公司与浙江佳源集团签订战略合作协议，实现强强联合。

2012 年　公司获得浙江省专利示范企业荣誉称号，在专利件数等方面名列前茅。

2012 年　公司新建浙江省省级高新技术企业研发中心，彰显了公司的科研水平与技术实力。

2012 年　公司首次获得南浔区"金牛"企业称号，成为当地企业的佼佼者。

2013 年　公司晋升为浙江电梯行业协会副理事长单位。

2013 年　公司获得浙江省工商企业信用 3A 级"重合同守信用"企业称号。

2013 年　公司注册资本增至 2.8 亿元，年产 2 万台整梯，全面实现了现代化管理与运作。

2013 年　恒富集团旗下另一体现德国精湛品牌与技艺的电梯品牌"大众电梯"应运而生，开启了集团多品牌、多产业运作的模式。

2014 年　恒富集团在业内率先采用物联网监控系统，实现对电梯运营的远程监控与监管，以促进恒富集团电梯产品的良好运行。

2014 年　公司获得"南浔区政府质量奖"。

2014 年　公司获得"浙江省知名商号"的荣誉称号。

2014 年　集团引进世界先进的马扎克激光切割技术、厅门自动化生产流水线，凸显了"机器换人"带来的智能化与现代化。

2015 年　集团品牌全面提升与优化，获得了由中宣部、科技部、新华社等多家媒体颁发的"最具创新力企业""浙江制造精品""浙江名牌""浙江省企业技术中心"等多项权威荣誉。

2015 年　公司获得由电梯行业颁发的"十大最具竞争力整梯"称号。

2015 年　集团与上海交大、浙江省特检院等合作单位签订人才培养及产品检测等合作协议，为集团科技创新与人才培养提供了技术支持。

2015 年　集团正式晋升为中国电梯协会理事单位，并成为当地首家与电梯安全责任险共保体签约的企业。集团合格出厂的每一台电梯产品都将由 PICC 保驾护航。

2016 年　集团投资近 10 亿元，建成了近 150 米高的试验塔（内驻 10 米/秒的高速电梯）和近 6 万平方米的制造中心（拥有 4 条全球先进全自动化生产流水线）。更大规模的制造中心璀璨启幕，开启了属于恒富集团的新篇章。

2017 年　恒富集团迎来品牌提升与 30 周年庆典，将以更加完善的产品体系、人性化的产品设计、温馨周到的服务理念，为全球客户提供快捷、高效、安全的电梯产品。

2018 年　恒富集团在各级政府领导、国内外客户的厚爱和支持下，取得了令人瞩目的成就和业绩。国际出口业务和国内销售以 28% 的增长速度，受到业内的关注。

2019 年　公司在企业经营理念上，引入"让客户满意，让员工幸福"的企业发展宗旨，并将这一宗旨贯穿到企业的日常管理工作中，极大地提高了员工的归属感和主人翁意识。

2020 年　面对突发的新冠疫情，公司上下一心保生产、保发运、保增长，同心协力地满足客户的需求，并积极发挥科研优势，研发出无接触式乘梯、新风紫外线杀菌轿厢等多项技术革新产品，以满足疫情期间的用户出行需求，使用户乘坐电梯安全、舒心、放心。

2021 年　恒达富士国内外业务持续保持强劲增长态势，2021 年同比增长近 28%，产品出口到美国、澳大利亚、俄罗斯、乌克兰、中东、东南亚等 60 多个国家和地区，赢得了中外客商的一致称赞和好评。

2022年　公司在智能制造领域进一步实现了在技改领域的新突破，成功入选2022年浙江省级数字化车间榜单，这是在荣膺国家级绿色工厂后，又获得的一项重要殊荣。这标志着恒达富士在智能制造和数字化领域朝着高质量发展方向，奋力跑出了恒达富士电梯智能制造与高质量发展"加速度"。

2022年8月14日，人民网隆重报道恒达富士一批发往海外的电梯订单

图书在版编目（CIP）数据

浔商之子：钱江明传奇之路 / 高鸿著. —北京：中国商务出版社，2023.1
ISBN 978-7-5103-4583-8

Ⅰ.①浔… Ⅱ.①高… Ⅲ.①传记文学－中国－当代 Ⅳ.①I25

中国版本图书馆 CIP 数据核字（2022）第 231795 号

浔商之子：钱江明传奇之路
XUNSHANG ZHI ZI : QIAN JIANGMING CHUANQI ZHI LU

高 鸿 著

出　　版：	中国商务出版社
地　　址：	北京市东城区安外东后巷28号　邮　编：100710
责任部门：	商务事业部（010-64269744　bjys@cctpress.com）
责任编辑：	张高平
直销客服：	010-64266119
总 发 行：	中国商务出版社发行部（010-64208388　64515150）
网购零售：	中国商务出版社淘宝店（010-64286917）
网　　址：	http://www.cctpress.com
网　　店：	https://shop595663922.taobao.com
排　　版：	鹏飞艺术
印　　刷：	三河市中晟雅豪印务有限公司
开　　本：	710毫米×1000毫米　1/16
印　　张：	23　　　　　　　　　　字　数：288千字
版　　次：	2023年1月第1版　　　　印　次：2023年1月第1次印刷
书　　号：	ISBN 978-7-5103-4583-8
定　　价：	79.80元

凡所购本版图书如有印装质量问题，请与本社印制部联系（电话：010-64248236）
版权所有盗版必究（盗版侵权举报可发邮件到本社邮箱：cctp@cctpress.com）